対テロ工作員になった私

「ごく普通の女子学生」がCIAにスカウトされて

THE UNEXPECTED SPY

トレイシー・ワルダー
ジェシカ・アニャ・ブラウ
白須清美【訳】

TRACY WALDER WITH JESSICA ANYA BLAU

原書房

対テロ工作員になった私

「ごく普通の女子学生」がＣＩＡにスカウトされて

娘へ。あなたはすでに私のヒーローよ。

免責条項

ここに記されている事実、意見、分析はすべて著者の主張であり、中央情報局（CIA）、またいかなる米国政府機関の公的な立場、または見解を反映したものではない。本書の内容は、米国政府が情報を認証したこと、またはCIAが著者の見解を支持することを主張もしくは示唆するものでは一切ない。本資料は、機密情報の開示を防ぐためCIAによって検閲済みである。本書はCIAの公式発表情報ではない。

著者のコメント

『対テロ工作員になった私』は、CIAのテロ対策スタッフ・オペレーション・オフィサーとして、またFBIの特別捜査官として過ごした日々を綴ったものである。記憶を基にしているため、誤りがあることは免れない。それでも、日記やインターネット、私が携わった活動に関する本を参照し、正確でありのままに記述するよう最大限の努力を払っている。

一緒に活動してきたFBI捜査官は身元を隠してはいないが、彼らのプライバシーを守るために名前は変えてある。

しかし、CIAの成功の秘訣は秘密活動だ。私はCIAの高潔さを断固として支持するし、そこで働いていた人々、今も働いている人々、そして私が在職中にＣＩＡでともに働いた人々の安全を守るつもりだ。そうした考えから、私は出会った人たちの名前と詳細な生活を変更し、彼らが特定されないようにした。彼らの基本的な性格については忠実に記しているので、読者の皆さんには、彼らと緊密に働くことがどのようなものか理解してもらえるだろう。また、ＣＩＡ時代に訪れた国や都市の名前はほとんど削除している。本書のいくつかの章では、私のＣＩＡでの活動を故意にぼかして書いている。私の意図は、機密情報を明かすことなく、私が最善を尽くした仕事について伝えることだ。私の忠誠心はＣＩＡ、アメリカ国民、そしてアメリカ国民の安全に向けられている。本書のすべての文章は、このことを念頭に置いて書かれている。

『対テロ工作員になった私』は、ＣＩＡの出版審査委員会に提出されている。委員会は、国家の安全を脅かすと思われる特定の句や文章を修正するという条件で出版を許可した。私は修正箇所をそのまま（本文中に〇〇〇〇〇として）残し、前後の文章の流れを保てるようにした。

一言で言えば、この本には省略されている部分が多々あるが、それでも語るべきことが豊富にあるということだ。九月十一日の攻撃からイラク侵攻を通じて、私は自分の仕事への緊迫感が高まるのを感じた。その緊迫感、そしてこの物語を伝える一方で、私たちの国と、私たちのために働く男女が危険にさらされるような事実が明かされないことが、私の願いである。

――トレイシー・ワルダー

1　交戦地帯

九・一一以降

ほんのささいなことだが、それは自分が自分であると感じるのに必要なことだった。人間だと感じるのに。世界は完全に変わったわけではないと、私は信じたかった。

「ママ」私は電話に向かって話していた。「バージニア州レストンの〈サロン・ルネ・ジョルジュ〉に、カラーのリタッチの予約を入れておいてくれない？」

「何ですって？」母は言う。「どこからかけてるの？」

私は地球の反対側にいた。吹き飛ばされた瓦礫の真ん中で、四十度の気温の中、武装し、チャコールグレーのパシュミナのストールを肩に巻いている。母は私がどこにいるかを知らない。一緒に活動している人々と、ラングレーの同僚五人を除けば、誰も知らなかった。しかし、私は防弾ベストを置いてきた部屋に、煉瓦ほどの大きさの衛星電話があるのを見つけた。私はそれをつかみ、外へ走り出て電話をかけた。電話機を耳に押しつけ、頬に汗が伝うのを感じる。二フィート後ろには武装した警備員がいて、フィルターのない煙草を吸っている。私が立っている厳戒態勢の国境の向こうでは、即席爆発装置（ＩＥＤ）によって人々が吹き飛ばされ、博物館は破壊され、男たちは集団で潜伏し、一度にできるだけ多くの人を殺す方法を考え出そうとしていた。

私の人生は引っくり返ってしまい、それを元に戻してくれるものが必要だった。正常だという感覚を作り上げてくれるものが。たとえ、その正常さが私の毛先までに限られていたとしても。

ジョニー○○○○○○が私を探しにきた。ブーツが砂利を踏む音が、このあたりで一番大きい音だった。私は振り返り、彼にあと一分と合図した。

「ママ、もう切らないと……来月の予約を取って。十二日、十三日、十四日とそっちへ行ってから、また戻るから。愛してる！」

最後の言葉は、戦場で口にするといっそう感情を揺さぶり、胸を打つものに感じられた。

その朝も、いつもと同じだった。オフィス兼食堂、そして○○○○と名づけた仮設のバーとして使っている廃ビルのキッチンへ行き、フライドポテトを食べる。ブラックコーヒー、ミネラルウォーター、アメリカから持ってきたクッキー生地のパワーバー（栄養補助バーの一種）だけが、私の食糧だった。この施設にいるほとんどの人が下痢に悩まされていた。今のところ、フライドポテトとパワーバーの食事で、私は無事だった。

朝食後、私はフルーツの箱から傷のないオレンジを取り、ホールを横切って金庫へ向かった。金庫からグロックとホルスターを出し、防弾ベストを着る。それから、古くて急な大理石の階段を駆け下りて、古いビルを出ると、砂ぼこりの中、私の家であるシングル幅のトレーラーハウスに向かった。

私の四号トレーラーは、中も外も飾り気のない白い箱のようだった。たった一つの私物はピンクの電気スタンドだ。夜はたいてい、疲れ切っていてスタンドをつけることすらない。けれども、疲れていないときは、読書は頭を空っぽにし、昼間の激務から逃避する一番の手段だった。

私の左のトレーラーは医師のもので、定期的に○○○○を訪れ、政府職員からの呼び出しに備えて待機していた。

右のトレーラーは人事部の男性のものだった。その向こうのトレーラーにいるのは常駐の心理学者で、ここにいる数少ない女性の一人だ。医師である彼女は、被雇用者であると同時に○○○でもあった。大変な仕事に違いない。すべての人の心的外傷が互いに連動しているからだ。明らかに、○○○である人よりは、○○○○○○○のほうが悪いだろう。しかし、○○○○○○○○の経験が精神的に楽なものだとは誰も思うまい。喜びをもたらす仕事ではなかった。

四台のトレーラーの周りに広がる、砂利と泥だらけの一帯は殺風景だった。だが、たくさんのほかのトレーラー、特に海軍特殊部隊《ネイビーシールズ》が暮らすトレーラーは、ピンク・フラミンゴや空気式のプール、ラウンジチェアなどに囲まれていた。アメリカのトレーラーパーク生活を再現しようとする、皮肉な試みだった。

ベッドには官給品の白いシーツがかけられ、週に一回、徹底的な調査を受けた現地の男性によって交換された。入口ゲートの警備員と厨房の職員も現地の男性だった。この施設を出るときは、ある意味常に身を隠しているので、私が今いる国での知り合いは、こうした職員に限られていた。私は命がけで彼らを信用しなければならず、おそらく彼らもまた、私たちを命がけで信用していただろう。しかし、そこには礼儀正しい距離があり、彼らと知り合いだという気にはなれなかった。

自分のトレーラーで、私は持ち込んだ三枚のパシュミナのストールから一番暗い色を選んだ。一番好きなのはピンクだ。大学でも、ラングレーのCIA本部でも、よくピンクを身につけた。ここでは、ピンクをまとうのは羽根のボアをまとうくらい浮ついたものに感じる。基本的なユニフォームは、カーゴパンツにGAPの長袖Tシャツ、コンバットブーツだった。私はこのときも毎日マスカラを塗っていた。そして本国にいるときは必ず、髪にハイライトを入れるか、カラーのリタッチをした。どんなに遠く離れたところにいても、自分の中のソロリティ（大学生を会員とした友愛会。女子のみの組織をソロリティ、男子のみの組織をフラタニティという）女子にこだわる必要があった――彼女ならこうしたすべてを切り抜けることができると信じる必要があったのだ。

パシュミナのストールを肩から防弾ベストの上にはおり、私は外に出た。ジム用トレーラーでトレーニングをする時間はなかったが、誰かがいたらあいさつしようと顔を出す。いつものようにネイビーシールズの男たちでぎっしりだった。彼らとトレーニングをするときは、テレビで何を見るかで議論になった。彼らはFOXニュースを見たがったが、私はBBCかアルジャジーラのほうがよかった。政治的には意見が合わないことが多かったが、彼らが私を守り、必要なときには命を救ってくれることには、全幅の信頼を寄せていた。それに、彼らはつき合っていて楽しかった――いつも喜んで一緒に廊下を走ってくれたし、爆弾探知犬とボール投げを楽しんだ。私たちの任務は過酷で、厳しいものだった。周囲は月面のように殺風景だった。正気を保つには、ちょっとした無茶な楽しみが必要だった。作りごとや、もろい土地に大きなプラスチックのブーケのようにピンク・フラミンゴを立てておくような、馬鹿げた気まぐれが。

「やあ！」カイルという名のシールズが言った。「バイクが待ってるよ」カイルは隣の空いているバイクを指した。

「〇〇〇〇〇があるの」私は言った。「夜に会いましょう」

「ビールだな！　〇〇〇〇七時！」カイルが言った。

　こうした男らしい、凄腕のネイビーシールズの面白いところがこれだ。ほとんどの人にはなかなか信じてもらえないが、彼らの誰一人、男女差別をしたり、性的に挑発したり、はねつけたりしなかった。たぶん、ともに暮らし、私やここを出入りするほかの数人の女性たちの活動をじかに目にすることで、任務や技術は違っても、お互い完全に平等であることを誰よりもよくわかっているからだろう。そして、自分の命が周囲の人々の知性と能力にかかっているときには、敬意というものがまったく違う意味を帯びてくるのだ。

　ジョニー〇〇〇〇〇〇〇〇〇は、私の〝面会〟のすべてに同行した。彼は背が高く、がっしりしていて、どこか優しげに見えた。ネイビーシールズの男たちとは正反対だった。彼の出身はわからない――話したことはなかった――が、中西部の男性らしい、落ち着いた、物柔らかな礼儀正しさがあった。笑うと、スカンジナビア系らしいブロンドのあごひげに口元が半分隠れた。そして、〇〇〇〇〇していないときには眼鏡をかけていた。太い黒縁の瓶底眼鏡で、ライフタイム・チャンネル（アメリカの有料テレビ局）の映画に出てくるオタクのように見えた。彼の声は、そのほかの特徴と同じように目立たず、威嚇するようなところはなかった。このことに注目するのは、ジョニーがCIAのほかの人たちとまるで違っているからではなく、彼の仕事が○○だったからだ。お腹はぶよぶよで、オタクのような眼鏡をかけ、恥ずかしそうに笑うジョニーは、まったく別人のようだった。

「用意はいいか?」ぼろぼろのオレンジ色のSUVに寄りかかったジョニーが言った。これに乗って別の施設へ行くのだ。彼はいつも、防弾ベストの面ファスナー部分を開いて歩き回っていた。外は暑かったし、もっと暑くて太っていたときには、私もファスナーを留めておくのが難しかった。ときには医師、精神分析医、その他の○○○が同行した。この日は、ジョニーと私だけだった。

「ええ。ディーノかアストロはもう来てる?」ディーノとアストロは爆弾探知犬だ。犬がオーケーを出さなければ、誰も車には乗れない。

ジョニーは近づいてくるディーノと、訓練師のビルに顎をしゃくった。ビルはサングラスにTシャツ、半ズボンという格好だった。ブロンド・ラブラドールのディーノは、エビ茶色のUSC(南カリフォルニア大学)の首輪だけを身につけていた。父が犬のためにくれたものだ。ディーノが仕事をしている間はかわいがることができないので、私は彼が車を一周するのを待ってから、しゃがんで頬にキスし、ベルベットのような手触りの耳の後ろを撫でた。犬たちは、ネイビーシールズの男たちと馬鹿騒ぎをするのと同じように、必要な陽気さをもたらしてくれる。

ここでは女性が車を運転することは許されていないため、度付きサングラスをかけて野球帽をかぶったジョニーが常にハンドルを握った。そして、私たちの仕事場と住居はどちらも秘密だったので、その二つの場所を離れるときには、私は常に荷室に隠れていなくてはならなかった。サングラスをかけ、頭をパシュミナで覆っていても、ブロンドのアメリカ人女性は目立ちすぎたし、それに伴う危険はあまりにも大きかった。

「行きましょう」私はそう言って後部ドアを開け、乗り込んだ。横向きに丸くなると、パシュミナが頭の上に垂れ、銃が腰に食い込んだ。ジョニーが後部ドアを閉め、運転席に乗り込む。道は悪かった――当時、この国には舗装道路が一本しかなかった。それに車はぎしぎし言った。最大にしたエアコンはやかましい音を立てたが、私たちはときどき前と後ろで話をした。実際には大声で叫びながら。たいていジョニーはCDをプレイヤーにセットし、私たちは音楽を聴いた。AC／DCかガンズ・アンド・ローゼズだ。騒々しい、無秩序な音楽に、ジョニーは熱狂した――ぶよぶよしたオタクが、堂々とした男に変わる。それはテロリストたちが絶えずさらされる音楽と同じだ。エレキギターに絶叫。神経を苛立たせる騒音。

私はできるだけ音楽を無視して、頭の中にメモしたことをおさらいした。知っている事実を確認し、考えの断片をつなぎ合わせ、これから会いに行く人物から引き出そうとしている、最も重要な情報の一ピースを、どうやって手に入れるかを考える。

私はパシュミナの端を引っぱり、しばらく空を見た。あの日の空は美しい青だった――磨き上げた宝石のようにきらめき、澄んでいた。日によって、ある場所の空が別の場所の空とそっくりになることが、とても不思議に思えた。地上で起こっていることがどれほど違っていても。荷室に乗って移動するのは初めてのことではなかった。二十一歳の誕生日、まだ南カリフォルニア大学の学生で、デルタ・ガンマ・ハウスに住んでいた頃だ。ソロリティのシスター数人が、夕方の早い時間に寿司と日本酒のディナーに連れていってくれた。私が運転してきたのだが、食べた寿司よりも飲んだお酒の量のほうが多かったので、メリッサという友人にキーを渡した。

「横になりたい」私は駐車場を横切りながら、呂律の回らない口調で言った。

メリッサは私のアキュラのロックを解除し、私はハッチを開けた。二人の友人が私を後部座席に乗せようとしたが、私はそれを振り切り、横になりたいのだと繰り返した。それから私はアキュラの荷室に乗り込んだ。メリッサはハッチを閉める前に、誕生日おめでとうと言った。

車に乗っている間じゅう、私は斜めになった窓から空を見上げていた。十月二十一日のことだ。日は落ちたばかりで、不気味なオレンジと黒の黄昏の空が広がっていた。木の梢と電柱のくっきりとした影が、古い映画のようにちらつきながら流れていった。私はポケットから携帯電話を出し、両親の家に電話した。父が固定電話に応えた。

「パパ、すごくきれいよ」私は言った。

「何がきれいだって？　酔ってるのか？」父は笑った。成人した私がこの日にお酒を飲む計画を立てているのは知っていた。

「空よ。こんなにきれいな空を見たのは初めて」

「どこにいるんだ？」

「車のトランクの中」私は電話をしていることも忘れて、しばらくぼうっとしていた。電話に戻ったとき、父は心配しているようだった。

「私の車のトランクよ」私は言った。「メリッサが運転してくれて、私は横にならなくちゃならなくて、上を見たら空があったの。世界一美しい空だわ」
「空は世界じゅう同じだよ」父は言った。「地上の世界と同じでね」
「ふーん」私はあいさつもせず電話を切ったようだった。

そして今、中東にいる私は完全にしらふだった。世界共通の空はやはり美しかった。けれども、その下の世界は、あの頃のロサンゼルスやバージニア州とこの上なくかけ離れているように思えた。

ゲートのところで停車しながら、ジョニーは音楽を止めた。彼は窓を開け、武装した警備員と話をした。何を言っているかはっきりとは聞こえないが、親しげな雑談のような響きだった。ゲートを越えると、私は起き上がり、ふたたびパシュミナを肩にかけた。ジョニーが車を停め、降りてきて、後部ドアを開けた。手を伸ばして、私が降りるのを助ける。

武装した数人の警備員のほかには、そこは最近打ち捨てられたかのように人の気配がなかった。周囲は殺風景で、滅亡後の世界のようだった。崩れたコンクリート、瓦礫の山、そして見渡す限り緑の植物は一つもない。三十八度以上の熱気は○○○でも経験するが、ここのほうがずっと熱く感じた。すべてが焼かれ、静まり返っているようだ。どこを見ても、白か茶色かベージュで、色調の違うサンドペーパーのようだった。地表はどこもからからに乾いていた。にわか作りの兵舎——元は工業建築物だった——へ向かう私たちの足元では、貝殻を踏みつぶしているような音がした。私たちはその兵舎で、テロリストと面会する予定だった。

ジョニーと私は警備員にあいさつし、建物内のクローゼットのような狭い部屋へ向かい、ざらざらしたセメントの床に防弾ベストを脱ぎ捨てた。そのとき、棚に衛星電話があるのに気づいたのだ。私はそれを手に外へ駆け出しながら、肩越しにジョニーに叫んだ。「ママに電話しなきゃならないの！」


電話を切ったあと、私はスチールのような思考のトンネルに集中した。そのトンネルは直接Qに通じている。私の数多くの疑問の答えを知っている人物だ。ほかの局員も彼と話をしているが、誰ひとり、私たちが追っている鍵となる情報を手に入れることはできなかった。二十四歳だった私は、テロリストに心を開かせ、ほかの人たちが手に入れられなかった情報を聞き出すという込み入った仕事が、なぜ自分にできると思ったのかわからない。世間知らずだったのかもしれないし、意固地だったのかもしれない。あるいは、常につきまとっている罪悪感に突き動かされていたのかもしれない。

二〇〇一年九月十一日、私はバージニア州ラングレーのＣＩＡ本部にいた。対テロ担当の諜報員として、オサマ・ビンラディンやハリド・シェイク・モハメド、ムハンマド・アーティフのような人物からアメリカを守るためのチームにいた。ほとんどの人が知らない頃から、私はこれらの名前を知っていた。実を言えば、高校生のときからニュース狂だった私は、特にビンラディンのことを長年考えてきた。だから、自分にはもっと多くのことができたはずだった。アメリカが、崩壊したソ連や中米のドラッグ戦争に注目しているときにも、私は中東の砂漠のイメージに没頭していた。私はテロが拡大し、発展している場所を観察しては印をつけた。それはよく剪定された木のように、絶えず新しい枝を伸ばしていた。私はごつごつした、乾いた風景を記憶した。補強された曲がりくねった洞窟や、家具もろくにない隠れ家に潜伏している男たちの顔を記憶した。私は彼らがどこにいるのか知っていた。そして、彼らがどこへ向かうのかわかると思っていた。

こうなることはわかったはずだ。

けれど、わからなかった。

やがて、イラク侵攻が始まった。その戦争の是非は、サダム・フセインが大量破壊兵器をひそかに保有しているという証拠にかかっていた。私はその証拠を見つけ出すチームに属していた。私には見つけられなかった。ほかの誰にも。しかし、いずれにしても戦争は始まった。それからは、すべてが悪いほうへ向かい、想像もつかないほど恐ろしい展開になった。坂を転がり落ちていくのを、自分に止められないのはわかっていた。だが少なくとも、倒壊したビルから出てくるゴキブリのように、戦争の中から這い出てくるテロリストとテロ計画を止めることはできた。

私は若く、怖いもの知らずで、楽観的だった。二十一歳で南カリフォルニア大学を卒業してすぐに、CIAで働きだした。もっと厳密に言えば、デルタ・ガンマ会にいたときに直接採用されたのだ。ソロリティのシスターの九十パーセントと同じく、ブロンドの髪を長く伸ばしていた頃に。

一年目は、CIAの局員であることに胸を躍らせた。その頃は、自分の中の政治学オタクの血が騒ぎ、同時に自分の中のソロリティ女子は引き続き、女友達やデートの相手と楽しい夜を過ごしていた。しかし、九月十二日の夜明けを目にする頃には、すべてが一変していた。国家の悲しみと、状況を改善しなければいけない責任を感じた。そして、アメリカがイラクに侵攻したとき、その責任感はいっそう増していた。

ハムスターボールの中で生きているようなものだと感じたこともある。ひたすら走りつづけ、さまざまな国を駆け抜けながら、プラスチックのシールドの外に見えるのは、阻止しなければならないテロリストだけ。遠くへ行けば行くほど、日に日に現実の世界、祖国での生活は、私の手からこぼれていく。

Qは私が初めて実際に顔を合わせたテロリストだった。ジョニーと居間へ行く間、私は緊張も不安も感じなかった。頭の中には情報が詰まっていて、隣にはジョニーがいたからだ。それに、私が読んだメモによれば、Q——彼は名前を明かすことさえ渋っていた——は今では友好的で、話もしやすいということだった。攻撃的だった態度を協力的な態度に変えるのは、彼には簡単なことではなかったに違いない。

ここで言っておきたいが、私は情報収集のための拷問を一切支持しない。それに、私の経験から言えば、拷問に効果があるとは思えない。それでも、アメリカが自国内で受けた最も恐ろしいテロ攻撃への対応に乗り出し、一方でテロ戦争の〝第二波〟が押し寄せようとしているこの時期におけるCIAと、CIAが拷問という手段を使ったことを非難する人たちには同意できない。三億人以上の人々の命に責任を持つことのプレッシャーを想像してほしい。もしアルカイダの幹部をとらえたら、あなたならどうするかを。歴史の中のこの時点という文脈で、しかもビンラディンがパキスタンの核科学者と会い、核兵器開発の計画を立てているのは間違いないという追加の情報があれば、地位の高い拘留者から話を聞き出すことは生死がかかった使命なのだ。交戦地帯で拘留される人々は、喜んで命を落とすばかりでなく、死ぬことで名誉ある殉教者になろうとしていることを思い出してほしい。ＣＩＡが完全に開示し、議会とブッシュ政権による承認を受けた強化尋問法（ＥＩＴ、または拷問）は、テロリストとわかっている人物から情報を引き出す最も効果的な方法だと考えられていた。そして、これは最初の手段ではなく、最後の手段だ。八年間に百人を超える人々が交戦地帯で拘束されたが、そのうちＥＩＴの対象となったのは三十人しかいない。目的は彼らを痛めつけることではない。人命を救うことなのだ。アメリカ人だけでなく、すべての人類の命を。私も、ＣＩＡで知り合ったほぼ全員も、全世界の安全を願っていた。例外はない。

出入口のすぐ近くにある、Ｑの薄暗い部屋へ入った。子供の頃からのしつけで、私は笑みを浮かべた。人と会うときにはいつもそうしていたし、テロリストだからといって笑顔を向けないという考えは浮かばなかった。

「お茶は？」Ｑが訊いた。私の笑顔と同じで、その質問も彼の中に深く根づいた礼儀だった。犯罪者かどうかは抜きにして、彼が私にお茶を勧めたのは礼儀正しい行為だった。たとえ、彼にはお茶を調達することも、お茶を淹れることもできないにせよ。彼の犯行のあと、何十年も経っているように思えたが、Ｑは私よりそれほど年上ではなかった。たぶん、これが私たちの初めてのつながりだっただろう。私たちはどちらも、子供時代の文化をこの部屋に持ち込んでいる。

私は丁重にお茶を断り、カフェテリアから持ってきたオレンジを掲げた。

「もっと話をしやすい部屋へ行きましょう」それはひどく気取った、形式ばった感じに聞こえた。まるでここがワシントンDCのフォーシーズンズホテルで、これからモノトーンの家具と現代的な四角いシャンデリアを備えた会議室へ移動しようとしているかのようだ。実際には、私たちは半壊したビルのガレージにいて、おそらくもう少し大きなクローゼットと思われるところへ移動していた。

Qと私は小さな金属のテーブルに、向かい合って座った。頭上に照明はあったが、シャンデリアとはほど遠かった。オレンジを渡すと、彼はお辞儀した。私はここへ来た目的である一番重要な質問をし、彼は片手を伸びはじめたあごひげに当て、もう片方の手を鍵盤を叩くように動かした。素直で礼儀正しいかもしれないが、彼にはまだ、私が求めている要となる情報を明かす準備ができていなかった。

その単純なしぐさは、私がQにとって憎むべき存在でしかないことを思い出させた。私は彼が殺したいと思っているあらゆる集団に属していた。子供時代の私がよみがえった。ときおりシナゴーグへ行っていた少女が。

私の家族はベス・アム寺院に所属していた。そこではブザーを鳴らし、制服を着て武装した警備員の前を通らなければならない。カリフォルニア州オレンジ郡はとても安全で、日差しにあふれ、誰かが寺院へやってきてトレイシー・シャンドラーやその両親、弟、祖父のジャック、祖母のジェラルディンに、悪意に満ちた行為をしたり、危害を加えたりすることなど想像できなかった。銀行強盗やカージャック、ロサンゼルスの渋滞した高速道路でのあおり運転があるのは知っていた。けれどもベス・アムはそれらとは関係ないと思っていた。別物だと。そこは家と同じように静かで安全な場所だと思っていた。しかし、それからさほど年月を経ずに、私はここにいた。そして、ベス・アムに行くたびこぶしを合わせてあいさつした警備員のトビアスが入口にいた理由が目の前に座り、私が彼のために選んだ大きなオレンジの皮をむいている。

それでも私は怖くなかった。確かに私はユダヤ系アメリカ人の女性だ。でも今は自由で、Qよりも大きな力を行使している。それに、灰色の髪をした彼の体格と比べて私のほうが多少は華奢だったとしても、後ろにジョニーがついている。

ほほえむ私の前で、Qは皮をむいたオレンジの真ん中に靴べらのように大きな親指を差し込み、二つに割ってテーブルに果汁をほとばしらせた。Qはオレンジを半分、私に差し出した。

「全部あなたのものよ」私はしばらく黙って力を抜き、次の動きに備えた。うまくやってみせる。進め方はわかっていた。信頼と関係を築かなければならない。この男性とのつながりを見つけ出さなくては。彼は私の死を心から願っていたし、私は彼を自分の人生から完全に締め出したかったが。

「お母さんが恋しい?」私は訊いた。「私はとても恋しいわ」

それから数週間にわたって、私はそのテーブルでQと数時間を過ごした。ジョニーは背後に立っていた。会見のたびに、私はQのために特別に選んだ、大きくて新鮮な果物を持っていった。彼はお腹を空かせていたわけでも、大食漢でもなかったが、果物は大好きだった。そして、ほんのわずかな時間でも、手を動かすことで目の前に座った若いブロンドのアメリカ人のほかに集中するものができた。

ときどき、Qの話をつなぎ合わせようとしながら、自分の頭が火花を散らす配電盤になったような気がした。彼は両親への愛やあふれ出る信仰心について語る一方で、運悪く彼がテロ行為を行った場所にいた西洋人やイスラム教徒を残虐に殺した話をした。まるで子供のころに読んだ絵本のようだ。表紙を除いて、その本はページが二つに切られていて、上のページと下のページを別々に組み合わせることができた。キリンの頭にカバの体とか、サルの頭に丸くなった子猫の体といった具合に。Qは不釣り合いな二枚のページだった。狡猾で憎むべき殺人者と、国民と国家と宗教を愛する男。

Qについてはこんなことがわかった。彼は貧しく、教育も受けず、戦争のため国内で行き場を失った。アルカイダは彼に食料、家、医療、教育、コミュニティを与えた。それは子供の彼にとって最高のものを意味していた。さらに彼は目的を与えられた。アルカイダ〝ファミリー〟の魅力は容易に見出すことができたが、私はジハード主義者の生活に魅力を感じることはできなかった。私はQに、宗教的な美辞麗句ではなく、どうして彼がジハード主義者として生き、死ぬことを選んだのかを教えてほしいと何度も頼んだ。Qはこう説明した。社会は彼に悪意を向け、アルカイダは彼を引き上げてくれたのだと。生きていることも含め、すべてアルカイダのおかげだと。

それは私の率直な、若者らしい好奇心のおかげだったのかもしれない。あるいは、彼の答えを聞いたときに恐怖心がなかったからかもしれない。あるいは、ただ運がよかっただけかもしれない。だがついに、たくさんの果物と、一見雑談のような何時間もの会話のあとで、Qはまさしく私がほしかった情報を明かした。

そして、またしてもテロリスト集団が人の命を奪うのを、未然に防ぐことができたのだ。

2 ソロリティの生活

カリフォルニア州ロサンゼルス 一九七八年〜二〇〇〇年

私はアメリカ合衆国建国二百周年の二年後、両親の初めての子供として生まれた。国家が自信にあふれ、安全だった時代だ。二度の世界大戦、朝鮮戦争、ベトナム戦争は過去のものであり、すべてにおいて前向きだった。爆弾の脅威に備えて、両手で頭を抱えて机の下に隠れるような訓練をすることもない。まるでそうすれば、核爆弾から身を守れるかのように。キューバのミサイル危機ははるか昔のことのように思え、一九六一年にケネディ大統領が提唱したように、裏庭に核シェルターを作るという熱狂的な流行もほぼすたれていた。どの家にもテレビ(普通はカラー)があり、ABC、CBS、NBC、PBSが見られた。私が住んでいたロサンゼルス地区には、チャンネル一一のメトロメディア・テレビがあった。チャンネル一一では、カル・ワーシントンと〝飼い犬のスポット〟が出てくる中古車のCMが番組の中で必ず流れた。スポットは年によって、トラだったりサルだったりした。カルとスポットが駆け回る巨大な駐車場には、車高が低くてボートのように平たい車が何百台も並び、それぞれに巨大な銀のアンテナがついていた。そして、ジョニー・キャッシュばりの声が〝ゴー・シー・カル、ゴー・シー・カル、ゴー・シー・カル〟と歌うのだ。サラリーマンなら誰でも車を持ち、カリフォルニアに家を買うことができたのは、その頃が最後だった。

父はチャップマン大学の心理学教授で、母は後年は銀行で働いたが、当時は主婦だった。両親はヴァンナイズの日当たりのよい開発地に、二台分のガレージと本物の白い囲い柵のある、こぎれいな牧場風の家を構えた。通りには白い歩道があり、庭では果樹が育ち、数軒おきにバスケットボールのゴールがガレージドアの上に据えつけられていた（六歳か七歳のとき、私はオレンジ郡の海岸へ引っ越した。庭は少し広くなり、家は少し大きくなった。引っ越す前の家から、少しだけ豪華版になったということだ）。

ヴァンナイズでは、何もかもが完璧で、あるべきところにおさまり、両親の希望通りに運んでいた。私が生後五カ月になった頃、母は私が近所の赤ちゃんとは違うことに気づいた。お座りもできないし、寝返りを打とうともしない。ものをつかむことすらなかった。私はにこにこし、声をあげたが、頭と体は人形のように横になったままだった。あるいは、母の言う〝ぐったりした魚〟のように。

何度となく病院の予約を取り、私のだらんとした小さな体が専門家から専門家へと運ばれたあと、私は筋緊張低下と診断された。別名フロッピー・インファント（ぐにゃぐにゃの乳幼児）症候群だ。当時はインターネットもなく、図書館の本にもほとんど載っていなかった。両親が得られた情報は、診察を受けた専門家からのものに限られていた。そしてその情報は、特に母親にとって恐ろしいものだった。

私の脳には損傷があるかもしれない。

私は歩くことができない。

養護学校へ通う必要がある。

大学進学は論外。

バレリーナになることは期待しないでくださいと、ある医師はつぶやいたそうだ。まるで、歯のない大きな笑顔を浮かべた女の子のたった一つの大きな望みが、バレリーナになることであるかのように。筋緊張低下の子供に対する理学療法はなかったし、そのほかどんな治療法もなかった。両親はそれを受け入れるしかなかった。ドッグフードの袋のように子供を背負い、何も期待しないことだ。

だが、母は違った。書斎の床で、母は私の両足の後ろに手を置き、踏ん張れるようにした。私はそこから這い這いした。次に母は私の両手を取って立たせ、片足をもう片方の足の前に出させた。

二歳のときには、ほとんどの子供より遅かったにせよ、私は薄茶色のカーペットの上を、書斎の端から端まで歩けるようになった。歩きはじめたら止まらなくなった。自分がしていることが、無理だと思われていたことなど知らなかった。自分の中のなにかが、断固とした意志を持ったようだった。私はまるで、止めることのできないエンジンだった。

二歳半のときにはダンス教室に通ったが、私の才能は、おむつをつけてふらふらしている子供たちと同程度だった。小中学校でもダンスを続けた。モダンダンス、ジャズダンス、バレエ。ハイスクールの四年間は精鋭ダンスチームに所属して一日三時間練習し、毎週土曜日にはバレエ、ジャズダンス、モダンダンスのルーティンをこなした。私は練習も、その厳しさも大好きだった。人前での派手なパフォーマンスも、チームに残って翌日も練習に参加するためなら、我慢して乗り切れた。

南カリフォルニア大学では、学内とロサンゼルスのプライベートスタジオでダンスのクラスに参加した。タップとクロッギング以外のダンスはすべて学んだ。

だが、あの医者は正しかった。私はバレリーナになる気はなかった。頭の中には別のことがあった。トゥシューズで三回ピルエットを回るよりも、はるかに差し迫ったことが。

南カリフォルニア大学の一年生のとき、私はデルタ・ガンマ会に入った。ソロリティに入ったことのない人のために、少し説明しよう。ソロリティでの生活は、想像通りでもあり、とうてい想像もつかなかった部分もあった。確かにパーティーはあったし、メンバーはしかるべき服装に、ある種の髪型をした。〝会員の一人〟であるという考えにこだわるところはカントリークラブに少し似ているが、そこに大量のアルコールと、時にマリファナが入ってくる。私はお酒はたまに飲んだが、これまでマリファナをはじめドラッグは一切やったことはない。自分が少数派で異分子なのはわかっている。

私が話した多くの人はソロリティを毛嫌いしていたので、ぜひともその価値を知らせておきたい。会にとどまるにはよい成績でいなければならないため、学生の本分を忘れずにいられる（それに、ソロリティの女子学生はそれ以外の女子学生よりも成績の平均値が高い）。南カリフォルニア大学のような大きな大学では、たやすく孤独や隔絶されたような気持ちを感じるが、ソロリティはコミュニティを与えてくれる（フラタニティは違うかもしれないが、私はフラタニティを代弁することはできない）。そこは、自分には居場所があると感じさせてくれる場所なのだ。安心していられる場所だ。私のように、恥ずかしがり屋で人づきあいが苦手な引っ込み思案な人間にとって、ソロリティは隠れ場所になってくれた。名刺代わりに使ったり、デルタ・ガンマ会のメンバーだと名乗ったりする代わりに、私はそれをカモフラージュに使っていた。ソロリティにいれば、誰と比べても目立たずに済んだ。白い歯を光らせたブロンドで、紫の自転車に乗り、『ピープル』ではなく『ニューズウィーク』を読む変わり者。デルタ・ガンマ・ハウスでは、私は目立たないほうだった。そして私にとって、目立たないことはとてもありがたいことだった。

三年生から九年生まで、私は学校では悪い意味で目立っていた。私はいじめられていた。いじめたのは決まって女の子だ。十一歳になる頃には身長百七十センチに達していたのもよくなかった。矯正をする前は歯に隙間があって、それも子供にとっては面白おかしいことだった。女の子たちは私を太っていると言った。当時流行っていた、体操選手のような体形ではなかったからだ。しかも私は、レチンAの軟膏でも治せない、ひどいにきびに悩まされていた。一番多く呼ばれたあだ名は〝ニキビバカ〟だった。仲間内では、私のすべてが〝駄目〟だったのだ。

高校のダンスチームの女子はいい人たちだったが、私は仲間には入れなかった。ひどいいじめを受けたことで、家族以外の人をなかなか信用できなかった。それに、私の頭の中の世界は、周囲と合わなかった。ダンスチームの女子が男の子のことでやきもきする一方で、私はネルソン・

マンデラのことを気にしていた。彼が暗殺されることなく、南アフリカ初の黒人大統領になれるだろうかと。クラスの生徒たちが、過激な新しい映画『パルプ・フィクション』のことを話題にしているとき、私の頭はオクラホマシティの爆弾魔のことと、アメリカ政府の庁舎の多くが脆弱で無防備なことを考えていた。

今の自分があの頃に戻り、廊下を歩いているだけで毎日のようにののしられていた女の子と話ができたらと思う。とはいえ、私のアドバイスは、自分がしてきたことを言ったにすぎなかったかもしれない。相手を無視し、気持ちを強く持って、自分のしたいことやなりたい自分に集中して、他人の要求は気にしないことだと。十二年生になって、なぜか四人のホームカミング・プリンセスの一人に選ばれたときにも、急に高校の〝仲間〟に入れたような気にはならなかった。フロートの上に座って、エリザベス二世のように人々に手を振り、ティアラをつけているのは怖かった。私はぎこちなく、落ち着かなかった。演じたくもない役割を演じながらも、本心では自分が何かで評価されたことが嬉しかった……親切なところ？　それともダンスチームでの活躍？

私の子供時代は、〝ぐにゃぐにゃな赤ん坊〟に戻ることの繰り返しだった。このときも、他の人たちが期待するものは、本当の私とは何の関係もなかった。あるいは、私の能力とも。

デルタ・ガンマ会に入ってそれが変わった。ソロリティで、私はついに、完全な部外者だという気持ちにならずに人々に溶け込むことができた。それにある意味、本当の自分になれた。

私はデルタ・ガンマ会の風紀副会長に立候補し、当選した。そのことで私は、ソロリティ内で気に入らないことに愚痴をこぼすよりも、行動するようになった。歴史が専攻で、政治学オタクだった私は、システムを円滑に進め、人々に高潔な行動をしてもらいたいと思った。それはデルタ・ガンマ会のシスターたちにもしっくりきたようだ。彼女たちは、ありのままの私を受け入れてくれたのだ。

一九九七年のある朝、CNNでピーター・バーゲンが、オサマ・ビンラディンにインタビューしたときのことを語っていたとき、私はデルタ・ガンマ・ハウスのジム兼テレビ室で、一人きりでトレーニングマシンに乗っていた。私は心を奪われた。バーゲンはすべてを、きわめて簡潔に述べた。大富豪のビンラディンは、ソ連のアフガニスタン侵攻後、アメリカ軍とともに戦った。彼はそこで、イスラム過激派のリーダーとしての地位を固め、アラブ諸国にアメリカが存在することを拒絶した。インタビューは、アフガニスタンの非公開の場所で録画されていた。ビンラディンを喜んで国境の中に迎え入れる、数少ない国の一つだ。ビンラディンは冷静で落ち着いた態度で、ユダヤ系アメリカ人、合衆国、そしてアラブ諸国にいるアメリカ人全員に対して宣言したジハードについて、耳に快い声で説明した。アメリカの一般大衆がジハードという言葉を聞いたのは、おそらくこれが最初だろう。インタビューが終わりにさしかかったとき、バーゲンはビンラディンにこう質問した。「今後の計画は?」

ビンラディンは狡猾そうな、だが穏やかな笑みを浮かべて答えた。「いつかメディアで知ることになるだろう。神の思し召しがあれば」

私はぞっとした。そして、怒りを感じた。ビンラディンの顔つき、うぬぼれた笑み、そして彼の言葉すべてが、私の頭の中で炎のように感じられた。何か行動を起こしたかったが、どこで何をすればいいかわからなかった。アメリカ国民、特に中東で軍務に就く男女に対してジハードが行われることは、デルタ・ガンマ・ハウスでの羽目を外したパーティーよりも受け入れがたいことだった。

どんなにそうしたくても、私には世界の風紀副会長を務めることはできなかった。けれども、ただ手をこまねいて見てもいられなかった。私はできるだけ本を読み、ニュースを追って、時事問題や外交問題のすべてを学ぼうとした。私の計画は教師になることだった。若者たちを教育することで、世界で何が起こっているか、そして自分たちがどんな立場にいるかを理解してもらいたい。そして、できることならともに手を取り、変化をもたらしたいと思っていた。政策や政治……それに『ニューヨーク・タイムズ』の論説を通じて！

私はその計画に満足していた。自分の歩む道を確信していた。

やがて、三年生の春が来て、私はキャンパス内を自転車で走っていた。そして、すべてが一変した。

その日も理想的な南カリフォルニアの天気だった。太陽はまばゆく、空は漂白したように澄んで見えた。私は紫のＨｕｆｆｙ（アメリカの自転車メーカー）の自転車で、ソロリティハウスを出た。ピンクのＴシャツにジーンズ、ビーチサンダルという格好で、賑やかな学生たちの間を走る。いつものように、その日も私は南カリフォルニア大学の学生たちの、テレビに出られそうな格好よさに感心していた。まるで全員が、ハリウッドの映画セットの中のエキストラみたいに見えた。

キャンパスの主要な歩道となるトロウスデール・パークウェイには、就職説明会用のテーブルが二列になってずらりと並んでいた。ルームメイトのメリッサと私は、前の日の夜に履歴書を作成していた。私のバックパックには五通の履歴書が入っていて、あまり高い学位を必要としない私立学校の採用があることを期待していた。テーブルの多くにはボウルに入ったキャンディーが置かれていて、採用担当者は食い意地の張った子供を引きつける魔女ではないかと思われた。あちこちで、色とりどりの風船が椅子に結びつけられていた。学生たちはＩＴ関連会社のテーブルに群がっていた。ほとんどがスティーブ・ジョブズやスティーブ・ウォズニアック、ビル・ゲイツを崇拝していた。私の知っている男子学生は、全員が彼らのようになりたがっていた。私は自転車を降りて押しながら、ぎっしり詰まった人ごみの中、教師の採用はないかと左右を見渡した。

そのとき、中央情報局と書かれたボール紙の名札を置いた、閑散としたテーブルが目に入った。そこにいたのは、ポロシャツとカーキ色のズボンを身につけた、アジア系の中年の採用担当者一人きりだった。彼はとても寂しそうに見え、どこか気の毒になった。

「こんにちは」私はいつものように反射的に笑顔を見せ、それからぎこちなくバックパックを探って履歴書を渡した。

「やあ。私はマイク・スミスだ」彼は書類を見て言った。「君はトレイシー・シャンドラーだね」

「そうです」私は肩をすくめた。

マイク・スミスは履歴書に丹念に目を通した。それから、私の顔をじっと見て言った。「すると、君はＣＩＡに入りたいんだね、トレイシー・シャンドラー？」

「はい」私は言った。「入りたいです」彼にそう訊かれるまで、自分がＣＩＡに入れるなどという考えは頭に浮かばなかった。ぐにゃぐにゃの赤ん坊だった私が！　歯の隙間や大きなお尻、頬一面のにきびのせいで、容赦なくからかわれてきた女の子が。銃に触ったこともなく、銃を撃つことを考えたことすらないのに。しかし、私が実際に候補者の一人であるかのように、マイク・スミスが履歴書を手にしているという単純な事実から、私は自分の内面を見つめることになった。大好きな授業はイスラムの歴史だった。国や宗教、部族の関係を理解するために、中東の地図を暗記した。ビル・ゲイツよりもピーター・バーゲンと一緒に仕事をしたかった——そんな自分が、いつか表の自分になるかもしれない。変化を起こし、毎日のように考えている世界的な脅威、テロリズムに影響を与えられるかもしれない。

もっといいのは、自分が隠れた存在になれることだ。見えない存在に。デルタ・ガンマ・ハウスにいるときよりも。

ソロリティハウスのルームメイトは、自分たちで部屋の配色を選ぶ。シャーベットイエロー、パウダーブルー、ボーンホワイト、ライムグリーン、それにさまざまな色調のピンクはあちこちで見かけた。メリッサがいなければ、私も部屋の色にピンクを選んだだろう。フォレストグリーンと栗色という合意を無視して、私は家からピンクのレザーのビーズクッションを持ち込んでいた。座り心地がよくて、勉強のときもデスク前の固いプラスチックの椅子ではなく、こっちに座った。

就職説明会の二週間後、そのビーズクッションに心地よくおさまっているときに電話が鳴った。当時は固定電話の時代で、ソロリティハウスの各部屋には専用の電話と電話番号が与えられていた。隣のデスクで勉強していたメリッサが電話を取った。私は黄色い蛍光ペンを手に、読書を続けていた。

「トーレーイーシー、CIAからよ――」メリッサはいたずらっぽく笑って私に受話器を渡し、「よく言うわ！」と続けた。どうやらフラタニティの男子が冗談で言っていると思ったようだ。CIAに履歴書を提出したことは、彼女にも、ほかの誰にも言っていなかった。応募したことさえ、すでに秘密の行為になっていた。

私はメリッサから受話器を引ったくり、耳に当てた。

「もしもし？」首を伸ばして電話の主を突き止めようとしているメリッサを避けて、私は言った。ビーズクッションの中身の発泡スチロールがざらざらと音を立て、電話の向こうのマイク・スミスの声が聞こえないほどだった。

心臓がどきどきして、まるでウサギに胸を蹴られているかのようだった。メリッサがにじり寄ってきたが、うるさいクッションの中で動きたくなかった。「こんにちは、ミスター・スミス！」

私は見えない相手にほほえんだ。

「君の履歴書に興味を持ったので、就職の面接をしたいのだが」

私はできるだけ静かにクッションから立ち上がり、メリッサが座っているデスクに身を屈めて、C．I．A．と書いた。ミスター・スミスは私に手紙を送ると言った。その手紙に、面接の最初の手順が詳しく書かれていると。

電話を切ったとき、私はまだほほえんでいた。

「あなたは歴史の先生になりたいんだと思ってたわ」メリッサは、電話の相手はやっぱりフラタニティの男子なんでしょうと言わんばかりに、首を傾げてにやりとした。

「そうよ」そう言ってから、私は心の中で思った。でも、歴史を作るのは教えるよりもずっといいわ。


車のことでついていたためしはない。最初の車は、ドラマ『刑事スタスキー&ハッチ』から出てきたような古いオールズモビルだったが、しぶしぶホームカミング・プリンセスになった年、ホームカミング・デーの対抗試合に運転していったときに発火した。この発火は、私がプリンセスになりたがらなかった罰だと常々思っている。たくさんの女の子が、プリンセスになりたくて仕方がなかったのだから。次の車は中古のホンダ・アコードで、大学一年の冬休みにスポーツ用品店で働いている間に盗まれた。盗んだのは女の子三人組だった。そう遠くまで逃げないうちに、彼女たちは陸橋から――チキ・チキ・バン・バンのように――宙へと飛んでいった。怯えていたのか、上の空だったのか、それともスピードの出しすぎだったのだろうかと、いつも考える。三人は病院送りになり、車は廃車になった。真っ逆さまに落ちてめちゃめちゃになってしまったのだ。次の車はハッチバックのアキュラで、アコードの保険金で買ったものだ。私はそのアキュラを運転して、初めてのＣＩＡの面接に向かった。面接は四年生になる前の夏に行われ、私はオレンジ郡の両親の家で暮らしていた。

私は黒いスーツにピンクのブラウスを着て、先のとがった黒いパンプスを履いた。スーツはそれ一着しか持っていなかったので、私は慎重に、座る前に運転席の泥を拭いた。ところが、高速道路に乗ったとたん、吐き気に襲われた。緊張のせいではない。緊張したり怖くなったりすることはめったになかった。それに、二日酔いのせいでもない。吐くほど飲んだことは一度もなかった。ただのウィルスか、食中毒だったのだろう。何にせよ、それはすぐにも口から出てきそうだった。私は急いで高速道路を離れ、サイドブレーキを引いてドアを開け、道端に吐いた。それからしばらくシートにもたれているうち、第二波がやってきた。それが終わると、私はロサンゼルス空港近くの、面接が行われるホテルへ向かった。

駐車場の料金は十ドルで、当時の私にとっては大金だった。道を渡った縁石のところに空いている場所を見つけたので、そこに車を停め、よろよろとロビーに入って、案内に従って会議室へ行った。

応募者は四十人ほどだった。女性は私と似たようなスーツ姿、男性はジャケットにネクタイで、メラミン素材のやけに長いテーブルにつくよう言われた。そして順番に、名前と出身校を言わされた。私は言われたこともほとんど耳に入ってこなかった。お腹の具合のことと、吐かずにいることに集中していたからだ。

自己紹介のあと、私たちはテーブルで、一人ずつホテルのスイートルームに呼ばれるのを待った。部屋に入った私が真っ先に思ったのは、面接官の男性は眼鏡の趣味が悪いということだった。彼はレンズの大きい、テレビみたいな形の眼鏡をかけていた。母親の家の地下室に隠れている誘拐犯か、一匹狼の変質者がかけているタイプだ。次に思ったのは、急な吐き気に襲われたときに、吐く場所を見つけなければということだった。私はミスター・眼鏡のデスクと向かい合った椅子に座り、黒いプラスチックのゴミ箱を引き寄せた。

「すみません」私は言った。「インフルエンザにかかってしまったかもしれないので、近くに置いておく必要があるんです」

「ああ。構いませんよ」ミスター・眼鏡は自分の椅子を十インチほど下げ、私たちの間に距離を作った。彼の前には、私が中国現代史の講義で書いたレポートがあった。そこには、中国で共産主義がうまく機能していると考える理由が書かれていた。面接の数週間前に、文章力と国際問題の知識がわかるようなサンプルを送るように言われていたのだ。新しく執筆する代わりに、私はそのレポートを送っていた。

「すると、あなたは共産主義者というわけですね」ミスター・眼鏡が言った。

「筋金入りの資本主義者です」私はゴミ箱に目をやり、さらに近くに引き寄せた。

「しかしあなたは、中国における共産主義を支持していますね」彼は人差し指で、巨大な眼鏡を鼻から押し上げた。

「中国における政府の行動は一切支持しません。しかし、世界で最も人口の多い国では、共産主義は資本主義にはできないやり方で、膨大な数の国民の需要を何とか満たしています。つまり、十二億五千万の人々を食べさせていけるシステムというのは、ある程度機能していると言えるのではないでしょうか?」

相手が答えなかったので、私は続けた。「このシステムがなければ、一九六〇年代の飢饉のような状態になるでしょう。あのときは、中国の人口が相当減りました」〝相当〟という言葉が喉に引っかかった。私はゴミ箱を見て、意志の力で吐き気をこらえた。

ミスター・眼鏡はさらに距離を広げた。それから椅子に寄りかかり、質問をダーツの矢のように放ちはじめた──すべて中国と共産主義に関するものだった。私は信念を持って、できる限りの回答をしたが、胃の中で渦巻いているものを押しとどめるのに集中しながらでは、まともに考えることもできなかった。

ようやく解放された私は、ロビーで電話番号を交換しているほかの候補者たちにあいさつもせず、早々にホテルを出た。急いで道を渡り、歩道に立って、がらんとした縁石を見た。

車はレッカー移動されていた。


その夏の終わり、マイク・スミスから再度電話があった。体調不良と、悪く受け取られかねない共産主義傾向にもかかわらず、ミスター・眼鏡は私に好印象を持ったようだ。マイク・スミスは、面接を次の段階に進めると言った。嘘発見器によるテスト、身体検査、心理検査だ。これらのテストはバージニア州ラングレーのCIA本部の近くで行われることになっていた。

私は母にバージニア州までついてきてほしいと言った。まだ二十歳で、大学卒業まで一年あり、親抜きで旅行をしたこともなかった。飛行機に乗っている間じゅう、母はどこでレンタカー店を見つければいいか、首尾よく見つけたとして、どうやってワシントンDCからバージニア州まで行けばいいか気を揉んでいた。私は母に、私は地図を読むのが得意だし、空港へ行けばレンタカー会社を教えてくれる人がたくさんいるわと指摘した。母はまた、私が偽の身分証明書を持っていることも心配していた。それはデルタ・ガンマ会に入った最初の年に、母がハヌカー（ユダヤ教徒の祭り）のプレゼントとして贈ってくれたものだ。私は大酒飲みではなかったが、仕事用の身分証明書を持つことは、どこのソロリティハウスでも普通だった。

ダラス空港に着陸する前、母は赤いマニキュアを完璧に塗った繊細な手を伸ばして言った。「偽の身分証明書は預かっておいたほうがいいと思うわ」その身分証明書を持っていることは、私の完璧な経歴でたった一つの疵だった。それを手放せば、デルタ・ガンマ会の風紀副会長の経歴はきれいなものになる。

候補者は二つのチェーン系のホテルに別々に滞在させられた。初日の朝にＣＩＡのバスがまず一つのホテル、それから次のホテルに迎えに来た。私たちが連れていかれたのは標識のない、駐車場のように特徴のない低い建物で、周囲を細い木が囲んでいた。この近くのマクドナルドで食事をしている人たちは、至る所にスパイがいることを知っているのだろうかと私は思った。

一日目には〝論理〟テストを受けたが、どちらかといえば個人的な質問のように感じた。どの質問も何が正解なのかわからなかったし、どんな人材が求められているかもわからなかった。私はあとから考え直さないように、あるいはまったく考えないようにして、ただ正直に質問に答えることにした。テストを提出したあと、候補者の間で、明かしたことと明かさなかったことについて、さかんにおしゃべりが始まった。

私は五人のグループにいたが、誰もが不安そうに自分の答えを明かした。

「お風呂とシャワーのどっちが好きって答えた？」女性の一人が私に訊いた。濃いブルーの瞳をしていて、話している間、ひっきりなしにまばたきしていた。

「シャワーよ」私は答えた。「お風呂は大嫌い」

「それは間違った答えだと思うわ！」彼女は言った。

「お風呂嫌いの何が間違っているの？」

「僕も風呂は大嫌いだけど」男性の一人が言った。「でも、結局そっちが好きだって答えたよ」

「お風呂が正解に決まってるわ！」彼女は言った。「気分が落ち着いているかどうかを知りたいのよ。リラックスしてるかみたいな。そうじゃない？」

「その通りだ」男性が言った。

身体検査については、誰も詳しくは語らなかった。全員がコップに尿を採り、血液を抜かれた。体重と身長を測られ、聴診器を当てられた。初めてのことは何もなかった。

二日目はそれよりずっと強烈だった。その日は初めての〝生活様式〟に関する嘘発見器テストが行われた。

試験官の男性は、私には年を取って見えたが、まだ四十代だったに違いない。白いボタンダウンのシャツにカーキ色のパンツという格好だった。彼の手は大きく、ごつごつしていて、顔のしわはとても深く、巨大な木材から彫り出されてきたように見えた。唇に笑みが浮かぶことはなかった。

私たちがいる狭くて白い部屋には、テーブル、コンピューター、マジックミラーがあった。木彫り人形のような男性は私に話しかけることもなく、指先、心臓、腹部にワイヤーを取りつけた。

彼が取りつけようとした血圧計は、私の腕には大きすぎたので、彼はいったん部屋を出て子供用のものを持ってきた。それはぴったりだった。

筆記テストのときのように、私は正直に答えた。質問は抽象的なものではなかった。違法なドラッグをやったことがあるか、アルコールを飲むか、友達に正直な人間だと思われているか、自分は正直な人間だと思うか。性生活に関する質問もあったが、私の経験はきわめて限られていたので（家に閉じこもってビンラディンのことで気を揉んでいる内気な女の子が、男性に追いかけられることはめったにないのだ）、最初の二、三問で、後追いの質問をされることはなかった。

三時間、汚点一つないと思われる過去を暴露したあとで、私は合格しなかったと言われた。しかし、不合格でもないと。木彫りの男性が言うには、嘘発見器の結果から結論が出なかったということだ。私は翌日またテストを受けることになった。

その夜は嘘発見器のことが心配で眠れなかった。母は私の気持ちを察し、それを心の中の凹面鏡でさらに拡大したため、やはり眠れなかった。私がモーテルのベッドで一度寝返りを打つとき、母は自分のベッドで二度寝返りを打っていた。夜半まで、私は通りかかる車のヘッドライトのせいで異星人の登場のように明るくなるカーテンの隙間をじっと見ていた。私には自分の知らない正体があるのだろうか？　本当のことを言っているつもりだったけれど、潜在意識だけが知っている嘘をついていたのだろうか？　スパイになった自分を想像したときから、私はそれ以外にはなりたくなかった。その夢に少しずつ近づいているのに、嘘をついていないことを証明できなければすべて台無しになってしまう。

「隠し事なんて思いつかない」朝の四時頃、私はつぶやいた。一晩じゅう、頭の中で自分の人生を一年一年思い返していた。十六歳のときにアリソン・Bの家の居間で経験したファーストキスから、友達のケリーが煙草を吸っているのを見たときまでを再現した。私は煙草を吸ったこともなく、ただ見ていた。

「私も思いつかないわ」母が小声で返した。人生で母に話していないことはほとんどなかった。

翌朝、木彫りの男性と私は同じ部屋にいた。彼はワイヤーと血圧計を私につけた。それから、向かい合った椅子に腰を下ろし、腿に腕を置いて言った。「トレイシー、君が話していないことは何だ？　何を隠している？」

「わかりません……。記憶を探ってみたのですが」

「だが、何かあるはずだ。君は何か隠している。隠し事がなければ、これほど曖昧なテスト結果にはならないはずだ」

「何も思いつきません……」飛行機の中で母に渡した偽の身分証明書のことがあったが、特に言うほどのものではないと思った。ここだって結局、偽の身分で成り立っているような組織だ。

「本当に、ドラッグをやったことはないんだな？」彼は訊いた。「やっていても構わないんだ。ほとんどが、少なくとも一回は大学でやっている」

「興味を持ったことがありません」

「マリファナに好奇心を持ったことはないのか？」

「ええ」実を言えば、ソロリティの女子の何人かがマリファナを吸って涙が出るほど笑っているのを見てから、多少の好奇心はあった。しかし、誰もがマリファナを吸ったあとに襲われるという〝空腹感〟が怖かったのだ。長年、太っているといじめられてきたために、プリングルズの缶やフリートスの袋を手にすることを努めて避けてきた。それに、二十歳だった私は、南カリフォルニア全域ではないにせよ、特にソロリティのような場所を当時支配していた文化と、痩せていることへの強迫観念にどっぷり浸っていた。それでもキャンディーは大好きで、いつもバッグに入れていた。その朝、モーテルの無料のペストリーを食べなかった私はお腹が空いていた。ワイヤーを体につけたまま、私は黒いトートバッグに手を伸ばし、ホットタマレスというお気に入りのキャンディーの箱を出した。

「ホットタマレスは？」私は木彫りの男性に箱を差し出した。彼は首を振って断り、私がキャンディーをてのひらに出して食べるのを見ていた。

「それと、変わった性的関係は？」

「まさか！」私はホットタマレスをさらにてのひらに出した。「十一年生のときの、トミー・グリーンスパンとの最悪のキスをそれに数えるなら別ですが。彼の舌が、私の鼻の穴に入ったんです」

深夜に反芻するまで、私はそのことを忘れていた。

「動物を虐待したことは？　飼い猫のひげを切るとか？」

「ありません。うちは犬派なんです。それに、犬は大好きです」

私たちは再びテストを始めた。何時間もかかった。それから、木彫りの男性は最後の告白のチャンスを与えた。

「トレイシー、話していないことがあるだろう。言っていいんだよ。ほら」

あるイメージが頭に浮かんだ。人の顔だ。だしぬけに、私は潜在意識が隠していたものに気づいたと思った。

「わかりました。でも、警察には言わないでください」

「保証しよう」木彫りの男性は言った。

「母が雇っている掃除婦のローザは、不法移民なんです」木彫りの男性の顔を見ながら、私は激しくまばたきした。彼は少しだけ口元をゆがめた。笑ったのではないが、唇が吊り上がった。

「それは我々にはまったく関係のないことだ」彼は立ち上がり、部屋を出ていった。

私はマジックミラーを見上げた。たぶんその裏では（集団ではないにせよ）誰かが私を見ているのだろう。私は目を閉じ、ワイヤーをつけられて座ったまま、たちまち深い眠りに落ちていった。

時間の感覚がない眠りだったので、木彫りの男性が部屋に戻ってきて私を起こすまで、どれくらいの時間が経っていたのかわからなかった。

「おめでとう」彼は言った。「嘘発見器テストは合格だよ」

三日間の面接の最後は、精神科医との面談だった。嘘発見器テストで潜在意識のあらゆる層を掘り返されたあとでは、心理検査は少しも詮索的には感じなかった。

ソロリティのシスターは、新入生歓迎期間の準備をするため、八月初旬にはハウスに戻らなければならない。この時期、ソロリティとフラタニティは五日間のパーティーで新メンバーを勧誘する。パーティーには伝統的な儀式があり、女子はたくさん歌い、喝采し、詠唱する。私は責任逃れをするような人間ではなかったので、必要な行事にはすべて参加した。けれども、人に見られたくない私にとって、前庭の起伏する芝生に立って通り過ぎる人に歌を聞かせたり、もっと複雑で二日間のリハーサルを必要とするドアチャントをこなしたりするのは大変なことだった。ドアチャントとはこういうものだ。デルタ・ガンマ会に入りたい女の子たちが壮大なフェデラル様式の建物の大きくて赤いドアを開けると、上から下まで笑いながら歌う顔がぎっしり詰まっている。うまくいけば、人食い人種のマンガに出てくる生首の山のように見えるのだ。これを成功させるには、ソロリティのシスターは梯子や椅子、ほかの人の肩の上に立たなければならない。私は安全については心配していなかったが、常に目立たない場所を探そうと努力した。誰からも注目されない、誰でもない顔の一つになるように。

リハーサル週間の半ば、朝食の直前に、何人かの女子がロサンゼルスの公民館で起きた銃撃事件の話をしていた。私は二階の書斎へ駆け上がり、テレビのニュースをつけた。数人が部屋へ入ってきた。私たちはソファや椅子を占拠して、読み上げられるニュースに耳を傾けた。

バーフォード・O・ファロー Jr.という男性（この名前についてだけでも一つか二つのパラグラフは書けるが、今回は省略しよう）が、ワシントン州タコマから車でロサンゼルスへ来た。その目的は〝ユダヤ人を殺す〟ことだった。彼はサイモン・ウィーゼンタール・センターの寛容博物館のような大きな施設に近づくことはできなかったが、グラナダヒルズにあるユダヤ人公民館のロビーにはすぐに入ることができた。彼はそこで、多くの子供を含む人々にサブマシンガンを発砲した。床には薬莢が七十個散らばっていた。子供三人を含む多数が銃撃された。

私たちは驚き、ぞっとした。今では銃撃事件はありふれたもので、あの頃どれだけの衝撃を受けたかを思い出すのは難しい。そのことが私たちの心をどれだけ深く揺さぶったかを。めったにない恐ろしい事件が伝えられる間、何時間もテレビの周りに座っていたことを。そして、ほんのひとときでなく、長い間その悲劇について考えたことを。あなたが私のような人間なら、何カ月もの間、そのことしか考えられなかっただろう。

その日の午後、テレビ室で、私はソロリティのシスターとのどの会話よりも興味深い会話を交わした。私たちは反ユダヤ主義、人種差別、テロリズム、銃について話した。全身が脈打ち、心臓はずっとどきどきしていた。一晩じゅうでもそこに座って、この国にのしかかるおぞましい物事に取り組む方法を考えていられた。それまで以上に、世界的な問題や国内問題の解決にかかわりたいという気持ちが高まったが、それを口に出すことはできなかった。ルームメイトと両親を除いて、身元保証人として名前を記入したほんの一握りの人にしか、CIAに応募したことは言っていなかった。しかも、その四人のシスターには、私が応募したことは他言しないでほしいと頼んでいた。それはある意味、ひどく……突飛なことに思われたからだ。それに、他の人たちが〝あの子、どうしてスパイになれるなんて思うのかしら?〟と自問するのが想像できたからだ。

会話はエスカレートしていった。議論ではなく解決の方向へ――一人がほかの人たちの意見を要約して。私たちは今では政治や行動、議員に手紙を書くことについて討論していた。そのとき、アリシアという赤毛の女の子が腕時計を見て叫んだ。「大変、ドアチャントの練習の時間だわ!」

それでおしまいだった。私たちはぞろぞろと部屋を出ていき、二度とその話はしなかった。

私の体はドアチャントのリハーサルに参加していたが、頭はまだユダヤ人の公民館にあった。新入生歓迎会の責任者クレアは、ドアの後ろから光が一筋も漏れないよう、全員を位置につかせるのに躍起になっていた。最初のリハーサルで、梯子に上ったドアの一番上の女子たちは、ずっと下を見ていた。たぶん、転げ落ちて大理石の床で頭を割ってしまうのが怖かったのだろう。「上を見て!」クレアが叫んだ。「上! 上! 上!」私はその一員ではなかった。ドアの横の窓にあふれ返る集団に隠れていたからだ。すべてはドアで行われるので、私たちは脇役だった。

翌日も、私は公民館のことを考えていた。国外からの戦力に対抗しながら、国内のテロに対処する道はないかと頭をひねっているうちに、またもドアチャントの練習の時間になった。私は入口のホールへ行き、窓にいる集団の後ろに立った。ほかの女子は足載せ台や梯子に危なっかしく立った。そしてチャントを始めた。D―E―L―T―A、デルタ! D―E―L―T―A、G―A―M―M―A、ガンマ!

クレアが叫んだ。「上を見て!」

私は梯子に乗った女子がクレアの指示に従うのを見た。それから、彼女たちと一緒になって吹き出した。明かり取り窓の上にテープで貼られていたのは、一九七〇年代半ばの『プレイガール』誌の見開きページだった。モデルの男性は、体毛があるべきあらゆる場所に、ふさふさと巻き毛を生やしていた。膝の上で眠る動物のように股間にぶら下がっているペニスは、とんでもなく大きかった。一瞬でもテロのことをすっかり忘れたのは、そのときだけだった。

二日後、CIAから予告もなしに男性が訪れたとき、ドアの上にはまだペニスをぶら下げた男性の写真が貼られていた。彼は私が応募書類に書いた四人の身元保証人と話がしたいと言い、全員が家にいるか、すぐに呼び戻されることを期待していると言った。私の目は、CIAの局員とペニスとの間を行ったり来たりした。彼が振り返って、私が見ているものに気づかないことを祈った。

「応接室で話しますか？　それとも図書室で？」そのときの私は、必要以上に笑みを浮かべていた。

「いいや。君の部屋を見なくてはならない。そこで身元保証人と話をする」彼の身長は六フィート以上あり、CIAで会った誰よりも年配で、頭は軍隊風の丸刈りにしていた。すべてにおいて落ち着いていて、統制が取れていた。話す言葉さえ最小限だった。

「わかりました」私は壁に取りつけられたインターコムのブザーを押した。男性はハウスの二階以上には入れない。何らかの理由で上がらなければならないときには、告知することが必要だった。「紳士の訪問客が上へ向かいます」私はスピーカーに向かって言った。どんな男性が来ても、紳士の訪問客と言うことになっている。恋人や友達が来ると、女子は〝紳士の訪問客があります〟と呼び出されるのだ。

その日、私はジーンズとTシャツだったが、ほとんどの女子はショートパンツにタンクトップか、スウェットパンツだった——どの大学でも定番の格好だ。局員は私の部屋を教えてくれと言い、私は面接の間、一階にいるようにと告げた。メリッサは部屋のベッドの上で宿題をしていたので、彼はまずメリッサと話すのだろうと思った。彼はどこに座るだろう。ビーズクッションに座ることはありえないし、ベッドに座るところは想像できなかった。それに、ひょろりとした硬そうな体を、デスクの華奢な椅子にどうやって収めるのだろう?

彼が二階にいる間、私は応接室で気を揉みながら、ジーンズの裾からほつれた糸をいじっていた。ソロリティのシスターが、スパイやアメリカの代表にふさわしくない私の行為を見つけていないことを祈った。ドアチャントに熱心に参加しなかったことは、不利に働くだろうか? ペニスのことは? 局員が階段を下りてドアへ向かうときに、見つけられないだろうか? 面接が終わるのを待ちながら、胃がきりきりした。これが終わったら……友人が言ったことを一言一句聞き出そうと思った。けれども、それはよくないことだとわかっていた。私は好奇心を抑えなければならなかった。

局員は明かり取りの窓を見上げることなく帰っていった。たぶん、優秀な彼はあのペニスを目にしながらも、それを表には出さなかったのだろう。メリッサとほかの三人の友人の報告は最小限だったが、彼がデスクの椅子に座り、友人はベッドに座ったことは聞かされた。基本的には、彼女たちはそれぞれ、私が自分について語った事実が正しいかどうかを確認され、ほかに話を聞くべき人物はいるかと訊かれていた。こうして調査範囲はソロリティから母の友人にまで広がった。友人が何と言ったかを母に尋ねたところ、聞き出せたのは母の親友のパットが、局員にお気に入りのゴールデンレトリーバーのマグでコーヒーを出したということだけだった。そのコーヒーを飲んだかどうかは、母も知らなかった。

自分に汚点がないことはわかっていた。ものを盗んだこともないし、煙草を吸ったり、誰かを裏切ったりしたこともない。けれども、CIAに入りたい私――夜にはベッドの中で、ガザの保安検査のことや、アフガニスタンで隠れるならどこだろうかと考えている私――にしてみれば、男性から女性に生まれ変わる前のブルース・ジェンナー（米国の陸上競技選手。トランスジェンダーであることを公表し、女性名のケイトリンに改名した）に近い気持ちだった。採用担当者のマイク・スミスにしか、こうした側面を見せたことがないのに、ほかの人たちが私自身や私の希望を本気で受け取ってくれるものだろうか？

タミーという女子が、デルタ・ガンマ・ハウスの正面階段の下にある郵便箱に、郵便物を振り分けていた。十一月の終わり、私はランニングから戻ったところで、自分に手紙が来ているかどうか確認しようと玄関ホールで待っていた。

「CIAから手紙が来るなんて、いったい誰なの!?」タミーが叫んだ。宛名を見た彼女は、ぱっと私を見て眉を上げた。彼女の中では、私はハウスで一番スパイらしくなかったのだろう。

私は手紙を引ったくり、自分の部屋へ駆け上がった。

ビーズクッションに座ると、ピンクのレザーに脚の汗が吸い込まれた。私は封筒を破った。胃がひっくり返りそうになり、叫びたくなった。代わりにほほえみ、唇を噛んだ。

トレイシー・シャンドラー――長年あざ笑われてきたぐにゃぐにゃの赤ん坊で、バト・ミツワー（十二歳になったユダヤ教徒の女児の成人式）のパーティーのテーマはソーラーシステムで、両親と一緒でなければ国外へ出たこともなく、南カリフォルニア大学では歴史学を専攻し、デルタ・ガンマ会では風紀副会長だった女の子――が、CIAの一員になるのだ。

3 転機

バージニア州ラングレー 二〇〇一年九月十一日

午前六時四十五分、私はシルバーのアキュラをCIAの自動車販売店並みの広さの駐車場に停め、車と車の間を悠然と歩いた。あと二時間もすれば駐車場はいっぱいになってしまうけれど、私はいつも早く来ていたので、ほんの少し歩けば、きれいな青緑色のガラス窓の、CIA新本部ビルにたどり着けるところに駐車できた。

私はここ数週間、ずっとスティングの『ブラン・ニュー・デイ』のCDを聴いていた。「デザート・ローズ」が一番好きな曲で、たびたびリプレイボタンを押しては、通勤の間その曲だけを聴くこともあった。物悲しげな長いこぶしがふんだんに出てくるこの曲の始まりは、西洋というより中東の音楽のように聞こえる。そしてもちろん、スティングと一緒になって大声で歌っているときに頭に思い描く砂漠は、アフガニスタンのレギスタン広場だ。そこは、生まれ育った白い柵の実家よりもよく知っている場所になっていた。

この一年間、私は地図作製部で、大半は中東から送られてくる衛星画像を読み解いていた。二階の作業スペースのデスクで、ジオロケーターが右下に白くタイプされているスクリーンを凝視し、そこに見えるものを書き留める。まるで別の言語を学んでいるようだった。あるいは放射線技師が、他の人にはロールシャッハテストにしか見えない超音波画像に、十分に育った胎児を見るようなものだった。写真を出されれば、三十秒もしないうちにぼんやりした頭部の画像から、そこに立っているのが誰で、その横には何があるかを言うことができた。夜、せめて数時間は寝ようと目を閉じると、光を受けたごつごつした山々と、グレーの影になった岩場のクレバス、洞窟、谷が見えた。そして、寂しい前哨基地と思われる、正方形や長方形の輪郭が――それらはアジトや倉庫、工場、訓練場だった。ほとんどのアメリカ人が知らない間に、アルカイダはそこで、急速に勢力を拡大していた。私は知られているすべてのテロリストの画像や、彼らの居場所や行動に関する情報を、次々にバインダーにまとめた。

そして一週間前、私はさらに高度な機密情報を取り扱う許可を得た。当時、CIAでも機密性の高い業務である〇〇〇〇プログラムに異動していたからだ。この作業は長時間にわたって強い集中力が必要なため、それぞれのチーム――私は最初に作られたチームに属していた――は四カ月間に〇〇〇〇〇〇〇しか働けなかった。この頃には、職場にランチを一緒にしたり、週末に出かけたりする友達ができていたし、局内のボーイフレンドもいた。生身のGIジョーのような諜報員だ。けれども、私は〇〇〇〇〇〇〇〇〇のことを誰にも言うことができなかった。部署内でただ一人、私が別の課に異動することを知っている上司にさえ言えなかった。まだオフィスは変わっていなかったので、ここ数日の私は二つの世界を股にかけ、二人の上司に報告を行いながら、一年前と同じ作業スペースで仕事をしていた。

曲が終わり、私はエンジンを切った。バッグから携帯電話を出し、グローブボックスを開ける。そこには面ファスナーがついた伸縮性の背中の支持具が入っていた。数カ月前から背中の痛みがひどくなり、呼吸をするたびに何本もの細い刃で全身を切られるような感じがした。私はできる限り痛みを無視しようとしたが、そのうちに、出勤しなくてはならないのに立ち上がることもできなくなってしまった。私は床で動けなくなった。病院に行くと、脊椎骨が成長しすぎたために脊髄神経を圧迫していることがわかった。治療法は手術しかない。脊椎骨を削って空間を作り、圧迫を取り除くのだ。一カ月の療養後、痛みはおさまったが、それでも渋滞にはまって車に閉じ込められ、座っていられなくなったときのために、支持具をそばに置いておかなければならなかった。

私はグローブボックスの支持具の下に携帯電話を突っ込んだ。携帯電話を持って建物に入ろうとすれば、保安のために没収されてしまう。車を降りる前、バイザーを下げて自分の姿を見た。その日の服装は気に入っていた。買ったばかりの新品だ。ブルーのボタンダウンシャツにブルーのペンシルスカートは、どちらもJ・クルーのものだった。足元は爪先が覗く肌色のパンプスで、爪先は痛かったが、全体的な見た目を考えるとその甲斐はあった。私はバッグからピンクの口紅を出し、塗り直した。頭の中には、ほんの数日前の〇〇〇〇〇〇チームとのミーティングのことが駆けめぐっていた。プログラムのために選ばれたのは七人で、直属の上司がついた。二十二歳の私は最年少だった。そして、ただ一人の女性だった。男性たちは自信に満ちていて、私よりもずっと年上に見えた。ほとんどは三十代だったが、まだ三十になっていない者もいた。上司は長身で痩せたヒスパニック系の男性で、長いネクタイをズボンにたくし込んでいた。私たちはみな名前で呼び合い、地図作製部の上司のことも名前で呼んでいた。しかしこの上司は厳格で円熟した印象だったので、名前で呼んでいいものかどうかわからなかった。そこで、名前でも苗字でも呼ばなかったが、頭の中ではアントンという名前で呼んでいた。

　アントンは私たちに、ザ・ヴォールトという場所で、テロリストとその訓練場を監視するようにと言った。〇〇〇プログラムについて知っておくべきことをすべて学んだあと、私は質問した。「それで、これを利用する機会はあるのでしょうか？」

　アントンは言った。「可能性は低い。攻撃されない限りは」彼は説明を続けた。仮に〇〇〇〇〇〇ということになっても、分析、考察、情報収集、そして最終的にトミー・フランクスの承認がなければ行動には移さないと。フランクスは北米の一部、中央アジア、中東と、世界の広範囲を担当する将軍だ。

　言葉を変えれば、誰もこのことを軽々しく受け止めてはいけないということだ。そして、何らかの攻撃を受ける前に、目の前の人物や物を正確に特定する私たちの仕事は、ますます重要なものに思えてきた。

私はバイザーを上げ、ごちゃごちゃしたバッグの中に口紅を放り込んだ。青と金の紐につながった身分証明書を引っ張り出すにはしばらくかかった。私は身分証明書を首にかけ、車を降り、ロックして、爪先が覗くパンプスでよろよろと入口に近づいた。建物に入る前、私は空を見上げた。完璧なお天気だった。明るくて、日差しにあふれ、空は澄んでいる。空気は刈りたての芝生のようにすがすがしいにおいがした。私は最後にもう一度、暖かい太陽に顔を向けた。作業スペースに入れば、スクリーンに映し出される地図がよく見えるように、太陽に別れを告げて窓のブラインドを下ろさなければならない。

警備員はその日も愛想がよく、身分証明書をスキャンする私にあいさつしてくれた。私はエスカレーターを下り、新本部ビルを突っ切ってフードコートのスターバックスに直行した。

ＣＩＡのフードコートはショッピングモールのものに似ているが、規模は小さい。レストランはなく売店だけで、広い部屋の真ん中にテーブルと椅子が置かれている。売店で働いている人たちは、厳しい身元調査を受けていた。またＣＩＡのフードコートで働いていることを口外することは許されていない。それに、客に対して質問はできず、名前すら訊いてはいけない。カップに名前を書くスターバックスの店員には、これは問題だった。彼らに理解できないのは、秘密捜査官にとって、たとえ偽名でも名前を明かすことは弱みに思えるということだ。たとえば、祖母の旧姓といった偽名から、本当の身元をたどられないとは言い切れない。でたらめの数字さえ、身元に結びつく可能性はあるのだ。だから、偽名であっても名乗ることはない。それに、仕事のことは決して話題にはしない。私はいつもスターバックスの店員と笑顔でおしゃべりしていた。その日、担当した女性とは、外は何て美しいのだろうという話をした。私たちも外で働きたかったわと。

彼女にさよならを言って、私はいつものミルクと砂糖の入る余地のないベンティサイズのダークローストを手に立ち去った。朝の七時で、ランチまでコーヒーをもたせる必要があった。ランチにはコーヒーをもう一杯と日替わりサラダを買い、デスクに戻って、画像の分析を続けながら機械的に食べることになる。

コーヒーとバッグを手に、私はまたエスカレーターに乗ってＣＩＡの旧本部ビルに入った。そこからエレベーターに乗ったとき、白髪から想像するより十歳は若そうな男性と一緒になった。ストレスだと私は思った。ここでの仕事と、全国民の生命に責任があるという重圧のため、若さはすべて削り取られてしまう。一年の間に、私は同僚たちがタイムラプス映画のようにどんどん歳を取るのを見てきた。私も十二カ月というもの夜も眠れず、目の下のくまがあまりにも目立つので、カバーガール社のコンシーラースティックをガムのように消費している気がした。白髪頭の男性は七階のボタンを押した。私は三階だ。彼の白髪の理由がわかった。七階はほぼ伝説の場所だった。そこには当時のＣＩＡ長官ジョージ・テネットのオフィスがある。自分の地位がテネットに近づくほど、七階に所属しないまでも、そこへ近づいていく。ブッシュ大統領やチェイニー副大統領、その他の政府高官と顔を合わせるとすれば、それは七階だ。重要性の高い仕事につき、さらに高度な機密を取り扱うようになっても、私は自分のことをまだ新人で未熟だと思っていた。

誰かが七階のボタンを押すのを見ていることしかできず、自分ではそこへ行けないと。メールやメモ、掲示物で名前を目にすることはあったが、七階の人々とはまだ会ったことがない。友人のリンゼイは、七階のテネットとの会議に参加したあと、まっすぐに私のデスクに来て、彼と同じ部屋にいるのがどんなものかを教えてくれた。テネットが直接関係するものは、より重要で、重大なものに思われるのだ。

エレベーターが三階に止まり、白髪頭の男性が会釈した。

「お先に」私は笑みを浮かべ、ぎこちなく手を振って、エレベーターを降りた。

部署にいる十五人のうち、三分の一はすでにデスクについていた。私は何人かとおしゃべりしながら、隅の窓際にある自分の作業スペースへ向かった。ブラインドを下ろす前に、太陽のほうへ顔を向け、最後にもう一度、快晴の空を眺めた。

コンピューターを立ち上げながら、私はコーヒーを飲んだ。画像が出てくると、それに集中するあまり、夢の中にいるような状態になった。どの写真も訓練場のものだったが、この数週間、訓練場から人が消えているような気がした。私は頭の数を数えてみた。画像を相互参照し、同じ人間の頭を二度数えていないことを確認した。全員が男性だ。何人かはすぐに身元がわかった。誰もが背筋の伸びた若者だった。訓練場にいないとすれば、彼らはどこにいるのだろう？　アメリカでの無差別攻撃が彼らの計画に含まれているのはわかっていた。武装した少年たちがいなくなったのは、このアメリカ国内にいるということではありませんようにと祈った。偽名または私たちがまだ突き止めていない名前で潜入し、車やトラックを借り、爆弾を作り、トンネルを走り……私が眠れないのも不思議ではなかった。

午前八時半には、部署の全員でなくともほとんどが、デスクで仕事を始めていた。友人のランディが、しばらくおしゃべりに立ち寄った。彼はアルカイダでの地位に応じて再編成した色別のフォルダーを作ったらどうかと言った。彼の話を聞きながら、私はこう思わずにはいられなかった。私はここからいなくなるの、ランディ。ザ・ヴォールトへ行くのよ。でも、あなたにもほかの誰にも、ザ・ヴォールトが存在することすら言えないのと。そのときまで、CIA局員としての私の秘密の生活は、さほど秘密には感じられなかった。局外の人たちと友情を保つのはとても難しかった。週に五十時間、何をしているのかを明かせないことが壁となり、本当に親しくはなれない。結果として、友人はみな局内の人ばかりになった。彼らは私が地図作製部で働いていることを知っているし、私は昼間あったことを自由に話せた。しかし、異動が決まった今、私は秘密のせいで妙に上の空になっていた。GIジョーからは、浮気をしているのかとまで訊かれた。浮気なんてしていない（もっと魅力的な人が現れたら、単に彼と別れただろう）と私は言った。ただ、新しい仕事にかかわっていて、それを明かすことはできないのだと。GIジョーは納得がいかない様子で、私はすぐに察した。彼にとってこの関係が楽しいのは、彼のほうが年上で、一年目の私よりはるかに経験豊富だという事実があるからなのだと。

私のデスクには電話が二台あった。黒い電話は外の世界に通じていて、私はそこから毎日母に電話をかけた。ベージュの電話はCIA内部の盗聴防止機能つき電話だ。八時五十分、盗聴防止機能つきの電話が鳴った。ほぼ同時期に入局した友人のジェフからだった。

「ＣＮＮを見ろ」彼は言った。「世界貿易センターの北棟に飛行機が突っ込んだ」

「何ですって」私は受話器を肩と耳の間に挟み、コンピューターの閉回路テレビでＣＮＮをつけた。

テレビはアルカイダのハイジャック計画やビル爆破計画について、あれこれまくし立てていた。それなのに、ＣＩＡの誰一人、いつ、どこで起きたか詳しい情報を知っている者はいなかった。すべてが推測だった――あちこちで言葉が交わされ、動きがあった。それまで出会った中で最も頭のいい人たちが、まとまりのある言葉を紡ぎだそうとしていた。そして誰一人、アルカイダに飛行機をビルに突っ込ませることができるような組織力があるのを知らなかった。一万五千を超えるアメリカ国内の空港をすべて閉鎖し、日々国内を飛んでいる八万七千の運航をキャンセルさせるには、情報がまったく足りなかった。それに、不明な人物が運転する不明な車が、不明な爆発物を持っているという可能性のために、国内のすべてのトンネルを閉鎖するにも。

今では、九・一一委員会がのちに提出した報告書の大半は、ＣＩＡとＦＢＩのコミュニケーション不足を指摘したものだというのはわかっている。けれど、私の立場から言わせてもらえば、真相はこうだ。私が知り合い、ともに働き、情報のやり取りをしていた人たちの誰もが、同じ目標に向かっていた――アメリカの安全を守り、アルカイダのテロ行為を阻止することだ。その同じ目標に向かって働いている人々が、ＣＩＡには何千人もいた。あとから考えれば、ＣＩＡとＦＢＩの混乱に非があったかもしれないが、この悲劇を一つの失敗に集約するのは、西洋世界を破壊しようとする人々と、人命を救おうとしている人々との複雑な戦いを単純化しすぎている。それに、私の知っているすべての諜報員と分析官が、寝る間を惜しんで長い時間を捧げていたことは無視できない。さらに重要なのは、ジョージ・テネットがブッシュ陣営に何度か足を運び、アメリカ本土での攻撃が計画されていること、自国を積極的に守る必要があることを訴えたという、文書に裏づけられた証拠があることだ。政府には、アルカイダの規模の大きさと財力への理解や想像力がなかったように思える。彼らの〝懸念〟の中心は、崩壊したソ連や中央アメリカの麻薬カルテルだった。政府は、私たちがすでに従事している以上の行動を起こすのを認めようとしなかった。

ジェフと私は電話をつないだまま、ほとんど黙ってお互いのデスクでテレビを見ていた。二人とも呆然としていた。人々はいくつかのグループになって、デスクやコンピューター、テレビ画面の周りに集まっていた。騒ぎはなかったが、会話や意見が聞こえてきた。私の頭の中には、これまで目にしてきた画像が駆けめぐっていた。私は何か見逃しただろうか？　私が目にしていない飛行機の実物大模型があったのだろうか？　気づいていなければならないことに気づかなかったのだろうか？　そして、ここ数日、訓練場から姿を消していた人々が、今アメリカの飛行機に乗っているのだろうか？

九時三分、ユナイテッド航空一七五便が南棟に衝突した。階全体が不気味に静まり返った。私は少なくとも一分は息が止まっていたし、ほかの人たちも同じだったかもしれない。私はふたたび、最近見た画像を思い出した。訓練場から何人いなくなったのだろう？　あと何回、飛行機が衝突するのだろう？

「あとで話しましょう」私はとうとうジェフに言い、電話を切った。バインダーへ向かい、ここ一週間見てきた画像をめくって、二週間前、六週間前、八週間前の画像と比べようとした。頭が固まってしまったように、〝私は何を見逃したの？〟という言葉が繰り返し浮かんだ。バインダーを閉じ、会議室のテレビの前に集まっている人たちのところへ行った。その階の上司のオフィスのドアは、ことごとく閉ざされていた。

午前九時三十七分、アメリカン航空七七便が、国防総省の西側に墜落した。私の体の西側に墜落したほうがましだった。私は蹴られたソーダの缶のように潰れてしまいたかった。心の痛み、罪悪感、自分の誤りのせいで人命が失われたという感覚にとらわれ、ほかには何も考えられなくなった。

私の友人で、以前〝私が会った中で一番痩せていて一番色が白い〟と評したことのあるエイプリルが、手を叩いて笑みを浮かべた。「さあ、始まったわ！」それは見当違いの興奮だった。ずっと訓練だけをしてきたのが、ついに戦線に配置されるといったような。誰も本当は人を撃ちたくはない。でも、それに向けて準備してきたのなら、結局は訓練されてきた作戦を実行に移すことになる。たぶん、同じようにテロリストの訓練場を監視してきたエイプリルは、自分が長時間かけてやってきたことが無駄にならなかったと知って興奮したのだろう。それでも、彼女が手を叩いた音は、それ以来私の頭を離れなかった。

午前十時には、ＣＩＡの全員に建物内にとどまり、所定の場所に避難するようにというメールが来た。誰も両手で頭を保護してデスクの下に入ったりはしなかった。引き続きテレビを見て、話し、推測していた。私が話した相手は一人残らず、この日まで自分がしてきた仕事を思い返し、何か見落としただろうかと考えようとしていた。あるいは、判断を間違ったか、解釈を誤っただろうかと。

午前十一時には、私たち対テロ担当の人間を除いて全員が建物から退避するように通知された。GIジョーは一緒に逃げようと言った。

「残らなければならないの」私は部屋を見回した。近くにいる人は誰もその場を離れようとしていなかった。

「でも、退避しろと言われているんだぞ」

「対テロ担当者は全員とどまらなくてはならないの」私はため息をつき、それじゃあとつぶやいて電話を切った。

午前十一時半には、ビルは空になった。各階にいる一握りの対テロ担当の諜報員と分析官、それに七階の大物だけが残っていた。私の階では、個人用オフィスのドアは閉ざされたままで、私たちはテレビの前に集まり、自分たちの知っていることを系統的に解釈して、たった今起こった出来事を理解しようとしていた。

フードコートは閉まっていた。サラダもなく、スターバックスもない。しかし、それから数時間は、フードコートのことは頭になかった。私は怯えてもいなかったし、パニックにもなっていなかった。ただ、この攻撃にかかわったすべてのテロリストの身元を突き止めようと心に決めていた。訓練場から得られた写真やグループを、相互参照するつもりだった。彼らの名前が知りたかった。そして、関係者の名前と居場所を知りたかった。だが主に知りたかったのは、オサマ・

ビンラディンの正確な居場所だ。まだメディアは断定していなかったが、私と対テロユニットの全員が、この極悪非道な攻撃の裏に彼がいると知っていた。

午後二時、地図作製部の上司から帰宅するよう指示が出た。みんなが荷物をまとめようとデスクに向かう中、私は上司のところへ行き、新しい部署の上司であるアントンに会ったほうがいいかどうかを尋ねた。上司は一瞬首を傾げ、それからほほえんだ。彼は私たちのしていることを正確には知らなかった――知っているのはテネットと、このプログラムのために選ばれた人間だけだった。それでも、私がそう尋ねたことで、彼は私が自分よりも高度な機密情報を取り扱えるという事実に気づいたようだ。しかし、彼は協力的な人物で、そのことを喜んでいたのは間違いない。

「ああ。行きなさい。君を必要としているはずだ」

アントンはCIA新本部ビルのSCIF（安全な部屋や場所に対する局内の名称）にいた。ザ・ヴォールトもそこにある。

彼は額に汗をかいていたが、混乱しているようには見えなかった。女性が一人、彼と同じテーブルについていた。文書やチャート、ホワイトボードがテーブルに置かれている。

「私に何かできますか？」私は訊いた。

「我々に何ができるかなんて知るものか」アントンが言った。この攻撃の責任を、私よりもさらに重く受け止めているのがわかった。「こんなにも早く○○○○を使うことになるとは思わなかった」

「ええ」私は言った。「使うことがなければいいと思っていました」

「厳しいことになるぞ」アントンは言った。「帰って、食事をして、寝るんだ。明日の朝六時半に来てくれ。それまでにはスケジュールを決めておく」

「眠れるとは思えません。まだ完全に習得していなくて」

「ああ」アントンはテーブルに散乱したものを見下ろした。黒いポケットベルの山があった。彼はいくつか引っくり返し、私の名前が書かれているのを見つけ、手渡した。「建物にいないときには常に身につけていろ。部屋にいないときは」

彼の言う部屋とは、ザ・ヴォールトのことだった。「わかりました」私はポケットベルをバッグにしまった。どこに、どうやってつければいいかわからなかったからだ。その当時は、ポケットベルはドラッグの売人か医師くらいしか使わないものと思われていた。私はそれまで触れたこともなかった。

「それに、今夜は眠るよう努力しろ。明日からは忙しくなる。このとんでもない事態を止めるのは、君と、チームの全員だからだ」

鉛でできたボウリングの球が、胃の中にずしりと落ちてきたように感じた。おそらくこのとき初めて、私はこの新しい地位がどれほど重要で、不可欠で、影響力が大きいかを理解した。

駐車場は空も同然だった。がらんとしたアスファルトは、いつもより広く感じた。私はもう一度空を見上げ、太陽に顔を向けた。一瞬のうちに国全体が一変したというのに、今も太陽は空に浮かび、地球上で一番美しい一日のように輝いているというのはとても奇妙なことだった。

私は車に乗り、グローブボックスから携帯電話を出して、母に電話しようとした。何も聞こえなかった。何度か試してみたあとで、私は電話をシートに放り、エンジンをかけ、CDをプレイヤーに戻した。

スティングがまた「デザート・ローズ」を歌う中、私はラングレーを離れ、バージニア州アレクサンドリアにあるアパートメントへ向かった。二十分後、ジョージ・ワシントン・パークウェイにさしかかったところで、車は渋滞で完全に止まった。まるで昼間のCIAの駐車場だ。私はブレーキに足を載せたまま、シートに寄りかかり、音量を上げた。スティングが「ゴースト・ストーリー」を歌っていた。心に残る妖しい音楽に乗せた歌詞には、西の空と太陽、そして九月十一日にふさわしい常套句が出てくる。つらいことは自分を強くする……。

アレクサンドリアのアパートメントに帰るには、何時間もかかるのは明らかだった。渋滞にはまっているよりはと、次の出口を出て、友人のジェニーの家へ向かった。彼女はCIAの分析官で、数字や統計など、数学の抽象的な概念に秀でていた。

ジェニーはちょうど私と同じタイミングで、アパートメントの駐車場に車を入れていた。彼女が乱暴にラジオを切るのを見ながら、私はスティングを止めた。私たちは車を降り、互いに近づいて抱き合った。どちらも何も言わなかった。

「最悪」彼女がついに言った。

「わかるわ」私は言った。CIAでは別の階にいたので、私たちが一日じゅう顔を合わせたり、話をしたりしたことはなかった。

私はジェニーのあとをついてアパートメントに入った。彼女は靴も脱がずにテレビをつけた。私は狭いソファに座り、爪先が覗くパンプスを蹴るように脱いだ。この靴をまた履いたり、あるいは見たりするだけでも、この日のことを思い出さずにはいられないだろう。

私たちはテレビに面したソファに座り、何時間もCNNを見ていた。私が一緒にいられる人はほんのわずかだった。ニュースで、あの飛行機を乗っ取ったのはビンラディン率いるアルカイダの戦士だと（まだ断定はしないものの）思われると言われるたびに、私の体を駆けめぐる罪悪感を、ほかの人たちがどうして理解できるだろう？　ジェニーも私も、そのことを裏づける証拠はすぐに出てくるとわかっていた。

中華料理のデリバリーを頼むときですら、ジェニーはソファを離れなかった。携帯電話を取り出し、道を挟んだレストランに電話した。CIAに入って二週間で、この番号を暗記したわと彼女は言った。どちらがお金を払ったか覚えていないが、誰がお金を出すかを気にしている場合ではなかったことはよく覚えている。私たちの国が攻撃を受けたのだ。そしてこの時点で、ビンラディンが一点、アメリカは〇点だ。それ以外のことはどうでもよかった。

夜中の十二時頃、私はアレクサンドリアのアパートメントに向かった。スティングのCDをまたプレイヤーに入れるべきだったが、心がそれを許さず、代わりにラジオのニュースを聞いた。テロリストのことを聞きながら、頭の中には不鮮明な人物が訓練場に集まっている衛星写真の画像が浮かんでいた。

家に着くと、服を脱いで床に落とした。それからパジャマのズボンとタンクトップに着替え、ベッドに入り、テレビをつけた。

「寝るのよ」私は自分に言い聞かせ、テレビの音量を落として、小さな声が眠りに誘ってくれることを願った。

眠りは訪れなかった。午前五時、私はベッドを出てシャワーを浴び、着替えた。ポケットベルがつけられるよう、ベルト付きのパンツにした。仕組みはよくわからなかったし、鳴ったらどうすればいいかもよくわからなかった。けれども、アントンは今日、つけていることを確認するだろうと思ったのだ。

午前六時半前、私は同僚と○○○○○○○○にいた。全員が早めに来ていた。私は完全に目が覚めていた。油断なく、集中していた。

得点を上げる用意すらできていた。

4　ザ・ヴォールト

バージニア州ラングレー
二〇〇一年九月～二〇〇二年一月

私はＣＩＡの司令部である七階に行ったことがない。行く必要がなかったのだ。なぜなら、七階がこちらへやってきたからだ。

ＣＩＡ長官ジョージ・テネットと初めて会ったのは、ザ・ヴォールトへ来て三日目の深夜のことだった。夜十一時半まで仕事をするのには慣れていなくて、魔法瓶のコーヒーを一気飲みしても、まだ少しぼんやりしていた。狭い部屋では三人が仕事をしていて、全員が凝視している壁のスクリーンに青く照らされていた。中東のほとんどの国は、アメリカより八時間進んでいるが、私が見ているのは八時間半進んでいた。小さなことなのはわかっているが、三十分の差は、この場所の不均衡をさらに拡大しているように思えた。

テネットは暗い部屋に入ってきて、みんなにあいさつし、また出ていった。私はどきどきし、コーヒーを口にした。彼は椅子を転がしてすぐに戻ってきた。私たちが会議や食事、あるいは明かりをつけたまま休憩する、隣の部屋から持ってきたのだ。

「トレイシーだったね？」彼はそう言って私の隣に椅子を置き、腰を下ろして、テーブルの上で足を交差させた。

「はい！」私はほほえみ、魔法瓶をどかして、巨大なウィングチップの靴のためにスペースを作った。上司のアントンは彼をジョージと呼んでいたが、私にはとてもそう呼べなかった。

「ご機嫌いかがですか？」同僚のブレイデンが言った。ブレイデンは毎日ネクタイを着用する寄宿学校からジョージタウン大学へ進み、外交政策でオールAの成績を取っていた。私は真面目なほうだと思うけれども、ブレイデンを見ていると、自分が野生児になったように思える。彼は駐車違反切符を切られたこともないに違いない。

「上々だよ」テネットは言った。火をつけていない葉巻を口にくわえていて、話すたびにそれが上下した。おそらく機器を冷やすためだろう、部屋はいつも少し寒いので、私は明るいブルーのフリースを着ていた。テネットはボンバージャケットを着ていた。当時は知らなかったが、彼はよくそのボンバージャケットを着て、常に火をつけていない葉巻を口にくわえているのだった。

「何を見ているんだ？」テネットは足を下ろし、立ち上がりかけてまた座り、椅子を前に寄せた。

私はムハンマド・Bに関するファイルを収めたバインダーを手渡した。私はこの人物を、とても親しい知り合いのように感じていた。彼はビンラディンの側近で、サウジアラビアでの幼馴染だった。アルカイダのメンバーの大半は若く、あまり教育を受けていない貧しい少年だったが、ムハンマド・Bは裕福な家庭の生まれで、アメリカの大学を出ていた。

「訓練場です。中央正面にいる男性がムハンマド・Bであることを特定しようとしているところです」

「彼は出入りを繰り返しています」ブレイデンが言った。「彼の行くところへ、ほかの人々がついていきます」

三人目の人物が部屋に入ってきた。ビルという空軍の男性で、私たちを見てから、スクリーンに目をやった。空軍の連絡役の例に漏れず、彼も愛想がよかった。しかし、彼はほとんど人づきあいはせず、シフトが終わったあとに、私ともほかの誰とも朝食をとったことがなかった。

「ビンラディンの形跡は?」テネットが訊いた。

「ありません」ブレイデンが言った。

「昨日、白いローブを着た男性のあとを三人の人物がついていくのを見ました……というか、ゆうべです。ここでのゆうべは、あちらでは昨日、いいえ、実際には今日で——」

テネットが笑い、私はたちまちリラックスした。

「ああ、言いたいことはわかるよ。続けて」テネットは言った。

「ええと、彼は背が低すぎるように見えました。白いローブの人物は」

「つまり、我々が追っている狂人ではないということかな?」ビンラディンは六フィート三インチから五インチと特定されていた。中東では、かなり背が高いほうだ。

「はい」ブレイデンが言った。

「そうです」私は言った。「そばにいる三人のうち、二人は彼よりも背が高く、一人は同じくらいです。ですから、彼ではありません。彼らは十分に食べていないので、それほど背が伸びないんです」

「ああ」テネットは言った。「バスケットボールチームを作れないのは間違いないな」

私たちは黙ってスクリーンを見つづけた。私はコーヒーを飲んだ。

しばらくして、テネットが言った。「それは何だ？」

「ブラックコーヒーです」私は答えた。「ダークローストの」

「眠気覚ましか？」

「ええ。あるいは、それとは矛盾した効果もあるかもしれません。これを飲むと気分が落ち着くんです」

「わかるよ」テネットはうなずいた。それから、ブレイデンを見て訊いた。「君は？」

「私はコーヒーは飲みません。それがなくても注意を怠らないよう、鍛えていますから」

テネットはほほえみ、身を乗り出して、ブレイデンの肩を軽く叩いた。彼はそれからしばらくその場にいたが、とても辛抱強い妻と寝ている息子のために家へ帰ると言った。

翌朝七時、シフトが終わる三十分前に、テネットがまた部屋に現れた。スターバックスのブラックコーヒー一杯と、ミネラルウォーター二本を持って。

「君たちのためにドーナツも買ってある」彼は隣の部屋を顎で示しながら、男性陣には水を、私にはスターバックスを渡した。「十二個入りを買ったんだが、来る途中に車で二個食べてしまった」

彼がにやりとし、私は緊張した笑い声をあげた。

「ドーナツ十個は、三人には十分です」ブレイデンは少しも笑わずに頭を下げた。「それに、水をありがとうございます」

それからわずか数日後、朝の六時半頃に、ブッシュ大統領がザ・ヴォールトに現れた。その夜私は、ネブラスカ州リンカーンで生まれ育ったフィリップという男性と働いていた。たぶん、初めて会ったネブラスカ州出身者だ。フィリップはブレイデンよりもくつろいでいて、どんな小さな特徴にも気がついた。例えば、この帽子は原産国がヨルダンのはずだといったことだ。その鋭い目のおかげで、フィリップは一番ペアを組みたい相手だった。私たちは、ふるいからこぼれ落ちた可能性のある場所や野営地、化学研究所などを特定しようとしていた。それは爪先から髪の毛まで集中させなければならない作業だった。私は靴を脱いだり、デスクに足を載せたりしたことは一度もなかったし、椅子の上でだらしなく前かがみになることもめったになかった。けれど、シフトの終わり頃に前かがみになっているとき、ブッシュ大統領がザ・ヴォールトに入ってきた。

「今朝の調子はどうだい?」彼に訊かれ、私はすぐさま背筋を伸ばした。

フィリップと空軍のティミーが、いっせいに立ち上がった。私は立つべきかどうかわからなかったが、二人がそうしていたので、やはり立った。

ティミーが手を差し出し、ブッシュと握手した。

「名前は?」ブッシュに訊かれてティミーは答えた。

ブッシュは次にフィリップに尋ね、彼はフルネームを名乗ったあと、こうつけ加えた。「ネブラスカ州リンカーンの出身です」

「まさか、コーンハスカーズにいたんじゃないだろうな! 大学フットボールで一番好きなチームだ」

「〝ゴー・ハスカーズ！〟」フィリップはそう言って、真っ赤になった。

「それで、君は？」ブッシュが手を差し出し、私は握手した。

「トレイシー・シャンドラーです」私はほほえんでお辞儀をした。

「ティミー、ネブラスカのフィリップ、それとトレイシー・シャンドラー、君たちの働きに感謝する。さあ、私のことは気にせず仕事に戻ってくれ。私はしばらくここで見ていたい」ブッシュは腕組みし、スクリーンをじっと見た。ときおり、彼は質問したり、何か言ったりした。彼がそこにいる時間が長くなるほど、居心地よく感じられるようになった。彼は周囲にいる人をくつろがせるタイプの人物だった。他人がどう感じているかを察しているかのようだ。

毎日少なくとも一人は、七階のメンバー、政府高官、議員がザ・ヴォールトを訪ねてきたように思える。国内は今も、九月十一日の出来事に衝撃を受けていた。ビルの瓦礫がすべて撤去されるのは何カ月も先だった。人々は攻撃への対応を見たがっていた。何らかの行動が起こされることを確信したかったのだ。

反応はいつも同じだった。訪問者は○○○○を見てこう言った。「まるでビデオゲームだな」彼らのほとんどはビデオゲームの世代ではなかったが、子供や孫たちがゲームで遊ぶのをよく見ていた。

そんなビデオゲーム的な行為は、十月二十日にはまったくゲームに感じられなかった。それは私の二十三歳の誕生日の前夜で、初めての○○○○○○の日だった。私たちはアフガニスタンのオマル師の潜伏先を確定したばかりだった。オマル師はタリバンの創始者で、殺人部隊の最高指導者であり、ビンラディンの保護者でもあった。現場にいた二百人ほどの男女は、オマル師自身は施設にはいなかったが、タリバン指導者の多くがいたことを確認した。この施設を破壊すれば、オマル師の指導力をかなり失わせるだけでなく、力を見せつけることにもなる。テロリストにとって、それはある意味、魔法のように感じられるだろう。○○○○の人々を除けば、私たちの能力がどれほど大きいかを誰ひとり知らないからだ。○○

私は砂ぼこりと瓦礫が湧きあがり、散らばるのを見た。続いて地上の兵士が破壊された施設に入っていくのを見た。私はあと数分で誕生日を迎えることを誰にも言わなかった。口に出すのは馬鹿げていると思ったが、頭ではそのことを考えていた。私は生きているという単純な事実を。そして、これからもずっと生きていられるようにと願った。できれば、もっと安全な世界で。

○○○私たちは復讐の神のように見えたに違いない。

GIジョーとは、私がザ・ヴォールトに異動してからほんの数週間で別れてしまった。彼にどれほどしつこく訊かれても、私は夜勤で何をしているかを言わなかった。この経験から、私はその後、二度と局内の男性と深くつき合う気にはなれなかった。ほかの男性は、まだ扱いやすい自尊心の持ち主だったが、ここに書くほど長続きした人はいなかった。

ザ・ヴォールトで働いている間、私の社会生活のすべてはバージニア州マクリーンの〈シルバー・ダイナー〉で成り立っていた。一緒に夜勤をこなした同僚や、やはり夜勤に従事していた本部の人たちと、私はそこへ足を運んだ。ボックス席に陣取り、何日も食べていないかのような量を注文した。女性は私一人だけということはよくあったが、誰も気にしてはいないようだった。そして、私にとって大事な信念は、食事をともにすることを含め、何においても異なる人や異なる視点を取り入れることで、常に向上できるということだった。とは言っても、ＣＩＡにも女性はいた。ただ、当時の部署にいなかったというだけのことだ。

男性は必ずベーコンを一緒に頼んだ。パンケーキとベーコン、卵とベーコン、ウェボスランチェロス（トルティーヤにサルサソースと目玉焼きを乗せたメキシコの朝食）とベーコン。一度誰かが、フライドチキンにベーコンをつけ合わせたのを見たことがある。私はいつも全粒粉のトーストに卵の白身、フルーツの盛り合わせを注文し、たまに半分に切ったグレープフルーツを追加した。不規則な時間に寝起きしているために、壊血病のようなおかしな病気になるのではないかと心配だったからだ。

アパートメントに帰ってからの予定は、ジムでトレーニングし、ニュースではない番組を見ることだった。精神的にしばらく仕事を離れるためだ。ジムに行くのはたまのことだった。普段はパジャマのズボンとタンクトップに着替え、眠りが訪れるのを待った。寝室はとても日当たりがよくて、ロールスクリーンの隙間から漏れる光だけで本が読めた。すぐに眠れないときは、起き上がってバスルームからチャコールグレーのバスタオルをかき集めてくる。それを寝室のロールスクリーンの上に投げて引っかけ、明かりを遮ろうとした。タオルは必ず落ちて、眠るための努力の最初の二十分は、タオルがちゃんと引っかかるまで立ったりしゃがんだりしながら何度も投げることに費やされた。

たいてい睡眠時間は三時間だった。運がよければ四時間眠れた。起きると、日常のことをあれこれこなした。食料品の買い物や、髪が茶色くなり過ぎたときにはリタッチをして、母に電話し、アパートメントの掃除をした。可能なときには、午後四時から六時まで、一、二時間の仮眠を取った。ほとんどの人が通勤電車で仕事から帰っている時間だ。ふたたび眠れたかどうかに関係なく、私は毎晩食事の支度をした。料理は好きだったので、本物の、大人向けの食事を作った――ローストチキンとか、アスパラガスのソテーとか、イスラエルクスクスとか。私はテレビの前でそれを食べ、薄っぺらで、即物的で、消費者志向のリアリティ番組を探して見た。ニュースを生きる――そのことを考え、夢に見て、仕事にし、作り上げる――ようになってしまった私には、テレビでニュースを見るのが耐えられなかったのだ。

日に日に、ザ・ヴォールトの仕事は厳しさを増していくように感じた。国家安全保障問題担当大統領補佐官コンドリーザ・ライスは、あか抜けたパンツスーツに身を包み、定期的に顔を見せた。私とも、ほかの誰とも話をしようとはせず、ただ「何を見ているの?」といった簡潔な質問をするだけだった。あるとき、彼女がザ・ヴォールトにいるときに、アザーン（イスラム教の礼拝への呼びかけ）の声が部屋に響きわたった。コンピューターの一つに、私たちが監視している場所でアザーンが行われるときに、この呼びかけが鳴るようプログラミングしていたのだ。祈りの間は、誰も攻撃してはいけないというのがルールになっていた。

ライスが私を見て、不安そうに額にしわを寄せた。「何なの？」

「アザーンです」私は言った。「祈りの呼びかけです」私はこの神秘的で物悲しい、初めて聞いたときから心を去らない響きが大好きだった。ザ・ヴォールトで働く人のほとんどが、アザーンを聴くのを楽しんでいた。祈らないまでも、手を止めて考えたり、内省したりした。

「この部屋に祈る人はいるの？」ライスが訊いた。

「私です」空軍のマシューが言った。

「あなたはイスラム教徒？」

「キリスト教徒です。祈るのはこの声がするときだけです」

数分後、イカーマ（礼拝への二番目の呼びかけ）がコンピューターから鳴り響いた。

「今度は何？」ライスが訊いた。

「最初のは人々をモスクに呼び寄せるものです」私は説明した。「そしてこれは、祈りの時間になったことを知らせるものです」

彼女はそれ以上質問しなかったが、その目が、マシューが祈っているかどうかを確かめるように彼に向けられたのはわかった。

ディック・チェイニー副大統領はザ・ヴォールトを二、三度訪れたが、彼にまつわる思い出深い出来事は何もなかった。ドナルド・ラムズフェルド国防長官が私の勤務時間中に来ることはなかった。おそらく彼は普通の勤務時間にしか働かず、私の勤務時間は彼にとって早すぎるか遅すぎるかしたのだろう。コリン・パウエル国務長官は定期的にやってきた。彼はとても真面目で、高潔だった。まばたき一つしていないかのように、じっとスクリーンを見ていた。ブッシュ大統領も引き続き立ち寄った。彼はいつも親切で、緊張が高まっているときでも冗談を飛ばした。彼の雰囲気、エネルギー、励ましは、部屋にいる全員を元気づけた。十八歳の誕生日を迎えて以来、わたしは選挙のたびに民主党に投票していた。けれども、私がザ・ヴォールトで働いていた三カ月間にブッシュが選挙に出馬していたら、私は彼に票を投じただろう。

もちろん、テネット長官は定期的に顔を出していた。口に葉巻をくわえ、ボンバージャケットに広い肩を押し込んで。テネットは全員の名前を覚えていて、彼が少し立ち寄っただけで、私たちは正しいチームにいて、大義のために戦っているのだという気分になった。

十一月半ばにはアフガニスタン戦争の中でカブールが陥落した。私のグループの誰もが週に六日働き、ザ・ヴォールトにいないときには常にあのポケットベルを身につけていた。私のベルが鳴ったのは一度だけだった。アンディという男性が休憩のたびに嘔吐し、発熱したのだ。私はラングレーに駆けつけ、あの部屋で目を凝らし、アンディが帰宅して好きなだけ嘔吐できるようにした。

十一月第三週の直前、スケジュールが変更になり、感謝祭に出勤してくれないかと言われた。家族はカリフォルニアに住んでいるので、どのみち会えなかった。たとえ一日でも飛行機で家に帰る時間はなかったのだ。

その日、私はいつになく真剣にスクリーンを見て、決して注意をそらそうとしなかった。けれども休憩のたびに大きな悲しみが押し寄せてきた。私は二十三歳になったばかりで、一番好きな祝日を両親や弟と離れて過ごしたことはなかった。大好きな人たちと、おいしい料理をゆっくりと楽しむ代わりに、窓のない狭い部屋で、名前も思い出せない空軍のメンバーと、CIAで一番生真面目なブレイデンと一緒に過ごしている。

私は寂しかった。悲しかった。それにお腹が空いていた。お弁当を作ってこなかったからだ。ランチを食べれば、感謝祭のディナーが食べられないことを思い出すから。

そこへ、ジョージ・テネットが訪ねてきた。

「調子はどうだい？　トレイシー？　ブレイデン？」空軍の男性の名前は知らなかったので、彼はその男性に会釈した。

「問題ありません」ブレイデンが言った。

「何か報告は？」テネットがスクリーンを示した。「新しい情報はあるかな？」

「人が増えているようです――」私は山々が映っているスクリーンの左側を指した。そこは夜で、トラボラというリズミカルな名前の、荒涼とした場所だった。外には誰もいないが、その前に数人の男性が徒歩で来たのを見ている。

「ああ。やつらが現れるに任せよう。我々もまた、きっと現れるからな」テネットはスクリーンを指した。「さて、君たちの働きに心から感謝する。誰もが外で食事を楽しんでいるときに、君たち三人がこうして薄暗い部屋で仕事をしてくれていることを、本当にありがたく思っている」

「ここにいられて幸せです」ブレイデンが言い、私はただうなずいた。

「全国民が今頃テレビでフットボールの試合を見て、ホイップクリームを乗せたパイを食べているというのに、君たち三人はこのつまらない場所を、目が痛くなるまで見ているんだからな」

「もう目は慣れました」私は言った。本当だった。これほど長時間、ほんのわずかな動きも見逃さないでいるのは驚くべきことだった。一時間の間に、男が一人出てきて、岩場で用を足すだけなのだから。

「家の食卓から食べ物をかすめてきて、君たちのために別室に置いておいた。十分な量があるだろう。余るかもしれない」

「ありがとうございます」ブレイデンが言った。

　空軍の男性と私もお礼を言った。このときにはお腹がぺこぺこで、私はすぐにも部屋から駆け出して食べたいと思った。けれど、冷静で淡々とした様子を装った。テネットが出ていくまで、自分の分を取ろうともしなかった。

　料理は最高だった。彼が作ったのか、それとも奥さんが作ったのか、それともほかの人に家に来てもらって作らせたのかは訊かなかった。けれど、家庭的な味わいで、ザ・ヴォールトには長官の奥さんは料理上手だという噂が広まった。その食事はお腹を満たしただけではなかった。祝日に家族と離れていても大丈夫だという気持ちにさせてくれた。これは重要な仕事で、ここにいる人たちは――名前が思い出せない彼さえも――今は私の家族なのだ。そして、このにわか作りの家族の長は、自分の家を離れ、私たちにちゃんとした感謝祭の食事をさせるほどの思いやりを持っていた。私はこの家族の一員になれて嬉しかった。

十二月第一週、アフガニスタンのCIA局員は、ビンラディンがトラボラの洞窟にいることを確認した。洞窟は、ホワイト山脈の柔らかい石灰岩が、小川に侵食されてできたものだった。八十年代、アメリカ、アフガニスタン反政府軍（ムジャーヒディーン）、そしてビンラディンの組織は手を組んで、アフガニスタンに侵攻したロシア人と戦った。当時、こうした洞窟は要塞として使われていた。トンネルが掘られ、会議室や寝室、弾薬保管庫などが作られた。こうした建設費の一部には、アメリカのドルが使われた。しかし、ホワイト山脈をまっすぐに切り拓いた道路を含め、大半はビンラディンの家業から資金が出ていた。それは、ビンラディンがアメリカ人を殺そうと考える以前のことだ。実際のところ、当時の彼はアメリカ人を称賛していた。彼がテロリストに転向すると、彼の家族も居住国だったサウジアラビアも、彼と縁を切り、一切のかかわりを断った。

洞窟はビンラディンにとって重要な意味を持っていた。洞窟にこもった預言者ムハンマドを手本にしていたからだ。物質的な贅沢を拒否することでさえ、ムハンマドの精神を尊重したものだった。このことは、彼の使命が西洋人、特に〝ユダヤ人、キリスト教徒、その代弁者〟を殺すことでなければ、称賛すべきことだったろう。現に、私が一九九七年にピーター・バーゲンに関心を持つきっかけとなった、初めてのアメリカ人によるビンラディンへのインタビューは、トラボラの洞窟付近で行われた。また、一九九六年にビンラディンがハリド・シェイク・モハメドと会見したのも、こうした洞窟の中だった。ハリド・シェイク・モハメドは、一九九三年に世界貿易センターを爆破したラムジ・ユセフのおじである。この会見で出た構想が進められ、濾過されて、九月十一日の攻撃となったのだ。

二〇〇一年の現在、トラボラはテロリストのクラブハウスとなり、ビンラディンはさながらボーイスカウトの団長だった。部隊は彼にぴったりと寄り添い、ソビエト侵攻のさいに残されたアメリカのスティンガー・ミサイルを豊富に持っていた。このときのビンラディンは本領を発揮して有頂天になっていたのではないかと私は思う。若者たちと野営し、自分の支持者がゆがんだ思想のボーイスカウトバッジのために、人を殺すのを待ちながら。

ラマダンの時期だった。世界中にいる多くのイスラム教徒が、一カ月間昼間の断食を行う。ラマダンは宗教心を高め、さかんに祈りを捧げる時期と言われる。自己の敬虔さと信仰心を見つめる時期なのだ。また、人々がともに過ごす時期でもあり、日没から夜明けまで、たっぷりの食事を一緒にとる。しかし戦時下においては、イスラム教徒の兵士が弱くなる時期だ。昼間は水も食べ物も口にしないからだ。ビンラディンは自分の誓いを守り（だが、宗教の戒律を守っていないのは間違いない。クルアーンには、イスラム教徒は殺人や自殺をしてはならないと書かれているからだ）、部下にも同じく守るよう指示した。彼の軍隊はトラボラで断食を行い、それは私たちには有利に働いた。

計画は、洞窟を破壊し、オサマ・ビンラディンを引きずり出すというものだった。問題は、トラボラまでの道のりが困難だということだ。特に雪深い冬で、標高一万四千フィートの空気の薄い場所に慣れていない場合は。舗装道路はなく、未舗装の道が何年も前に開かれただけだ。それに、トラボラに通じる、雪に覆われた岩がちな斜面には、隠れるところがほとんどなかった。そこへ近づく者は、上の洞窟から簡単に標的にされてしまう。

その週は五十時間以上、私は目と心の中でトラボラの上を飛んでいた。ワシントンDCやバージニア州よりも、私はその地形をよく知っていた。私も含め、ザ・ヴォールトの誰もが、アルカイダを洞窟から引きずり出すには空爆が一番だと考えていた。しかし、駆り立てたあとには捕えなければならない。武装した寄せ集めの集団を包囲し、取り押さえるには、人間の力が必要だった。彼らの周囲に壁を作らなくてはならない。ビンラディンのゲリラを、わずか二十マイル先のパキスタンへ一人たりとも逃がすことのない投げ縄を。それは大規模な鬼ごっこのようなものだった。パキスタンがホームベースで、テロリストはそこへ逃げ、タッチし、「自由だ！」と叫ぶ。

テネットは状況をフランクス将軍、ブッシュ大統領、ラムズフェルド国防長官らに説明した。彼は再度、現地のCIA局員は、アメリカが誰よりも捕えたがっている男がそこにいると確信していると強調した。テネットが私たちの意見を主張している間に、『ニューヨーク・タイムズ』をはじめとする新聞各社は、私たちがビンラディンの居場所を特定したという情報をつかんだ。そのニュースは数日もしないうちに公開され、ビンラディンは私たちに見つかったことを知った。時間はどんどん失われていった。

それなのに、投げ縄を作る人員を割くことは許可されなかった。

その地域にいた数千人の兵士が、なぜ必要なときに駆り出されなかったのかという理由を、推測することはできる。しかし、私の立場からは、それは推測でしかない。ただ、このことだけはわかる。ブッシュ、チェイニー、ラムズフェルドは、イラク侵攻の準備をしていた。彼らのエネルギーのほとんどは、サダム・フセインと大量破壊兵器との関係に向けられていた。また、CIAと政府とは緊張関係にあった。なぜなら、CIAが考える、これから始まろうとしている本物の脅威を、彼らは自分たちが追いかけている脅威ほど深刻に考えていなかったからだ。

部隊の要請は却下されたが、ジョージ・W・ブッシュ大統領の命令によりフランクス将軍は攻撃を許可した。ビンラディンの居場所が特定されたのは、九月十一日以来初めてのことだったからだ。

二〇〇一年十二月三日、CIAの七階にオフィスがある者全員が、ザ・ヴォールトに集まっていた。ジョージ・テネットは火をつけていない葉巻をくわえ、ボンバージャケットを着ていたが、真剣に集中している様子はまるで別人のようだった。

大統領と数人の上院議員も部屋を出入りしていた。その日、ザ・ヴォールトは戦争の心臓部のように思えた。その心臓の筋ポンプ運動で、物事が動いていくのだ。

トラボラの気温は夜にはマイナス十七度を下回り、昼間もそれほど暖かくはならない。小雪が降っている。ビンラディンと好戦的な仲間が、プレーリードッグのように洞窟の奥深くのねぐらに隠れているのが目に見えるようだった。そのプレーリードッグも、まもなく穴から顔を出さざるを得なくなるだろう。

トラボラ地域で戦争の取材をしている記者は百人ほどいた。しかし、この戦いに臨むアメリカ軍はわずか六十人。彼らとともに命を危険にさらしているのは、イギリスとドイツからのわずかな特殊部隊だけだった。アフガニスタン軍の兵士とドイツの特殊部隊——とはいえ、さほど人数は多くない——が、パキスタン国境の逃走路を固めることになった。これほど少ない人数で国境を警備し、アフガニスタンのテロリストをつかまえようとするのは、ざるで水を汲もうとするようなものだった。確かに水を通さない場所もあるが、あまりにも穴が多く、結局は逃げられてしまうだろう。それでも、後進的で残忍なボーイスカウトたちを駆り出し、彼らがその穴をかいくぐる前に、できるだけ多くを捕まえるつもりだった。

戦闘開始から、ザ・ヴォールトのメンバーは絶えず空軍と対話していた。彼らが使う爆弾には、デイジー・カッターというあだ名がつけられていた。繊細な名前を持つ爆弾は岩を切り裂くことができた。それらの爆弾を正しい位置に落とすため、空軍は私たちの目を必要としていた。

ミサイルが次々と投下されて爆発するため、作業は過酷で、チームのメンバーは三十分シフトで働いた。三十分仕事して三十分休憩するのだ。休憩時間でさえ、隣の部屋でほかのメンバーと過ごしながらも、ほとんど話すことはなかった。私は鎖帷子が肌を通して骨に食い込むような緊張を感じていた。目を閉じると、ミサイルが至るところに落ちるのが見えた。中央に赤い火の玉が生まれ、それが消えると、ふたたびうねるような砂ぼこりの球となって、スプレーのように四散する。あの日、兵士がどのような思いでいたのか、私には語ることができない。私の命は危険にさらされていなかったからだ。しかし、一般的に兵士の気持ちというのがどのようなものなのか、多少はわかっている。多くの人にとっての最善を尽くしながら、生死のかかった判断を素早く下さなければならないという、途方もない責任感だ。それに、より大きな一群に不可欠な一部であるという感覚もある。当時、一人一人が重要だったのは明らかだが、実際には個々の存在ではなかった。誰もがさらに大きな機械の部品であり、全体が機能するためには、それぞれの部品が完璧に働かなければならなかった。私は計り知れないほど重要であると同時に、まったく取るに足りない存在でもあった。

あの部屋に戻るたび、私は深呼吸し、これから待ち受けるものに対する覚悟を決めた。私は自分の役割をきちんとこなそうとした。空軍や地上にいる数少ない兵士が、彼らの役割をきちんとこなせるように。

五十六時間続けて、空軍はミサイルを落とした。その五十六時間が過ぎ、私たちは――確定されるまでにはそれから数日かかったが――オサマ・ビンラディンを取り逃がしたことを知った。彼が姿を消したのを認めてから、部屋は陥没穴となり、私たちは全員、まっすぐに泥の中に落とされた。みんな、ほとんど口もきかなかった。指示は言葉少なに出された。この攻撃の背後で鼓動していた心臓は、傷ついてしまったようだった。鼓動は続いていたが、痛ましい、悲しげな音だった。

なぜトラボラでビンラディンを捕えられなかったかについては、さまざまな視点からさまざまな理由が考えられる。私は最終的に、人員が関係していたのだと思う。ビンラディンの兵士が力をなくすラマダン中の攻撃は賢いように思われた。しかし、誰も考慮に入れなかったのは、私たちに協力したアフガニスタン軍の人々もまた、実践的なイスラム教徒だったということだ。全員ではないにせよ、その多くが日没後は持ち場を離れ、家族と断食明けの食事をとった。そのことで、ただでさえ手薄だった国境警備に、さらに穴が空いたのだ。それでも、ビンラディンの兵士二百二十人がこの戦いで命を落とし、五十二人が捕えられた。

当時、私たちが気づいていなかったのは、アルカイダがヒトデになりつつあったということだ。手を切り落としても、また生えてくる。あるいはヒトデよりも異質で邪悪だったかもしれない。手を一本切り落とせば、二本生えてくるのだ。さまざまな方法で、どれだけの人を捕まえても、息の根が止まることはない。アルカイダは当時も今も、イデオロギーであり、信念体系であり、人生の選択なのだ。私たちが手を取り除くことで多少は力が弱まっても、それは神話性を高めることにもなり、それによってアルカイダは繁栄し、今も繁栄しつづけている。

5　毒物学校

アメリカ、西ヨーロッパ　二〇〇一年～二〇〇二年

ザ・ヴォールトでの四カ月の任務が終わる直前、私は対テロセンター（ＣＴＣ）の大量破壊兵器オフィスのスタッフ・オペレーション・オフィサーの地位に応募して承認された。この新しい地位で、私は引き続きテロ対策をし、さらに多くの出張をこなすことになる。撲滅させようとしている人々をじかに扱うのだ。

私はヨーロッパおよび北米担当となった。あらゆる行動が起こされる場所であり、私はわくわくしていた。私は台風の目にいるのが好きだった。外の雲を見ているよりも、静かな、隠れた中心にいたかった。

この仕事に就く前には、二週間毒物学校に通い、毒物を作ったり、ばらまいたりすることに関して、アルカイダの子供や大人と同じだけの知識を身につけなくてはならなかった。

残念なことに、毒物学校はＣＩＡ本部から遠く離れた建物で、九時から六時に開かれていた。つまり、ラッシュアワーに車を走らせなければいけないということだ。しかも、訓練棟にはフードコートがなかったので、お弁当を持ってこなければならない。アメリカ人の男女の大半は、これを毎日やっているのだと私は気づいた。自分がほかの人より優遇されるべきだと言っているの

ではないが、ＣＩＡの魅力の一つで、私が○○○○○○○○○で享受していたことの一つが、通常の枠組みを離れた生活を送ることだった。ある意味、別の宇宙で生きることだ。夜勤で働いている人なら、私の言いたいことを少しはわかってくれるだろう。

幸い、世界にはたくさんの音楽があるので、私は運転中にＣＤを聴いた。たいていはスティングかトレイン、またはデイヴ・マシューーズ・バンドだった。

毒物学校の生徒は十三人で、みな別々の防衛部門や諜報部門から来ていた。友人のバージニアは私と同じＣＩＡで、やはり対テロセンターに所属していた。人並外れた頑張り屋のバージニアは、世界レベルの水泳選手で、三カ国語を話せた。外国生まれの両親のそれぞれの母国語（トルコ語と中国語）に、もちろん英語だ。私たちは毎日一緒に食事をし、どちらも熱心に勉強した。

毒物の授業が行われるのは、飾り気のない白い壁の教室で、長いテーブルに青いプラスチックの椅子が置かれていた。私はもっと研究所っぽいところがいいと思ったが、実際には建物全体がアメリカの中学校を思わせた。機能的で、美的な価値はほとんどない。先生はジーンという名前で、ほぼ毎日、カーキ色のパンツにポロシャツという服装だった。真面目で、ユーモアに欠け、この分野では第一人者だった。ジーンは世界で最も致死性の高い病原体を開発する政府機関から来ていた。仮に悪人がこうした毒物を作り上げたとき、民間人が受けた被害を取り除く方法を見つけるためだ。それは未来的な死の機関のようだった。防護服にゴーグル、手袋をつけ、今のところ誰も死んでいない。ジーンの助手のゲイリーはほっそりした男性で、私たち全員のための退屈な労働を物静かにこなした。研究所の準備をし、ペトリ皿を渡し、手袋やマスクをつけるのを手伝ってくれた。

訓練の最初に、ゲイリーは一人一人に、アルカイダの大量破壊兵器作製マニュアルのコピーを渡した。ジーンは、この講座を終える頃には、この文章をすべて暗記しているだろうと言った。それは本当だった。マニュアルの文体は、無味乾燥な企業用語の羅列ではなかった。ドラマチックな、この世の終わりを訴えるような文章だった。オルタナ右翼やＫＫＫといった過激な組織が使う、熱狂的な美辞麗句だ。

初日を終える頃には、私は三つのことを確信していた。一．生物兵器の製造は比較的簡単で、ほとんどお金をかけずにできる。二．西洋人を殺すことに命をかけている人々がこうしたことを学んだ場合、私たちは彼らの知識を上回らなければならない。三．私にとって、ラングレーに腰を据えて情報収集をしているだけでは不十分であり、最終的には毒物や毒殺計画が作られている場所へ行き、それらを潰さなくてはならない。

毒物学校にはテストも、小テストも、成績評価もなかった。しかし、誰もが熱心に化学に没頭し、Ａ＋の成績を挙げているようだった。私は化学に心引かれた。時に面白く、不愉快で、魅力的だった。今では生肉を見れば、それが太陽の下で腐っていき、やがてボツリヌス菌の原料になることを考えずにはいられない。ボツリヌス菌からは、ほんのわずかな量でも死に至る八種類の神経毒を作り出すことができる。最低投与量でも、麻痺を引き起こす。

毒物学校では作業割り当てがあった。マニュアルを暗記することで得た知識に、新たに刺激を受けた私たちは、アルカイダのメンバーが作製しているものを作らなければならなかった。ただし、彼らの手元にあると思われる予算よりもさらに少額で。私たちは手袋とマスク、先端技術を備えた研究室を使った。また監督者がついて、私たちの作ったものが決して試験管の外に出ないようにしていた。彼らのしていることが、私たちにできることより賢くもなければ難しいことでもないと、じかに知るのは心強いことだった。それに、彼らのやり方を知ることで、それを帳消しにする方法を突き止めることもできた。

毒物学校を卒業すると、私たちはそれぞれ卒業証書を与えられた。私はそれを今も取っておいている。達成の記録としてでなく、楽しくて魅力に富んだ二週間の思い出として。

CTCの大量破壊兵器（WMD）オフィスは、CIA本部の下のほうの階にあった。この新しい部署で、私はまた夜明けに車で出勤し、フードコートでスターバックスの濃いめのコーヒーを調達し、早めにデスクにつくという日常に戻った。それでも、グレアム・アンダーソンの先を越すのは難しかった。どんな時間に来ても、彼はすでにそこにいて、作業スペースの周りを歩いているか、自分のオフィスに座ってドアを開け、誰かが必要としたときにはいつでも応じられるようにしていた。

グレアムの正式な役職はWMDオフィスの責任者だった。彼は背が高く、ヴァイキングのように見えた。彼のすべて――服装やメールの言葉づかい、身じろぎもせず、背筋を伸ばして話す様子――から、有能さと知性がにじみ出ていた。

ヴィクターはWMDの副責任者だ。豊かな髪が、暴風に遭ったように後ろに流れている。常に非の打ちどころのない服装をして、スーツのポケットからハンカチーフを覗かせていた。

サリーはたいてい、私と同じ時間に出勤してきた。彼女はWMD内で私が所属する部署の責任者だった。サリーは四十歳前後で、子持ちで、うらやましいくらい健康だった。ほかの人たちやジョージ・テネットが見かけるたびにするように冗談を言ったり、おしゃべりをしたりしない。しかし、私は彼女を信頼していた。誰もがそうだった。朝、ほかの二人の同僚が来る前に、しばらく二人きりで話をする時間は、私にとって貴重なものだった。サリーは私の仕事を確認し、必要なときにはアドバイスし、WMD追跡の進み具合を褒めてくれた。サリーはたびたび、私のことを〝局の未来〟だと言った。ここで大事なのは、私が〝局の未来〟だと吹聴することではない。それよりも、ほんの少しの自信と、適切な人からの支えがあれば、視点を変えられるということだ。最高レベルの働きをしていても、私は自分がぐにゃぐにゃの赤ん坊に過ぎないと感じることがよくあった。あるいは、にきびだらけで歯並びの悪い、学校でのいじめられっ子だと。だから、サリーに私の仕事ぶりがとても素晴らしく、重要で不可欠なチームの一員だと言われたとき、私の自分に対する見方は変わった。自信は自分の中から見つけ出すべきだというのはわかっている。でも実際に、局内で私がどういう存在なのかという感覚は、サリーの見方に根差していた。

次にオフィスに出てくるのは、たいていベンだった。アジア担当のベンは背が高く、痩せていて、元海兵隊員で、結婚したばかりだった。服装は常にお洒落で、流行に乗っていた。さながらイタリアの映画スターだ。私は彼の奥さんが服を選んでいるのではないかと思った。これほどお洒落な人にしては、小うるさいところがなかったからだ。初めて会ったときから、彼は親切で思いやりがあった。一緒に仕事をするにつれ、彼はどんどん面白い人になっていった。私たち毒物トリオの三人目で、毎朝最後に来るデイヴィッドにも同じことが言えた。

デイヴィッドはロシア担当だった。どんな天気でも、黒いトレンチコートを着てオフィスに現れた。親しくなる前は、そのコートに薄くなりかけた鋭い生え際、そして同じく鋭いヤギひげのせいで、連続殺人犯のようだと思った。コートを脱いでリラックスすると、彼はぬいぐるみのように可愛らしくなった。彼はロシア語を話し、キツネを追いかける猟犬のようにテロリストを追い詰めた。毎朝、デイヴィッドはこの階の受付デスクに積まれている世界じゅうの新聞から一部取り、それを持って化粧室にこもった。こもる時間が長いので、個室で読んでいるのだろうと私は思った。それで、彼が戻した新聞にはなかなか触れなかった。

デイヴィッド、ベン、私は三銃士だった。あるいは、チャーリーズ・エンジェルズの別バージョンかもしれない（私が三銃士になれるなら、彼らもエンジェルズになれるだろう）。毎朝、全員が出勤すると、グレアムがやってきて、私たち三人とサリー、そして普段はヴィクターも一緒に、作業スペースの周りに集まってミーティングを行った。私たちは順番に、自分が見つけたこと、追っている人物、そして手がかりから導き出されたことを報告した。私たちはこうして、標的を三角測量した——各自が訓練場を追い、人々がこれらの訓練場から別の場所へ広がっていく様子を観察した。テロリストに関して集めたデータは、すぐに手の届くところにあった。地図作製部からの写真、現地の局員や世界じゅうのほかの諜報員からの情報などだ。ケーブル——侵入も追跡もできないメールのようなもの——は、日常的に情報局間でやり取りされ中東から始まり、北アメリカを経て西ヨーロッパに至るまで、特定のテロリストの動きを追跡できた。これらのテロリストがどこへ行き、誰と会い、何をしているかを突き止めようと、私たちは最大限の努力をした。その目的は、彼らが次にどこへ行き、そこで何をする計画なのかを明らかにすることだった。彼らが西洋人とユダヤ人を殺したがっていることはわかっていた。アルカイダはそう公言していたし、彼らの手引書に目的として書かれてさえいたからだ。問題は、いつ、どこで、どうやるかだ。

西洋を毒物から守るのは、厳しい仕事だった。あるテロリストの一連の写真を見て、次にイエメンの狭くて薄汚いバスルームに作られた彼の化学実験室の写真を見て、それから彼がロンドン行きの航空券を買うのを見れば、それを阻止したいという焼けつくような気持ち、ほとんど切望に近い気持ちにならずにはいられない。そして、こうした厳しい状況を乗り越える唯一の方法が、日常生活に明るさや、馬鹿げた雰囲気を作り上げることだった。この方法で、デイヴィッドとベンはいつも私の気持ちが沈まないようにしてくれた。

私たちは、作業スペースを自分の個性に合わせて飾りつけていた。私はクリスタルをちりばめたピンクの計算機、テープカッター、マウスを置いていた。今でも全部愛用している。作業スペースの内側には、アメリカ人兵士がブリキのコップを持って笑っているポスターを貼った。ヘルメットの上には〝黙れを一杯いかが〟（ネットで流行した画像）と書かれていた。ポスターの下のほうには、〝馬鹿なことを言う前によく考えよう〟とある。これはほかの人と同じように、私が肝に命じなくてはならないことだった。毎朝開かれるグレアムとの立ったままのミーティングで報告を求められるたび、私は詳細で、正確で、適切に話すことを心がけた。言葉を変えれば、実際に言うべきことがあるときにしか口を開きたくなかったし、言うべきことがないときには、ちゃんと仕事をしていないような気がした。

デイヴィッドの作業スペースには、光るプラスチックでできた、キリストの頭部をかたどった常夜灯があった。デイヴィッドが神を信じているかどうかは知らなかったが、彼の中では、キリストをかたどった常夜灯は愉快なものだというのは確かだった。とても面白い！　ベンの作業スペースは、ベン本人と同じように、奥さんが飾りつけているように見えた。趣味のよい銀のフレームに収まった夫婦の写真に、それと調和する黒っぽい木製のホチキスとテープカッターのセット。

私はデスクの一番上の引き出しにスナック菓子を置いていた。作業を止めたくないときに燃料を補給するためだ。そんなときにはトイレにすら立ちたくない。けれども、私が立ち上がって化粧室に行くと、デイヴィッドとベンは私の引き出しを襲い、何日も食べていないかのようにチーズイットやヨーク・ペパーミント・パティに挑みかかった。彼らの目標は、私がデスクに戻ってくるまでに、できるだけ食べつくすことだった。私が略奪を知るのは、次に引き出しを開け、袋や箱が完全に消えているのを見るときだ。たいていは、空の包装材だけが残されていた。

そう、ポスターはもう一枚あった。私はフェイク雑誌の表紙を、自分の作業スペースに貼っていた。とある外国の都市を巧みにからかったポスターは、ある参考人をめぐってその国の諜報員と意見が合わなかったときから貼られている。その参考人をＰＯＩと呼んでおこう。ＰＯＩと接触している私の情報源が、彼が核爆弾を作るのに必要な材料を入手しようとしているのを確認していた。彼が爆弾製作に入れば、友人のバージニアの担当となる。しかし私は、成り行きを見届け、彼が死をもたらすものを作り出す前に必ず阻止するため、ＰＯＩに引き続き目を光らせていたかった。その日は日曜日だったが、バージニアと私はオフィスにいて、ＰＯＩがある国の首都へ向かおうとしているのを発見した。すぐさま、彼の目的地である国の情報局にケーブルが送られた。ケーブルには彼の名前、写真、爆発物を作ろうとしている事実、便名、そして到着時刻が書かれていた。相手側が彼に会い、目を光らせておけるように。情報局からはすぐに返事が来た。そこには英語で「あいにくですが、日曜日は休業となります」と書かれていた。日曜日に仕事をしない人たちを相手にするのは、このときが最後ではなかったが、初めてのことだったので私は衝撃を受けた。私が睡眠時間を削り、昼も夜も働き、コンピューターの画像に目をやられるのは、すべて市民を化学兵器から守るためなのに、私が助けようとしている当事者たちは日曜日に働こうともしない。アメリカとそれ以外の国に、たくさんの文化の違いがあるのはわかっている。わが国が、必要とあらば週末に働くのもいとわない、数少ない国の一つなのも。しかし、アメリカ人としての先入観を抜きにしても、人命が危険にさらされているときに、休息や教会、家族の集まりといった魅力的な義務は、しばらく脇にやるべきだと思わずにはいられない。私はあらゆる文化圏の人たちを尊重している。ただし、善良な人たちということだが。しかしその日、監視できたはずのＰＯＩを取り逃がしたことで私は激怒し、偽の表紙を壁に貼った。インターネットで見つけたその架空の雑誌は『降伏の兵士・――――軍公式誌』と呼ばれていた。表紙には〝ラクラク降伏法！　長く両手を上げていられるための五つのエクササイズ！〟といった見出しが並んでいる。私はその国の男女を尊敬している。しかしあの日の私は、作業スペースの壁に思いをぶつけるほど怒っていた。

二〇〇二年の秋には、私たち毒物トリオは情報網を作り、さまざまな部署からの情報が流れてくるようにした。海外のＣＩＡ諜報員や、海外の諜報員が情報を得る〝情報源〟と呼ばれる潜入者、私たち自身が外国に持っている情報源、外国の情報局のスパイやその情報源、拘留したテロリストから情報を引き出すＣＩＡ諜報員、さらには電話の盗聴やメールの傍受、押収したコンピューターからの情報などだ。私たちは情報網の目であり、すべてを作業スペースに持ち込んで、仕分けし、関連づけ、パキスタンからアフガニスタン、イギリス、スペイン、フランス、イタリア、アフリカ、ロシアへと広がる毒物のネットワークを解明しようとしていた。同じ頃、スターバックスも世界へ進出しようとしていて、私はどちらがより広範囲に増殖するだろうと思った。私たちを殺そうとする人々か、私たちが警戒を怠らないよう、紙コップに入ったコーヒーを渡してくれる人々か。

毒物ネットワークを率いるのは、アブ・ムサブ・アル・ザルカウィという人物だった。ザルカウィは、かつてはポン引きで、ビデオ店の店員だった。また、母親っ子で、母親に溺愛されるのと同じくらい、母親を溺愛していた。高校を中退した彼は、口下手で読み書きもろくにできず、複数のタトゥーを入れ（これはイスラム法に反した行為だ）、十二歳のときに町の喧嘩で近所の少年に切りつけて以来、刑務所を出たり入ったりした。倒錯した苦痛への嗜好は若い頃から始まっていた。彼が目下の人間を辱める方法は、自分より年下の少年を支配し、性的虐待を加えることだった。これは昔も今も、テロ集団の中ではよくある習慣だ。アルカイダのメンバーは、これを同性愛には区分しない――すべては力と支配にかかわることだからだ。彼らが同性愛とみなすものはアルカイダでは禁じられており、同性愛者と知られると拷問を受けたり、ビルから落とされるのを目撃されたりしている。

愛する息子を救う手段として、ザルカウィをアルカイダに入れたのは母親だった。それはやりすぎだったのかもしれない。町の殺し屋は、宗教をまったく新しい、本当のイスラム教にはないレベルに変えてしまったからだ。彼はクルアーンを暗記し、殺し屋ではなく、指導者の知性を持った人物のように話す努力までした。中東の容赦ない暑さの中で、ザルカウィは長袖の服を着てタトゥーを隠した。最終的に、彼はナイフを使って皮膚を切り取り、層になって盛り上がった白い傷跡に変えた。それはまるで、彼の腕を這う虫のように見えた。ザルカウィが新たに信仰心や雄弁術を手に入れても、オサマ・ビンラディンは彼を残酷すぎると考えていた。彼らは八十年代、アフガニスタンがソビエトに占領されている頃、一緒になってアメリカとともに戦った。だがその後、ビンラディンはザルカウィの企ての多くに資金提供しながらも、二人にはほとんど交流がなく、同じ国に住むこともなかった。

一九九三年には、ザルカウィはヨルダンのアル＝ジャフル刑務所に収監されていた。六年後、ヨルダンの新皇太子が二千人の服役囚を恩赦したとき、ザルカウィは間違って釈放された。しかし、彼は遠くへ行かず、翌日には戻ってきて、依然投獄されている人々に教えを説いた。刑務所はザルカウィに、若く、怒りと不満を抱え、彼のゆがんだイデオロギーにたやすく群がる大勢の男たちを提供した。彼は大量殺人の導師となったのだ。

ザルカウィほどゆがんだ悪意の持ち主でなければ、生物兵器に手を出そうとは思わないだろう。致死量のリシンの粉を空中に散布し、たとえば劇場にいる人々全員に吸わせようと企む者の気持ちを想像してほしい。そこには母親、父親、子供、祖父母、あらゆる国籍と宗教の人がいる。イスラム教徒も含まれているかもしれない。最初のうち、犠牲者は何も感じない。しかし数時間で、肺浮腫によって呼吸困難になる。まもなく血圧が低下し、心臓が止まる。多くの人が発作に見舞われる。この時点で、高齢者、体の弱い人、身体障害者は死に至る。生き延びたとしても一週間ほどで、ショック死または多臓器不全による死を迎える。一つの組織全体が、大量殺人を目標に掲げているというのは、ぞっとすることだ。

冬の初め、毒物トリオはあるテロ計画に焦点を絞った。私たちの誰もが、ヨーロッパのある都市の市民を心配した。眠れない夜には、乳母車で安らかに眠る可愛らしい赤ん坊や、古い壁を相手にサッカーをするティーンエイジャー、赤ワインを飲みながらトランプに興じる典型的な幸せな人々が、宗教の共存を想像することのできない少数の狂信者に殺されるところが頭に思い浮かんだ。

自分たちの発見に確信はあったものの、私たちはある問題に直面していた。この年の初めにロンドンで起こったのと同じような問題だ。地下鉄でリシンを散布する計画を立てていると思われるイスラム過激主義者を、警察が逮捕した。彼らのフラットと倉庫に強制捜査を行うと、偽のパスポート、リシンの領収書、そして致命的な毒物を作る原料がすべて見つかった。しかし、どの原料も違法なものではなく、起訴するのは困難だとわかった。

私たちも、追跡しているテロリストの意図はわかっていたが、相手はまだ違法なことを何もしていなかった。男たちがうろつき、混雑した公共スペースを何時間も観察している写真があった。大量破壊兵器を作る材料を購入した領収書のコピーもある。そして、アルカイダが彼らを積極的に採用し、訓練したことも知っている。端的に言えば〝我々は大勢の人間を毒殺するつもりだ〟という声明以外のすべてを手にしていた。私たちの希望は、その計画が実行されようとしている国の情報局をじかに訪問し、私たちの発見の重要性を強調して、逮捕のために必要な手を尽くしてもらうことだった。

グレアムは、ベンと私とともにヨーロッパへ行き、自分たちの発見を伝えることにした。それは数カ月にわたる出張の始まりだった。そのときには知らなかったが、この最初の出張は、結局のところ最も文明的で、穏やかで、危険のないものだった。それは大量破壊兵器と、それを作ろうとしている見当違いなイデオロギーの信奉者の追跡の、壮大な始まりだった。

○○○グレアム、ベン、私は、車でダラス空港へ向かった。車の中で、グレアムは私に、この差し迫った攻撃に関して私たちが集めた証拠の文書を渡した。この情報を決して手放してはならない。私は鎖でつながれているかのように、保安検査のときもその包みをしっかりと持っていた。

空港に近づく頃には、私は早くも○○○○の責任に神経を尖らせていた。そして、三人並んで保安検査の列に近づきながら、おへそのことを考えていた。この前バージニアと休みの日に出かけたとき、私たちはワシントンDCのデュポン・サークルへ行って、おへそにピアスの穴を開けたのだ。あの頃はブリトニー・スピアーズとへそピアスの時代で、二十三歳の私はブリトニーとそう年が変わらなかった。ブリトニーにならって、私はピンクのラインストーンのついた銀の棒をおへそに沿って横に入れた。バージニアはあの日、私よりずっと理性的で、飾り気のない銀の棒にした。私はボディチェックでこのへそピアスが見つかって、グレアムにすっかり失望されるのではないかと急に怖くなった。この陰謀を暴くため、私はベンとデイヴィッドと懸命に働いた。この数カ月間、人生を捧げてきたし、その努力が休暇中の気まぐれに傷つけられると思うと、少し胸が悪くなった。ベンはきっと笑い飛ばすだろう。デイヴィッドが化粧室に持ち込んだ新聞で、私のデスクと椅子を覆い隠したことのある男だ。けれども、私が称賛し、敬愛し、ある意味こうなりたいと思っているグレアムは、私の真面目な一面しか知らない。馬鹿げたピンクのラインストーンを不意にお腹に光らせるのは、自分が仕事に打ち込んできたことを考えれば危険な行為に思われた。

私は化粧室の看板に気づき、足を止めた。

「保安検査の前に、ちょっと寄りたいわ」私は○○○○をしっかりと両手でつかんで言った。

「そいつを下に置くなよ」ベンがからかった。「拭いてるときでも」

グレアムが笑った。「その通り」

「わかった」私はスーツケースを二人に預け、女性用化粧室に入った。

鍵をかけた個室で、私は○○○を右の脇に抱えた。しっかりと抱えていたので、アニメのティラノサウルス・レックスが小さな手を使うようにしか動かせない右手で、私は素早くへそピアスを外し、ナプキンを捨てる金属の箱の上に置いた。

「さよなら、ブリトニー」私はつぶやいた。

私は書類の包みを脇から取り出し、しっかりと両手でつかんで、ピアスを残して個室を出た。

飛行機が離陸したとたん、グレアムもベンも眠りに落ちた。私は○○○をなくすのが怖くて眠れなかったが、お腹に押し当てた○○○の上で腕を交差させ、たまにうたた寝した。それでも、ほとんど寝ずに仕事をするのには慣れていたし、世界を、あるいは少なくとも、テロリストの目標圏内にいる不運な人々を救う用意はできていた。


現地の情報局の本部が近づいてくると、私はタクシーを止めて飛び降り、写真を撮りたい気持ちになった。○○グレアムを見ると、彼は書類に目を通していた。ベンは目を閉じていたが、寝てはいなかった。頭の中でいろいろと考えているのだろう。

私はあとで観光客と化し、この素晴らしい建物の写真を撮らなければと思った。

グレアムは、チームの仕事を一切自分の手柄にしない人だった。彼は進んで他人にスポットライトや名誉を与えようとした。だから、初回のミーティングで、計画について発見したことを私が発表するよう提案したのは、まったく彼らしいことだった。彼は私に花を持たせようとしたのだ。もちろんグレアムは、私が引っ込み思案なことを知らなかった。人に見られるよりも無視されているほうが居心地がいいことを。だが、私は断れなかった。それに、自分の仕事をきちんとやり遂げるためには、人前で話し、注目の的になることへの恐怖心を乗り越え、言われたことをやらなければならないとわかっていた。私は彼のオフィスでの朝のミーティングで話しているふりをしようと決めた。それも最初は怖かったけれど、すぐに慣れた。

私たちが会見を行った部屋からは、川と、その向こう岸にそびえる華麗な庁舎を見渡せた。内装も外観を裏切らなかった。現代的で清潔で、壁にはさまざまなスクリーン、ボタン、パネルが設置されていた。ラングレーのＣＩＡのオフィスよりも少し先端を行っているように見えた。ジェームズ・ボンド映画のセットを思わせる。二十五人ほどの人々が、巨大なテーブルを囲んでいた。誰もがメモ帳とペンを手にしていたが、この部屋のどこかにあるマイクが、話をすべて録音しているのはわかっていた。

グレアムに出番だと合図されたとき、私はしばらく息もできない気がした。テーブルを見渡し、深呼吸をして勇気を振り絞った。私を待っている集団は、礼儀正しい笑みを薄く浮かべていた。ピンストライプのスーツにポケットチーフ、カフリンクスという、非の打ちどころのない服装だ。女性は私のほかに一人だけで、髪も、肌も、目も同じ色に思え、部屋の中でベージュの染みのように見えた。

私が運んできた○○○○の中の情報は取り出され、今は目の前に積まれていた。私は中身をよく知っていたので、見なくてもいいくらいだった。ただ話すだけでよかった。歩きはじめる前からやってきたことだ！　私はチームとともに作業スペースのそばに立っている自分を想像した。話している間ずっと、そのイメージにしがみついていた。まるで、不安とは別のところで脳が働き、求められている正確さと明確さで情報を伝えているかのようだった。話を終えたあと、しばらく沈黙が流れた。それから質問が始まった。彼らは私を本気で受け止めていた。私の話を本気で受け止めていた。私たちは何かをやり遂げたのだ。

一週間の間に、グレアムは何度か発表を行い、ベンも一度発表した。私たちはより少人数のグループと何度も打ち合わせをした。それぞれ特定の分野で活動しているグループだ。彼らも私たちと同じように、首都で暮らしている○○○○の達人をつぶすと心に決めていた。

私たち三人は、毎晩違う高級レストランへ連れていかれ、大量のワインと数品のコース料理を振る舞われた。私は食べものにうるさいほうではないが、最高級のレストランでも、その料理は……とうてい食べられないほど味もそっけもないことが多かった。私は料理を細かく切り、広げ、皿の上でいじり回して、食事を楽しんでいるように見せ、主催者を称えた。

会話、食事、ワインが終わると、グレアムとベンはいつも部屋に引き揚げ、翌日のミーティングに備えてベッドに入った。けれども、私はこの都市に来るのが初めてだったし、また来られるかどうかもわからなかったので、常にあたりを歩きまわった。店はかなり早く閉まってしまうので、たいてい景色を眺めるだけだったが。

ある夜、ディナーをパスした私はホテルを出て、かつてユダヤ人が住んでいた地域へ足を運んだ。そこに母の父親の家族が住んでいたと聞かされていたのだ。母方の祖父、ジャック・デイヴィスは、私の最大の後援者で、私を支え、私が熱心に取り組んでいることを応援してくれた。誰の人生にも、一人はこうした存在が必要だと、私は思うようになった。一種の観客が必要なのだ。心から、率直に、誰はばかることなく自分を愛し、一緒にいることを喜んでくれる人が。私にとって、それは祖父だった。私が学校で賞状やメダルをもらい、最終的にCIAに入ったことを、誰よりも誇りに思ってくれた。私が賞状をもらう目的は、家に帰っておじいちゃんに見せるためだという気がした。

しかし、祖父が私を誇りにするのと同じように、私も祖父を誇りに思っている。ジャック・デイヴィスは第二次世界大戦で戦い、最終的にカリフォルニア州ニューポートビーチに旅行代理店を開いた。そして誰に対しても親切で、思いやりがあった。一度、私が家に連れてきたボーイフレンドを除いては。あのときは見たことのない祖父の一面を見たが、それは祖父が私を誰よりも優れた人間だと理屈抜きに信じているという事実を強調するばかりだった。

祖父のジャックがかつて住んでいた場所は、明らかに何度も生まれ変わったようだ。最初はなめし革工場や醸造所、食肉処理場があった。有名な連続殺人犯もそこに住んでいた。私は彼の家を探したが、見つからなかった。けれども、五人の被害者のうち三人の家を見た。そう、五人だ。アルカイダのメンバーによって何千人もが殺されたことを、その時代の人々はどう思っただろう？　テロリストは、最も悪名高い連続殺人犯よりもたくさんの連続殺人を犯していた。

丸石を敷いた狭い通りは混雑していた。住人のほとんどは移民だった。私はこの一帯に興味を持っていたが、観光客にはあまり魅力のない場所だ。

私は傾いた長屋の前で足を止め、明かりのついた窓を見上げて、祖父の家族はどんな家に住んでいたか想像しようとした。そのとき、タクシーが路肩に停まった。窓が開き、運転手が私に声をかけた。私は窓に近づいた。彼は額が広く、目の色は淡く、東ヨーロッパのアクセントがあった。

「あんたみたいなお嬢ちゃんが、夜にこんなところを一人で歩いちゃいけないよ!」彼は言った。

「大丈夫よ」私は立ち去ろうとした。

「危険だぞ!」彼は窓から大声で言った。私が足を止めずにいると、彼は肩をすくめて走り去った。九月十一日、ザ・ヴォールトでの日々、それからすぐに大量破壊兵器の捜索に没頭したことで、私はまだ〝ザ・ファーム〟に行っていなかった。そこではCIA諜報員が車を衝突させ、捕虜の状態を生き延び、火器を扱うことを学ぶ。私の仕事は非常に集中的なものだったので、ザ・ファームの訓練はこれから数カ月にわたって断続的に受けることになっていた。だが、このときの私には、その事実はどうでもよかった。この場所を歩くのに銃は必要ない。私は力があり、安全だと感じていた。テロリストがどこに住んでいるか知っていたし、それはこの地域ではなかった。

その夜、十一時頃にホテルに戻ろうとしていると、別のタクシーが停まった。私は川べりに立ち、会見に使われた美しい最先端のビルをようやく写真に収めているところだった。

「こんなところへ一人で来ちゃ駄目だ」運転手が言った。

「平気よ」

「アメリカ人が！　馬鹿なこと言うな。おれのタクシーに乗れば、ただでホテルへ送ってやる」

彼が笑った拍子に、銀歯が何本か見えた。

「本当に大丈夫よ」私はそう言ったが、ただでタクシーに乗るよりは、路上にいたほうが安全だったに違いない。


出張から帰ってまもなく、現地の法執行機関は半ダースのアジトに強制捜査を行い、私たちが名前を伝えた男たちを全員逮捕した。二日後、さらに数人が逮捕された。彼らはテロ行為の準備や扇動、実行に関する物品を持っていた罪に問われた。計画が露見したというニュースが流れると、ある酒造会社はアーモンドの香りが漂う看板を使った広告キャンペーンを中止した。リシンは無臭だが、シアン化物はアーモンドのにおいがする。香りつきの広告はいいアイデアだが、二度と実行はできないだろう。

私たちは完全に、テロの新時代に入ったのだ。

6　トード氏のワイルドライド

アフリカ　二〇〇二年九月

　まるでディズニーランドの〝トード氏のワイルドライド〟に乗っているようだった――このアトラクションは、素早く動く車に乗り、何か（煉瓦の壁など）にぶつかったり、何か（列車など）にぶつかられたりするのを間一髪でかわすというものだ。ＷＭＤの副責任者のヴィクターと私は、アフリカの首都にある空港から、丘の斜面に広がる町の中心にあるホテルへと車で向かっていた。一瞬ごとに、何か動くもの――人、ネコ、イヌ、子供――にぶつかって大惨事になりそうになっては、相手が無事によけていった。

　ヴィクターは豊かな髪をヘルメットのように完璧にセットし、運転手の指示で前の座席に座っていた。私は彼のすぐ後ろに座っていた。私は頭に巻くためのパシュミナを荷物に入れていたが、この国の情報機関のメンバーが、空港でその荷物を持っていってしまった。

「ここには銃がたくさんある」運転手は私たちを車に急き立てながら言った。「アメリカ人のブロンド女性と見れば……」彼は手を上げ、人差し指で自分のこめかみを撃った。

　速度計は見えなかったが、ろくに舗装もされず、ときどき丸石が敷かれている道を走るには速すぎた。道は曲がりくねりながら上下し、たびたびヘアピンカーブに出くわした。車は八十年代のものに違いないし、エアバッグは搭載されていないに決まっている。窓は手回し式だったが、私の側に取っ手はなく、ドアの内張りもなかった。死ぬのは怖くなかったが、急ブレーキがかかったときに自分の背中がどうなるかは怖かった。そして、頻繁に急ブレーキがかかった。この町の人たちは、集団でいきなり車道を横切ってくるように思えた。しかし、車が長く停まることはなかった。それに、停まるべきときに停まったためしはなかった。運転手は信号という信号を無視したからだ。彼は赤信号に当たるたびに迂回路を見つけ、一度ならず歩道に乗り上げて人々を紅海のように分け、その間を突っ切った。

きらめく海は、曲がる方向によって右に見えたり左に見えたりした。崩れかけた町の建物の隙間ができるたび、海が顔を覗かせ、屋根の向こうを見わたせるほど高いところを走ると、また海が見えた。数少ないモスクを除けば、そこはアラブというよりヨーロッパのように見えた。窓という窓に小さな錬鉄製のバルコニーや手すりがついていた。建物のほとんどは薄汚れた白だった。まるで装飾家がさっそうと現れ、海を見て、〝青と白、それこそわれらが色だ!〟と宣言したかのようだ。赤い瓦屋根もいくつかあったが、ほとんどは違っていた。最初は全部が瓦屋根だったが、何年も葺き替えていないのかもしれない。あたり一面に黒い、すすだらけの砂岩が層をなし、崩れ、沈み、打ちひしがれたような景色が広がっていた。裂けた日よけが風に揺れ、体の一部が吹き飛ばされたように石造部分がごっそりなくなり、エアコンの室外機が窓の外に危なっかしく置かれている。看板のほとんどは二カ国語で書かれていて、運転手と私の荷物を持っていった人たちが会話するときには、その二つが混ざっていた。声を震わせる流れるような言葉に、喉にかかったアラビア語が混じる。私はできる限り単語やフレーズを学ぼうとしたが、当時も今も、わかるのは英語だけだ。

車が急停車し、私はヴィクターの座席の背にぶつかった。彼は振り返り、私のそばにあるシートベルトを指した。私はそれを手に取り、彼に振ってみせた。ベルトはあったが留め具はなかった。

それから車はまた出発し、人ごみを縫って進んだ。ジーンズに長いチュニック、ヒジャブといった姿の二人の女性が、手を取り合って飛びのいた。

「あの子たちは大学へ行くんです」運転手は、彼女たちをもう少しで障害者にするか、殺そうとしていたようには見えない態度で言った。「この国では女性は教育を受けています。学があるんです！」

数メートルの間、私たちの車は歩道に乗り上げていた。歩道は狭く、車一台が通れるのが不思議なほどだ。私たちが通り過ぎるときには、人々はさざ波のように店先に体を押しつけた。私たちはこの切り立った町を縞模様のように走る無数の階段を上り下りし、ついに――一人の死者も出すことなく――ホテルに到着した。そこは半分吹き飛ばされた弾薬庫のように私たちを迎えた。

この国は〇〇〇。どれだけの死者が出たかの公式記録もなかったが、十万人は下らないに違いない。紛争は基本的に政府と、過去数世代にわたる世俗主義を拒絶する、さまざまなイスラム過激派グループとの間で起こっていた。混乱した、暴力的な戦争で、過激派の一団が夜間の大虐殺で村を襲い、住人全員を殺したりもした。ジャーナリスト、西洋人、フェミニスト、外交官、政府関係の職員、そして子供も、同じく追い詰められ、殺された。その残虐さには際限がないように思えた。

○○○オサマ・ビンラディン、そしてとりわけ彼の化学戦争のリーダーであるアブ・ムサブ・アル・ザルカウィは、この戦争の破壊行為のあとに何が残るかをはっきりとわかっていた。何十万人もの、貧しく、失望し、権利を奪われ、怒り、不満を抱き、教育を受けず、多くは親を失った若者だ。言葉を変えれば、アルカイダの主要な候補生だ。そして、彼らはそういう若者を勧誘し、かなりの成功をおさめていた。

二〇〇一年九月十一日以降、世界のほとんどの情報局——実際には世界のほとんどの人々——が、中東をテロリストの訓練場とみなしていた。九・一一攻撃にかかわった十九人のうち、十五人がサウジアラビアの市民で、二人がアラブ首長国連邦、一人がレバノン、一人がエジプトの出身だった。ビンラディンはサウジアラビア出身だが、家族は元々イエメンの出身だ。しかし、情報は次第にアフリカを指し示すようになっていた。そして、特にこの国の出身者は、化学戦争の場を仕切ろうとしていた。ほかのアフリカ諸国と同じように、この国もかつてヨーロッパの植民地だったため、現地の人々はヨーロッパの言語を理解し、中東のほとんどの人々よりも簡単にヨーロッパに入り込むことができた。

運転手は、情報局が私たちのチェックインを済ませていると言った。それから各自に部屋の鍵を渡した。プラスチックのひし形のキーホルダーのついた、本物の鍵だった。私たちはフロント——その丈夫さは、手製のレモネード屋台くらいに見えた——を素通りし、階段へと向かった。かつては白かっただろう、薄汚れた壁に沿った階段は、見えないところへ消えていた。

「二階です」彼は言った。

「我々が来るまで、このホテルには十年以上西洋人は来ていないだろうな」階段を上りながら、ヴィクターが言った。

「と言うより、十年以上どんな人間も来ていないんじゃないかしら」私は言った。

私たちは暗い廊下を歩いた。明かりがちらつき、停電を告げていた。私たちの部屋は、廊下を挟んで向かい合っていた。それぞれ鍵穴に鍵を入れたが、中が覗けそうなくらい大きな鍵穴だった。ヴィクターは鍵をがちゃがちゃさせていた。彼は手を止め、私のほうを振り返った。

「九十分でシャワーと仮眠を済ませ、ロビーで会おう」彼は言った。

「わかった」私はそう言ったが、仮眠を取らないのはわかっていた。そうしたためしがない。仮眠を取れば夜に眠れなくなるし、この夜は寝ておかなければならなかった。

部屋は狭かったが明るかった。カーテンは開いていて、日差しが降り注ぎ、ベッドの上の鞄を照らしていた。鞄は広げられていた。私がアイロンをかけて、畳むか丸めるかしていた服は、今ではきちんと畳まれていた。そして、分類もされていた。ズボンの山とトップスの山ができていた。鞄の上には、贈りものらしきものが置かれていた。ラクダに乗った二人の遊牧民が砂漠を渡っている砂絵だ。私はそれに指を滑らせ、ざらざらした表面を感じ、ドレッサーに立てかけた。それはとても美しくて、私は嬉しくなった。

続いて、きちんと畳まれた服を念入りに調べた。襟の内側に指を滑らせ、ポケットをあらためて、何か忘れているものがないかを確認する。さながら乳がん検査の触診だ。しかし、忘れたものはなかった。私は自分の本当の住所や、バージニア州での生活を明かすようなものを身につけないよう、ことのほか気をつけていた。ジムの会員カードや、ホールフーズ・マーケットでグラノーラを買ったレシートさえも。人に知られる情報が少なければ少ないほど、私は安全だった。

偽の身分で出張するのは、これが初めてだった。飛行機に乗る二週間前、私はＣＩＡの技術支援部へ行き、○○○

○○。私はスーツケースに荷物を詰め直し、クローゼットの中の荷物スタンドに置いた。仮眠をする気はなかったが、しばらく横になりたかったので、薄くて色あせたベッドカバーを広げ、ベッドに寝転がった。笑いたかったが、笑えなかった。天井は斧で叩き切られたかのようだった。配管や梁、配線といった、まさにホテルの内臓が見えた。そこにカメラやマイクが仕掛けられているのではないかと、なぜ疑わなかったのかわからない。たぶん、疲れていて考えられなかったのだろう。断言はできないが、彼らが私の荷物を漁ったのは、単に私が名乗った通りの人物かどうか確かめたかっただけなのだと、私はほぼ確信していた。もちろん、実際は名乗った通りの人物ではなかったが。

私は頭の中で、YYについて知っていることと、知りたいことをおさらいした。YYというのはアフリカ人男性で、私は彼が最近アフリカの故郷の村からヨーロッパへ向かったのを追跡していた。彼には恐ろしいあだ名があった。それは彼の欲望と意図を示すものだった。ジェフリー・ダーマー（米国の連続殺人犯。十七人の青少年を殺害した）が、自分を〝少年強姦殺人魔〟と呼ぶようなものだ。ヨーロッパで活動中のCIA課報員からの情報で、私はYYがヨーロッパの国の首都にあるアパートメントで化学兵器を製造していると確信した。それればかりでなく、彼はその国のアルカイダ支部のトップのようで、毎週のように新しいメンバーを募集していた。彼の漁場は、行き場がなくなり、ホームレスも同然になった、彼の故郷出身の少年や大人たちだった。どの大陸にも居場所がないと感じる人々や、イスラム過激主義に何よりも忠誠を尽くす人々だ。

当時、ヨーロッパ諸国の一部は、現在の半分もテロについて真剣にとらえていなかった。そして、私がどのように（仲間のように、厳しく、あるいは淡々と）訴えても、こうした人物について私ほど目を覚ましてくれなかった。私はさまざまな情報局にケーブルを送り、YYがヨーロッパにいることを知らせる一方で、彼が住む町に解き放たれている少年たちへの支配力と影響力を説明した。

ヨーロッパの大半でアフリカ人に対する激しい人種差別があるにもかかわらず、ヨーロッパ人は自分たちを〝レイシストのアメリカ人〟より心が広いと思っている。あるいは、心が広いふりをして私のケーブルに返信してくる。まるで私が、諜報員の一人一人に歯の根管治療をさせせろと訴えているかのように。返事はたいていこのようなものだった。〝このことを本当に真剣に考えるべき理由を教えてください〟

○○○○の追跡にヨーロッパの邪魔が入れば入るほど、私の決意は固まり、自分を○○○○○○○と称するようになった。アフリカのテロリストの追跡にヨーロッパが協力しないなら、アフリカ人に助けてもらえるかもしれないと私は思った。○○○しかし、運のいいことに、新しいCIAの支局が最近作られ、ヴィクターと私に拠点ができた。それに、現地の諜報員とのつながりもできた。このことは両国にとって役に立つ。実際には全世界にとって。結局のところ、アラブ世界から西洋人を排除しようとするアルカイダの戦いで最も多く命を落としたのは、昔も今もイスラム教徒自身なのだ。アルカイダの大虐殺で殺された西洋人は、昔も今もほんのわずかな割合にすぎない。

頭の中ですべてを整理し終えたあと、私はシャワーを浴びた。バスルームの明かりをつけたとたん、黒いゴキブリが洗面台の後ろや床板の隙間にいっせいに入り込んだ。本物のゴキブリが隠れ場所へ逃げ込むのを見たのは、これが初めてだった。想像通りのぞっとする眺めだった。それは、完全な崩壊をすんでのところで免れているようなこのホテルに似つかわしかった。

チェックインしてから二時間後、私は頭をパシュミナで覆い、ヴィクターとタクシーで新しいCIAのオフィスへ向かった。支局長のパティとはケーブルでやり取りしていて、私はすでに彼女を尊敬し、好きになっていた。しかし、ケーブルのやり取りというのはインターネットでのデートのようなものだ。電子の世界で会うのと実際に会うのとは異なる場合もある。幸い、今回はそうではなかった。パティはすばらしい女性だった。〇〇彼女のオフィスはホテルと同じくらい荒れ果てていた。天井にはカビが生え、それが壁にまで達して大陸のような形を作っていた。窓という窓に小さなエアコンが押し込まれ、周囲を茶色がかった太いゴムのような接着剤で固められていた。

ヴィクターと私はチャートを示して最新状況を報告した。チャートにはアルカイダの各毒物グループのリーダーが示されている。私たちは現地の諜報員とやり取りした情報を検討した。ミーティングの主題が終わると、パティと私はショールで頭を覆い、三人で外に出て、彼女の運転手と車が待っている場所へ向かった。

この町のほこりっぽい廃墟に囲まれたパティの家は、驚くほど魅力的だった。緻密な幾何学模様をほどこしたアラビア式の円天井は、中東の公衆浴場であるハマムを思わせた。何もかもが落ち着いた緑、土のような赤、錆のような茶色だった。床にも同じ色と模様のタイルが敷かれていた。

彼女の家にはオフィスよりも多くのスタッフがいた。カクテルと前菜が居間に用意され、私たちはそこで語り合った。化粧室に立ったとき、彼女は言った。「廊下をまっすぐ行って、パニックルーム（緊急避難用の小部屋）を過ぎたら、左に曲がって」

私は金属の防弾ドアが、誰も入り込めないパニックルームの入口なのだろうと思った。家に誰かが侵入したとき、パティは金庫の中の宝石のようにそこに隠れるのだ。

その夜、ヴィクターと私は、コンクリート造りの掩蔽壕《えんぺいごう》のようなレストランで、この国の情報機関から来た五人の男性と食事をした。彼らは親しみやすく、陽気と言ってよかった。戦争による略奪や貧困が、彼らの顔に刻まれていた。欠けた歯、ぎざぎざの傷跡、若くして後退している生え際などに。私はワインをグラス半分も飲まなかったし、ヴィクターは一切口にしていなかった。今も警戒心は解かず、彼らが本当に信用できるかどうかを見極めようとしていた。ここに拠点を置くチームがいない以上、この外国の諜報員のほかに人材を手に入れることはできない。言い換えれば、私たちには彼らが必要だったが、彼らの目的が私たちと同じだと確信できるまでは、使うわけにはいかないのだ。

その夜、彼らが私たちの力になりたいという意欲にあふれていることがわかった。戦争の経験を経て、彼らは怒り、憤り、私たちが追っている人物と、知られている関係者全員を捕えたくてうずうずしていた。彼らの国はイスラム過激派によって、何年にもわたって破壊されてきた。アメリカ人が攻撃を受けたのは、九月十一日という一日だけだ。それが何千日も続くことを想像してみれば、彼らやその同胞のほとんどが怒り狂い、激高し、むきになっているのがわかるだろう。最終的にはヴィクターも私も、彼らが自国に足を踏み入れたすべてのテロリストを捕まえるだけでなく、殺したいと思っているのを理解できた。

私たちが食事をしている部屋の隣では、結婚式が行われていた。私は覗いてみたい気持ちに駆られた。花嫁がどんな衣装を着ているのか、聞こえてくる音楽と手拍子に乗って、人々が踊っているのかどうか確かめたかった。ヴィクターは素晴らしい旅の道連れだった。私と同じくらい好奇心旺盛だったからだ。帰り際に、彼は戸口のほうへ顎をしゃくり、私たち二人はしばらくそこに立って中を覗いた。新郎新婦は凝った伝統的な婚礼衣装に身を包んでいた。花嫁のベールは、ヒジャブに宝石をちりばめた冠だった。刺繍をほどこした花婿のシャツはスタンドカラーで、膝までの長さがあった。おしゃべりや歌、ダンスが繰り広げられる大騒ぎだった。どの国のどの盛大な結婚式にも見られる楽しさがあった。

翌日、ヴィクターと現地の情報局本部に着く頃には、私はこの国の戦後の荒廃ぶりに慣れ、何を見ても驚かなくなっていた。それでも、ドアと窓を開け放った一階の部屋で、五人の諜報員と正方形のテーブルを囲んで打ち合わせをしたときには仰天した。現地のＣＩＡオフィスに取りつけられていたようなエアコンは一つもなく、そよ風だけが部屋を吹き抜けていた。

私は一度たりとも、ドアや窓を開けた場所で情報を明かしたり、聞き出したりしたことはなかった。ＣＩＡでは聞いたことのないやり方だ。しかし、私たちはそこで話すしかなく、窓の下やドアの外で誰かが聞き耳を立てたり、録音したりしていないことを祈るばかりだった。

夕食の席で始まった会話は、オフィスではさらに激しさを増していた。諜報員たちは、自国を破壊した人々を捕えるためなら、どこまでも協力しようとしていた。私たちはむしろ、彼らを説得しなくてはならなかった――生きて捕えることが重要なのだと。捕えたテロリスト一人から、さらに二人、三人、それ以上につながるのだと。殺してしまえば、そこで途切れてしまう。テロリストを殺すことが人類にとって損失かどうかは議論が分かれるが、彼らの死は情報収集にとっては完全に損失だった。

彼らは現地に数人の人材を送り込んでいた。そして、喜んで私たちにも利用させてくれた。つまり、彼らに特定の情報や連絡先について尋ねれば、送り込んだ人材を通じて答えを見つけてくれるわけだ。お返しに私たちは、彼らが忌み嫌う人々の名前その他の情報を知らせる。私たちの持っている情報は、頭の中に記憶されていた。〇〇〇〇のメンバーの名前と、最後に確認された場所を明かすたび、私はサメに餌を撒いているような気分になった。男たちはますます相手を捕まえることに貪欲になり、私はこの上なく興奮した。

後方支援の計画を立てる短い時間、生死にかかわる情報を聞き逃すおそれがなくなると、私は化粧室を使うために中座した。主催者はミーティングの最中、エスプレッソサイズのガラスのカップに注いだ伝統的なコーヒーをしきりに勧めた。断るのは失礼だと思い、私は話し合いの間ずっとそれを飲んでいた。濃くてミルクの入った、ざらざらした甘いコーヒーを、次から次へと。夕方近くになると、私はトイレに行きたいあまり、歯が痛くなるほどだった。

男性の一人が席を立ち、私をトイレへ案内してくれた。私たちは暗く薄汚れた廊下を歩き、男性がドアを開けて、掃除用具入れのような場所を指した。手洗い所はなかった。便座もない。大きな白いバケツの上に、灯っていない電球がぶら下がっているだけだ。男性は手を伸ばし、電球を締め直して明かりをつけた。

「ここしかないんだ」彼はすまなそうに肩をすくめてから、私を置いて立ち去った。

我慢できるものなら、していただろう。だが私は、バナナ・リパブリックのパンツをほこりっぽい床に下ろし、バケツの上にしゃがんだ。中は決して見なかった。すでに入っているものを見たくなかったのだ。もちろん、トイレットペーパーはなかった。しゃがんでいるのに腿が耐えられる限り乾かし、それからパンツを上げて、そそくさとそこを出た。

会議室のテーブルに戻ると、イチジクのクッキーが載った皿が置かれていた。私は礼儀のために一つだけつまんだ。だが、これを置いた人がバケツを使ったあとに手を洗っていないのは間違いない。それに、コーヒーはどうやって淹れたのだろう? ミネラルウォーターを電気ポットで沸かし、プレスに注いだというのが私の想像だった。

「洗面所はどこだい?」ヴィクターが私の耳にささやいた。

「バケツよ」私は小声で言った。

「何だって?」

「洗面所はないわ。バケツだけ」
ヴィクターはうなずき、椅子に座り直した。もちろん、彼は持ちこたえた。私が見た限り、男性はみな、ヒトコブラクダの親類らしかった。

その後数日間、アフリカの諜報員と顔を合わせるごとに、これは素晴らしい仕事関係になりそうだという思いが強まっていった。もちろん、どんな関係とも同じで、正直さや率直さの間にはバランスがあり、ある程度の改竄やごまかしもあった。相手は、私たちが作ったアルカイダのネットワーク図にかかわるテロリストの名前を一人残らず聞き出したがった。しかし私たちは、名前も知らないし、どこにいるかもわからないというふりをした。〇〇スパイの世界の忠誠心は、愛や結婚、友情における忠誠心と似ている。当事者が三人以上になれば、完全に正直になることは不可能なのだ。

アフリカでの最後の夜、ヴィクターと私は、今ではチームメイトとみなしている男たちと夕食をとった。これまで見てきた場所と違い、そのレストランは爆撃をくぐり抜けてきたようには見えなかった。主催者は私たちのために、店の特別料理を注文すると言い張った。私はあまり好き嫌いはなかったので、何が出てくるかと心配はしなかった。しかし、ウェイターが料理を運んでくるのを見て、私はあっけに取られた。ワゴンには、布で覆われたストレッチャーに横たわる死体のように、テレビのスポーツ番組以外では見たことのない巨大な魚が載せられていた。長さはキッチンのアイランドカウンターほど、幅は私のお尻くらいあった。それが乱暴に解体される音——吸い込み、切り裂くように背骨が引き抜かれる音——を聞いているうち、胃の中が海のように波打つのを感じた。旅に出るときには必ずパワーバーを箱で持っていこうと決意したのはそのときだった。食中毒にかかっている暇はないのだ。病気になっている暇はない。治療不能な赤痢と見られ、アメリカへ送還される人々を私は見てきた。その仲間入りをするつもりはなかった。

ＣＩＡの局員が、エールフランスをエールいちかばちか《チャンス》と呼ぶのを聞いたことがある。アフリカから帰ってきて、その理由がわかった。ダラスに戻ったとき、私の荷物は戻ってこなかった。遺失物取扱所で書類を書く私に、エールフランスの職員は、荷物が見つかったら空港に取りに来るまで預かるのではなく、あなた——つまり、パスポートと荷物のタグに書かれた〝私〟——にお送りしますと言って譲らなかった。〇〇外国の課報員との交渉よりも困難な、さまざまな駆け引きと交渉の末、エールチャンス側は、私がしばらく身を寄せている親友の〝トレイシー・シャンドラー〟に荷物を送ることに同意した。ありがたいことに、それはうまくいった。

帰国してまもなく、私は土曜日にオフィスへ行き、仕事の遅れを取り戻した。そのとき、外国の情報源からケーブルが届いた。情報源は、今や化学戦争界で名を上げようとしている、悪名高いテロリストの具体的な情報をつかんでいた。その男は今、彼を保護している国から保護しない国へと飛行機で向かっているところだった。何時間ものフライトと乗り継ぎを経て、日曜日の午前中には現地に到着する。現地の諜報員が、飛行機を降りた彼を追跡すれば、蜂が巣に戻るのを追うようなものになるだろう。

私はただちに、彼が向かっている都市の情報局にいる知り合いにケーブルを送りはじめた。この男が何者で、これまで何をして、西洋諸国でまもなくどんな計画を実行すると思われているかをまとめた情報を、次から次へと送信した。私は数分おきに、返信がないかと受信箱をチェックした。二時間が過ぎる頃には、誰か返事をくれないかと必死になっている、出会い系サイト利用者の気分になっていた（これが出会い系サイトなら、私の執拗さに、少しでも分別のある男性はみんな逃げ出しているだろう）。

時間は刻々と過ぎ、私はケーブルを送りつづけた。送るたびに情報をつけ加え、その中には、女性や子供に対するこの男の非道な仕打ちも含まれていた。

ようやく、彼がまもなく降り立つ国の諜報員から、一行だけのケーブルが届いた。日曜日には誰も勤務しませんと、そこには書かれていた。つまり、動機がわかりきっているその男は、タクシーに乗って人ごみに消え失せてしまうということだ。私を夜も眠れなくさせるテロリストが、また一人というわけだ。

7 一つの世界

ヨーロッパ　二〇〇二年冬

西洋の情報機関の多くが参加する会議があり、私たちのチームも呼ばれた。会議の目的は情報を共有し、問題点を討議し、解決策を見つけることだった。誰もが同じ目標のために働いていた。テロリストを根絶し、テロ計画を未然に防ぐことだ。それは九・一一後、イラク侵攻前の時代で、アルカイダはさまざまな準備を進め、アメリカは世界のどの国が攻撃目標になったとしても、彼らを止めようと決意していた。

テロ対策センターのWMDチームの三人が会議に出席した。CIAで招待された最年長はヴィクターだ。私は豊かな髪にファッショナブルなスーツ姿のヴィクターと旅をするのが好きだった。彼は私たち一人一人を、重要な人物のように思わせてくれた。私たちがパズルに不可欠な一片で、どれも同じだけの価値を持っているように感じさせてくれた。出張チームの三人目はバーナードだったが、家に新生児がいるため、一日遅れて到着する予定だった。三十代のバーナードは、ホームコメディの父親役を演じているみたいに見えた。毎日ボタンダウンシャツの上にセーターを着て、お腹が少し出ている。ディナーパーティーやラマーズ法の教室でバーナードと知り合った人たちは、物柔らかな話し方をしてカーディガンを着ているこの男性が、まさか核兵器部門の敏腕分析官だとは思わないだろう。私はもちろん、WMDグループの代表として話すために来た。数々の出張で、私たちは分析官（バーナード）、諜報員（私）、上司（ヴィクター）と、それぞれの立場を代表していた。

私たちはこの出張に三つの目的を掲げた。一．かけがえのない情報を適切な人々、つまり、その情報を正しく利用する人々に伝えること。二．外国の情報局からの情報を、できるだけ多く集めること。三．他国の諜報員と生産性のある同盟を築くこと。

こうした会議に出席する男女は、それぞれの情報局のトップや、この分野で最も能力のある人々だった。いずれにしても助けになる。私はこのときもまだ、ヨーロッパ諸国の諜報員との関係を築くのに苦労していた。残念なことに、アメリカがイラク侵攻に近づくほど、関係を築くのが難しくなっていた。アメリカ人、そしてアメリカは、当時ヨーロッパから嫌われていた。テロリストやテロリストの下部組織、そして大量破壊兵器を執拗に容赦なく追跡していることが、アメリカ軍がアフガニスタンに駐留していることと相まって、弱い者いじめをしているかのように見られていたのだ。私たちは全世界を例外なく守ろうとしているというのに。

しかし、私は一人の女性で、カリフォルニア人で、元ソロリティで、政府の代表者というよりは、個人の人材として見てもらおうと心に決めていた。ここには情報関係者の〝トップ〟がいるのだから、政治よりも世界平和を優先させる人が見つかる可能性は高いと期待していた。

私たちは会議が始まる前日に現地入りした。その日の義務は、私たちのいる市内に住む関係者の家でのディナーだけだった。その女性のアパートメントへ向かうタクシーの中で、私は左右の窓をきょろきょろ眺めた。窓の外の雪景色が、ひっきりなしに光に揺らめいているように見えた。ホテルで荷ほどきしている間に、太陽はとうに沈んでいた。暗闇にマイナス十七度の気温となれば、普通はベッドにうずくまってリアリティ番組を見たくなるものだ。しかし、明らかにこの国の人々は違うらしい。通りでは賑やかな光景が繰り広げられていた。店もレストランも開いていて、人々がひしめき、エネルギーに満ちあふれているのが、通り過ぎるタクシーから見えた。自転車を走らせている人もいたが、誰一人ヘルメットはかぶっていなかった。

私はタクシーを追い越していくノーヘルメットの自転車乗りを、窓越しに指した。ここで長く過ごしたことのあるヴィクターは言った。「ここの人たちは怖がらないんだ。何であれ」

「アルカイダも？」私は最近、ザルカウィの熱心な信奉者がこの近くの町にいることを突き止めていた。実際には、多くのテロリストが、私たちと同じような理由でヨーロッパに移住していた。手厚い医療、公共交通の便、一ユーロ以下でバゲットが買えること。さらにインターネットがある。中東の一部では、タリバンの支配とイスラム法によって、インターネットは停止されているのだ。毒物攻撃の計画を立て、協力者を見つけるには、たどり着くのに何日もかかる砂だらけの冷たい洞窟よりも、チャットルームで会うほうがよほど簡単だ。

「ああ、彼らはアルカイダを怖がらない。ほら――」ヴィクターは窓の外を指さした。カフェの外に乳母車が三台並んでいる。「ああやって、赤ん坊を外に置いておくんだ」

「このお天気に？」母が私を一人でセブン・イレブンへ行かせるまでには、何年もかかった。しかもそれは、暖かい南カリフォルニアでのことだ。

「この天気でも、どの天気でもだ。赤ん坊は厚着している。子供も外で昼寝する。天気には関係なく、いつでも」

「誘拐されたりしないの？」

「ここで盗まれるのは自転車だけさ」ヴィクターは言った。

そのときに思ったのは、恐怖というのは往々にして選択されるものだということだ。確かに現実には、誘拐も、自転車事故も、自爆テロもある。そして、それを避けようとしながら暮らすこともできる。あるいは、好きなように生きて、一瞬一瞬を楽しむこともできる——赤ん坊を外で寝かせたままビールを飲み、頭に雪が降るのを感じながら自転車を走らせ、アメリカン航空で楽しくてわくわくするような場所へ行くことも。私にも以前から怖いもの知らずなところがあったが、それはヨーロッパ的なものなのだと思った。恐れずに旅行したり、新しいものを食べたり、世界が差し出すものを受け取ったりするときには、この考えを取り入れよう。そして一方で、私たちを根こそぎ毒殺しようとしているやつらを一掃しよう。

ヴィクターが料金を支払っている間に、私はタクシーを降りた。その冬のラングレーは寒かったので、私はそれに合わせて長いフード付きのダウンジャケットを用意していた。もちろん黒だ。どんな服にも合うからだ。最近では大枚をはたいて暖かい革の手袋を買い、外に出るときには、両親がハヌカーに贈ってくれたカシミヤのスカーフを欠かさなかった。

ヴィクターは建物の前で足を止めた。堂々とした優美な建物で、このような国で、このような建物に住むのはどういう感じだろうと思った。するとヴィクターが、私のふんわりしたダウンジャケットの肩に手を置いて言った。「彼女は我々の任務については何も知らない」私は笑いたくなった。仕事の重要性はわかっているし、自分が仕事をうまくやっていることに自信はあったが、二十三歳の私が自分よりも長くこの仕事をしている人より上の地位にいるというのは、滑稽な気がした。

「じゃあ、私たちは……暗闇の話でもするの？」中部大西洋沿岸地域での私の友情は、今もＣＩＡから外に出ることはなかった。自分の仕事について語れないところでは、めったに話すことはない。

ヴィクターはほほえんだ。「私のリードに従っていれば大丈夫だ」

アパートメントは美しく、趣味がよく、上品で、近づいて触ることのできる骨董品に満ちていた。肘掛椅子に座ると、巣の中にいるような気がした。マントルピースとテーブルの上にはろうそくが灯り、暖炉では火が燃えていた。関係者本人は、どこを取ってもアパートメントと同じくらい上品だった。

私の仕事相手は男性が多く、ヨーロッパやアフリカの情報局とやり取りをするときにはさらに男性が多かったので、権力を持った外国人女性に会うのは特別なことに思えた。それまで私は、表現することにあまり関心はなかった——仕事をこなし、行動し、考え、できるだけ多くを学ぶことで忙しかったのだ。しかしこの女性に会って、どの集団のどんな人にとっても、見せたい自分を見ることがどれほどの影響力を持つかに気づいた。それは認められたような気持ちにさせてくれる。自分が知っている以上の可能性があることを感じさせてくれるのだ。

ディナーでの会話は私抜きで進んだが、私はその場にいて話を聞いているのが楽しかった。その土地の習慣や食べ物、この国の人々がとても力の抜けた、無理をしない生き方をしていることを知った。ここの住民はカリフォルニアのサーファーのようだった。ただし、波ではなく自転車に乗っている。

翌朝、ヴィクターと私はタクシーでこの国の情報局本部へ向かった。前回と同じように、私はタクシーを飛び降りて写真を撮りたい気持ちになった。○○ここでの目的は、ほかの諜報員に会って、私たちがこの町にいることを知らせるというシンプルなものだった。情報活動コミュニティの不文律で、外国にいるときにはあいさつに行くことになっていた。〝ここにいる間、あなたがたをスパイすることはありませんよ〟という意味だ。ラングレーでは、アメリカにいることを知らせる外国の諜報員と数多く会っていた。あいさつに行かなくてもいいのは、偽名で動いているときだけだ。

私はこの国の情報活動コミュニティの人と話すのを楽しみにしていた。ヨーロッパのほかの多くの国と違い、このヨーロッパのカリフォルニア人たちは、ブッシュのイラク侵攻計画のせいで私を積極的に嫌おうとしているように見えなかったからだ。それに彼らは、化学テロの脅威がどれほど深刻かを理解していた。それに日曜日にも進んで働いた。

現地の諜報員にあいさつしたあと、ヴィクターと私は別行動になり、さまざまな情報源から情報を集め、分析した。テロの下部組織というのは、循環系全体の中で脈を取れる場所のようなものなので、探しているものに焦点を当てるには、広い視野とさまざまな視点が必要だった。端的に言えば、私たちの情報網を、アルカイダのテロ網よりも大きくしたかったのだ。相手を取り囲み、包み込むことが必要だった。

一日の終わりには、ヴィクターとまた合流し、発見したことを相互参照した。私たちはＹＹに狙いをつけ、彼の動きを追った。私たちは彼をもっと詳細に監視したかった。つまり、彼の行く先々に目を光らせていたかったのだ。情熱とカリスマ性を持ち、ハンサムで雄弁なＹＹは、誰よりも大きな脅威だった。アルカイダのニュースレターに寄稿し、自らの殺人の野心を広めさえしていた。その魅力と公的な地位によって、ＹＹは信奉者を引きつけ、その弱みを利用して、過激主義者の軍隊に引き入れた。ＹＹの仲間になることで、根無し草の少年や大人たちは、目的と、帰属意識と、彼らが神の思し召しと思い込まされているものを手に入れることができた。ＹＹは私たちにとって最優先すべき人物だった。彼が次にどこへ行くのか、誰と行くのか、行く先でどんな計画を立てているのかを予想しなければならない。そうすることで、私たちはＹＹとその仲間が、彼が頻繁に口にするように〝西洋人とユダヤ人〟を殺す計画を実行する前に阻止できるのだ。

バーナードはその夜の早い時間、招待されているディナーに間に合うように到着した。ヴィクターの話では、ヨーロッパ人以外の出席者は私たちだけだということだった。そのときには、そう重大なことではないように思えた。

今度もまた、タクシーが停まったとき、私は写真を撮りたくなった。ディナーが開かれるホテルはとても洗練されていて、私はうっとりした。ヴィクターとバーナードと私はしばらく歩道に立ったまま、屋根の上に高くそびえる旗竿で三枚の旗がはためく、大きな石造りの建物を眺めた。ホテルの正面には、三階か四階あたりに、四つの花輪が飾られていた。どれも、その下にある十フィートの窓と同じくらい大きかった。南カリフォルニアで生まれ育った私には、見たことのない光景だった。

バーナードがオーバーの襟をかき合わせながら言った。「これは妻を連れてこないと」「赤ん坊が大きくなったらな」ヴィクターはそう言って、ホテルに入っていった。配偶者や子供について考えるのはまだ先のことだったが、バーナードの視点から見てみれば、それもよさそうだと思った。

ホテルの中は豪華だった。あらゆるところでろうそくが灯り、テーブルやカウンターには紫色のブーケが飾られ、フラシ天の椅子が置かれている。ヴィクターの服装はこの場所に完璧に合っていた。ダークグレーのスーツにラベンダー色のネクタイ、ポケットにはラベンダー色のハンカチ。バーナードは飛行機で着ていたのと同じスーツを着ていた。私は細身の黒のパンツスーツに、赤いブラウスを合わせていた。時間をかけて髪をカールし、マニキュアによく合う深紅の口紅を塗った。特に注目を浴びたいとは思わないし、グループの中心になるのも嫌いだったが、服やメイク、ドレスアップすることは大好きだった。ソロリティにいた頃から、誰か――男でも、女でも、機関でも――に、特定の服装をして他人の期待に沿った役割を演じろと指図されることを、私は徹底的に拒んでいた。だから、男性と仕事をするのがほとんどの諜報員であっても、長い巻き毛を作りたければそうするという権利を私は重視していた。

たくさんの人が部屋にいる中で、私はわずか五人の女性のうちの一人だった。ほかの女性は、少なくとも二十歳は年上だった。私はあとで話をしようと、彼女たちのいる場所を頭に入れた。テーブルにつくとき、隣を歩いていた女性と目を合わせようとしたが、彼女は私などいないかのように、その向こうを見ていた。

ヴィクター、バーナード、私は、別々のテーブルについた。私のテーブルには七人の男性が座った。三人はすでに着席していて、残りは私と同じくらいのタイミングで席に着いた。その夜は、どのテーブルでも英語が共通語として使われた。ただし、私のテーブルを除いて。

私の左に座ったパトリックという男性は、短い赤毛に、ハリケーンに吹き飛ばされたような歯並びをしていた。ゆったりと笑い、親しみやすい雰囲気だった。ほとんどの男性がグレーか、ブルーか、黒いスーツ姿だったが、パトリックはダークグリーンのスーツを着ていた。彼と握手をし、自己紹介をしたあと、私は右側の男性のほうを向いた。彼は唇を一文字に結び、まるでチャーリー・ブラウンのように見えた。ブルーの目にこげ茶色の髪、そしてスーツはとても細身でぴったりしていて、その中に縫い込まれているかのようだった。

「トレイシーよ」私はそう言って手を出した。彼はマニキュアを塗った私の爪をしばらく見たあと、手首をぶらぶらさせながら、湿ったワンダーブレッドのような手で握手した。

「ジョン……」彼は話しはじめたが、そのあとは外国映画の台詞のように聞こえた。ただし、字幕はない。

ディナーの出席者は誰もが英語を話していた。ところがジョンは、同じテーブルで唯一アメリカ人の私と英語で話すのを拒んだ。彼は隣の北ヨーロッパ人とは英語で話した。東ヨーロッパや南ヨーロッパの人とも英語で話した。ジョンの母国語を話す国から来た、百歳に見える男性とも、彼は英語で話した。でも私とは、いいえ《ノン》！　いいえ《ナイン》！　いいえ《ナイ》！　ジョンはアメリカに腹を立てているようだった。そして、私が彼のほうを向くたびに、（私には）理解できない長ったらしい言葉で応じることで、そのことを伝えていた。塩を取ってくれと言っただけでも。

ずっと昔、学校でいじめられていた頃、私は人に自分を好きにならせることはできないと学んでいた。両手を広げて好きになってと言えば、相手は私を空地へ連れていって、さらに打ちのめすだろう。人に好かれようとすれば、自分の力を奪われてしまう。相手を無視すれば、相手の力が奪われる。〝塩〟という言葉を最後に、私はジョンに話しかけなかった。

ありがたいことに、パトリックは進んで私と会話をした。彼は頭がよくて面白く、ビンラディンと九月十一日の攻撃について、貴重な洞察を与えてくれた。

たくさんのやり取りのあと、彼は言った。「トレイシー、君の国の人たちのことは、心から気の毒に思う。アメリカであんなことが起こるのを望む人は誰もいない」

「たぶん――」私は冗談めかして右側に顎をしゃくった。

「彼だって望まないさ」パトリックはにやりとした。「でも、ヨーロッパの立場から物事を見ることも必要だ。アイルランド人は、実質的な内戦に三十年以上も巻き込まれている――」

「北アイルランド問題ね」私は言った。

「そう〝問題〟だ。彼らはその〝問題〟で、君たちが九月十一日に失ったよりも多くの人を失っている。だが、母親、兄弟、父親、子供といった肉親を除けば、誰も死者のことなどギブ・トゥー・フェックスのようだ――」

「トゥー・フェックス？」私は訊いた。

「トゥー・フェックスだ」彼は言った。私は彼が〝どうでもいい《ギブ・トゥー・ファックス》〟と言いたかったのだと気づいた。

「誰も気にかけていないということね？」

「もちろん、個人個人は気にかけているさ。君は聡明な女性だから、気にかけているとわかっている。しかし、だからといって君が――あるいはアメリカが――立ち上がって何かをしようとはしないだろう。なのに、ツインタワーが崩壊して以来、アメリカ人の誰もが、あたかも世界中の人々が膝をついて嘆き悲しみ、アメリカを守るために立ち上がってこぶしを振り上げているかのようにふるまった」

　私はディナーも喉に通らなかった。ジョンに動揺させられ、今度はこれだ。私は生まれてからずっとアメリカに住んでいた。それまで、旅に出るといえばＣＩＡの仕事がほとんどだった。もちろん北アイルランド問題のことは知っている。問題も、内戦も、暴動も、反乱も、侵略も、強制退去も、人間が存在する限りどこの国でもあることを知っている。私の専攻は歴史だったのだから！　それでも、パトリックの言うことは正しかった。私はいろいろな意味で、典型的なアメリカ人だった。何を知っても、何を学んでも、その知識は自国への愛と忠誠心というフィルターにかけられていた。

パトリックとのこの会話で、私はもっと世界的に考える努力をするようになった。ＣＩＡで最も優れた諜報員になり、アメリカの最高の保護者となるには、少し視点を変えなくてはならないと思ったのだ。カンザス州のトウモロコシのようにアメリカの地にしっかりと足をつけるのではなく、はるか上空へ舞い上がり、地球上の相互関係を見なくてはならない。そうすれば、アメリカ海軍の船がアデン湾に停泊していることが、イエメン沿岸に住む人たちに占領と受け止められていることが、もっとはっきりと見えてくるだろう。そしてそのことが、アフガニスタンのイスラム神学校でアルカイダの支援を受けている、行く当てもない難民の少年たちの反動的な恐怖を呼び起こしていることを。その先はわかるだろう。世界的な視野で考えることで、最大限の人々の需要に応えることができると、私は思いはじめていた。それに、ヨーロッパやアフリカの諜報員の視点を理解することは助けになる。私と誰かさんとの間に望みはないだろう。だが、ここにはほかにも外国の諜報員がいる。パトリックのほかにも、礼儀正しく会話ができる人が見つかるに違いない。

ディナーのあと、ヴィクターに口説かれて、バーナードと私は地元の遊園地へ行くことになった。南カリフォルニアで育った子供の大半と同じように、ディズニーランドは私の人生の一部で、馴染みのある季節ごとのお楽しみだった。だから私は、遊園地の誘いを断ったことはない。

そこは思っていたより魅力的だった。遊園地というより公園のようだ。無数のクリスマスツリーに、またたく明かりが灯っている。それどころか全体がライトアップされていた。建物も、乗り物も、茂みも、園内を取り囲む木々も、明るく光っていた。まるでライトブライト（パネルに色つきのペグを埋め込んで絵を描き、ライトアップできる玩具）の３Ｄ版だ。それとも、ディズニーランドのメインストリート・エレクトリカルパレードか。庭はどこも、パレードのフロートのように輝いていた。私たち三人はしばらく歩き回ったが、バーナードはタクシーでホテルへ帰ることにした。彼は明朝の発表が気になっていて、睡眠を取りたがっていた。ヴィクターと私も別行動になった。彼はたくさんのレストランの一つで何か飲みたがっていたし、私は魔法の国のような園内を歩きつづけていたかった。

　舗道に沿ってクリスマスのギフトを売る店が並び、その後ろにはイルミネーションで飾られたモスクらしきものが見えた。まるでアラビアのクリスマス村にいるようだ（アラブ諸国にもごくわずかだが正教徒がいるのだから、まったくの見当違いではないだろう！）。私は前からイスラムのデザインと建築が好きだった。ハーシーのキスチョコのような形の屋根、尖ったアーチの戸口、複雑なパターンのタイル。そこにはきわめて数学的な美しさがあり、とても魅惑的だった。私は長い間、光に照らされたモスクを見ていた。園内にそれがあることが、当時の私の人生にとても似つかわしいような気がした。イスラム過激派の行方を追う、ユダヤ系アメリカ人の諜報員がクリスマス市場に迷い込み、ヨーロッパの背景に光り輝く光塔《ミナレット》を見ているなんて。

　ダウンジャケットを通して寒さが身に染みるようになると、私は暖の取れる場所へ行った。そこは、中でストーブが燃えている巨大なゴミ箱のように見えた。人ごみに混じって急いで中に入ると、ヴィクターがストーブの反対側にいた。お互いに気づくと、私たちは笑った。ヴィクターと私はそれからしばらく歩き、深夜零時の閉園まであらゆる景色を楽しんだ。

ホテルの部屋で歯磨きをする頃には、午前一時を回っていた。明日の朝には発表が控えていたが、私は自分の人生と同じくらい資料を知り尽くしていた。自分の人生よりもよく知っていただろう。私はバージニア州の自分の住所よりも先に、XとYの誕生日と正確な地理座標を言うことができた。睡眠を取ろうと取るまいと、それに変わりはない。

早朝、ボーイのあとに続いて、私たち三人は長くがらんとした廊下を歩き、発表を行う部屋へ向かった。みな無言だった。私は自分の言うことをおさらいしていた。バーナードとヴィクターも同じことをしていただろう。

三人ともスーツを着ていた。局内で一番お洒落なヴィクターは、その日は特にぱりっとして見えた。糊のきいたポケットチーフを挿し、ワイシャツには金のノットカフリンクスが輝いていた。私たちは演壇の近くから会議室に入った。私は階段状の座席と、こちらを見下ろす顔に目をやった。私は動揺し、数に圧倒された。最悪の部外者になったように。私は目立っていた。しかも彼ら——群衆——が、快く思っていない形で。これから発表することが、スパイ業界の誰にも負けないほど価値のある内容であることは確信していた。だが、ゆうべのホテルのディナーのあとで、私は自分が三振したことを強烈に思い知らされていた。しかも、ど真ん中のストライクで。私の額には、赤い×印が光っていた。一・若い。二・アメリカ人。三・女性。

ヴィクターは群衆にほとんど目もくれなかった。彼は怖気づいていなかった。自信たっぷりに顔を上げ、バーナードと私を引き連れて演壇へ向かった。ヴィクターは自己紹介したあと、C

ＩＡの進捗と、私たちの情報源の信頼性について話した。続いて私を大げさな褒め言葉で紹介し、私が二つの大量破壊兵器製造計画を阻止し、世界じゅうの毒物組織の主要リーダーを特定してチャート化したことを挙げた。ヴィクターが脇へどき、私は演壇に近づいた。手が震えていたので、私は演壇の傾斜した天板に手をついた。きちんと仕事をこなすためには、自分の不安と〝異質であること〟を早く乗り越えなくてはならない。私はほんの一瞬目を閉じ、それから目を開け、焦点が合わないようにして、話している間、聴衆を視界から消した。たちまち私は、自分がすべての人に拒否される範疇の人間であることを忘れた。不安を忘れ、当時アメリカ人がどれほど憎まれていたかも忘れていた。そして、自分が懸命に働いてきたこと、自分の後ろには毒物トリオの努力があることの計り知れない力を得て、話すべきことを話した。何度か、自分が止められない気がした。

発表から数日後、ヴィクター、バーナード、私は、ホテルからそう遠くない素敵なレストランで夕食をとっていた。この町のあらゆるものと同じように、小さな煉瓦造りの建物は、白い豆電球に縁取られていた。私たちは窓辺に座り、私はメニューがよく見えるように、テーブルの上のろうそくに近づけた。これまで見たところでは、この国の人たちは豚肉をよく食べるようだ。私は生まれてから一度も口にしたことはない。それは私と、私が追っているテロリストとの共通点だ。私は豚肉を食べない自分が気になり、メニューにほかの料理が載っていることを願った。複雑な名前の魚料理があった。ヴィクターが翻訳してくれた――ラブソングのタイトルのようだった。私は笑って、それに決めた。ヴィクターとバーナードは豚肉料理にした。

ウェイトレスが注文を取って去っていくと、私たちはすぐに話を始めた。それは止まらなかった。三時間以上、私たちは相互参照し、集合知を打ち立てた。私たちは穴を見つけてはそれを埋め、名前、都市、目的を伴うシステム全体がはっきりと描けるまで続けた。この作業がいつもより胸躍り、楽しいものになったのは、外国で口にした中で一番おいしい料理を食べながらの情報収集だったからだ。この二つを同時に経験するのは大変だと思われるかもしれない。テロリストの下部組織を暴きながら、蒸した白身魚とパン粉をまぶして揚げた白身魚を、エビ、キュウリ、キャビア、レモンと一緒にバターを塗ったトーストに載せたものにかぶりつくのは。しかし、少しも大変なことではなかった。むしろ、生きのいい新鮮な味と、生きのいい新鮮な情報との素晴らしい融合に、私は椅子を後ろへ引いて拍手したい気分だった。

ラングレーへ戻る日の朝、私は目覚ましを午前四時にセットし、目が覚めるとシャワーを浴びて、暖かいランニングウェアを着た。午前五時には、マイナス十七度以下の暗い通りにいた。ホテルの地図を手に、頭の中にルートを描いて。息は小さな白い雲となり、寒さが軽い電気ショックのように鼻を刺激した。

引き返そうとしたところで、私はある像に気づいた。羽が生え、足が鉤爪になった女性像が、岩の上に止まっている。私は足を止めて彼女を見た。両手を膝に置き、荒い息をつきながら、涙が風に吹き飛ばされ、たちまち頬で凍りつくのを感じた。この像のことは読んだことがあり、彼女が何年にもわたって、何度も攻撃や虐待を受けていたのを知っていた。爪を抜かれたことから、首を（二回も！）切られたこと、そしてヒジャブや新しい色のスプレーで装飾されたこと。

私はその顔をじっくりと見た。少し悲しそうに、あるいは心配そうに見えた。しかし、それは決意の表情なのだろう。断固とした勇気の表情だ。

あの像は私を表しているのだと気づいたのは、帰りの飛行機の中だった。彼女は一人の少女——女性——で、人によってはそこに自分の信念や意図、怒り、思い、そして思い違いを投影する。けれども、彼女はそのどれにも影響されず、迫害にも動じないように見える。そして、人が私に何をしても——国籍や性別を理由に切り捨て、ディナーの席での会話を拒み、誰かを逮捕してほしいという頼みを無視しても——私は前へ進んでいく。私はそのすべてに耐えるだろう。むしろ、耐える以上のことをするだろう。私は前へ進み、そういう人たちや妨害、決めつけの言葉を、過去のものとして一切気にしないだろう。私はアメリカやアメリカ人、ユダヤ人を憎む国へ行くだろう。そして、西洋人を殺そうと考えるテロリストの軍隊がいる国へ行くだろう。

私は赤い口紅を引き、髪を巻き、信念という岩の上にしっかりと立つだろう。

8 クラッシュ・アンド・バン

アメリカ、非公開の場所 二〇〇三年三月

それはキャンプに似ていた。もっと楽しかったかもしれない。それに、キャンパーも少なかった。男性十人と女性二人だ。それから、歌うのは車で一人きりになったときだけだった。火器の扱いから監視まで、CIAが諜報員を訓練する遠隔地ではほとんど電波が届かないため、雑音だらけのラジオを聴きながら。

私はドライヤーとマスカラ、口紅は持ってきたが、ヘアアイロンやきれいな服は持ってこなかった。ジーンズ、Tシャツ、パーカー、スウェットパンツだけだ。一般に〝ザ・ファーム〟と呼ばれている場所に来たのは、これが初めてだった。九月十一日の攻撃のあと、仕事の緊急性と厳しさのせいで、私は通常の局の手続きを踏むことができなかった。ザ・ファームで三カ月の研修期間を過ごす代わりに、一週間はこっち、一週間はあっちという具合に、仕事のスケジュールに空きがあるときに必要な技術を積み重ねることになった。

バージニア州のアパートメントからザ・ファームまで行くには時間がかかった。入口には門があり、マシンガンを胸に下げた警備員に守られていた。車で施設に入ると、タイヤの下で砂利が

ガリガリと音を立てた。うっそうと茂る森とそびえる木々が、暗く陰った天蓋を作っていた。

私は本館の外に車を停め、中へ入った。小さなオフィスで、女性がてきぱきと宿舎の部屋番号を告げ、ザ・ファームの地図を渡してくれた。あまりにも広いため、建物から建物に移動するには車を使わなくてはならなかった。

宿舎は、南カリフォルニア大学でデルタ・ガンマ・ハウスに移るまで住んでいた部屋よりもずっと質素だったが、少なくとも専用のバスルームがついていた。トイレと、成形プラスチックのシャワー、薄汚れた小さな洗面台。鏡は角が欠けていた。私はバスルームに入り、鏡に映った自分を見て、肩をすくめた。やることがないという状態はめったになかった。おそらく大学一年のとき以来だろう。私は習慣で早めに着いていた。クラッシュ・アンド・バンと呼ばれる一週間のコースに一番乗りしたのは私だった。

クラスが開始するのは、正式には明日だった。その日の午後、私は簡易ベッドとドレッサー、穴の開いたタイルの天井のある狭い部屋にこもり、数少ない持ち物を出した。それから着替えてランニングに出かけた。

森の中の未舗装の道を走っていると、風がひんやりとして、頬に心地よく感じた。道を曲がり、しばらく走ってから足を止めた。木はどれも同じように見え、じめじめしたローム質の地面から生えている蔓植物や低木も同じように見えた。たやすく道に迷ってしまうだろう。私は曲がり角を振り返り、記憶にとどめ、また走りはじめた。ランナーズハイの状態に入ると、私は自分の頭上を漂い、森の地図と、道に沿って移動する点を頭に描いた。私は自分自身のドローンとなって自分を追いかけ、安全に宿舎へ帰れるようにした。

壁の隙間や天井裏でネズミが走り回る音の中では、なかなか眠れなかった。何度か、はっと目覚めて、天井の一部が落ちてくるのではないかと思った。サーフボードのようにネズミを乗せて。私たち十二人が食堂へ朝食をとりに来たとき、話題はネズミ一色だった。私は運がよかったらしい。部屋の隅からネズミが顔を出すことはなかったからだ。

ネズミの話のあと、私たちは二つのテーブルを囲んで食事をした。私はグループ内で発言することはめったになく、ここでも例によって話さなかった。代わりに卵とトーストを食べながら、このコースで一緒になる十一人を観察した。全員がラングレーに勤務していたが、見知った顔はなかった。私よりも年上の人ばかりに見えた——当時はそういうことがよくあった。ザ・ファームの食堂に座っていなければ、銀行のソフトボールチームに見えたかもしれない。窓口係に支配人、大口顧客に投資するやや肥満気味の男性。男性の一人はゲイのようだったが、誰もそのことを訊かなかったし、気にもしていなかった。任務の重要性と、仕事の厳しさのため、CIAは真の実力主義に感じられた。素晴らしい仕事をすれば、必要とされる。それ以外は——人種も、宗教も、性的指向も——関係ない。

朝食後、私たちはクラッシュ・アンド・バンの指導者であるバックがいる教室に集まった。バックは背が低く、がっしりしていて、スキンヘッドだった。五十歳前後のはずだが、武装集団に襲われても、タックルで殺せるのではないかと思われた。前腕に沿って、私の手首ほども太い、縄のようなピンクの傷跡が走っていた。なまくらな剃刀で皮膚を剥がれたかのように見えた。

「見えるか?」バックは腕を上げ、ゆっくりと左右に振った。「車の窓から腕を出していると、こうなるんだ」バックが笑い、私たちも笑った。

「本当ですか?」二人だけの女性の一人、アニーが訊いた。私はアニーが好きだった。ショートヘアで、簡潔に話し、先のとがった矢のようにずばりとものを言う。

「ああ、本当だ。だから、窓から腕を出さないように」バックはうなずき、先を続けた。

その日はいくつか映画を観た。中学校か小学校で、教師が明かりを消した教室で、映画を観るのに似ていた。どの学年でも、後ろの席に座っている生徒たちが暗がりで見つからないと思い、小声で話したり、メモを回したり、ノートに落書きをしたりしていたものだ。私はその中には入らなかった。いつもいい子で、先生の期待通りにふるまった。このグループにも、そういう生徒はいなかった。少なくとも今のところは。みんな大人で、世界を救うために働いているのだ。

昼食のあと、私たちは車のキーを渡された。ザ・ファームでの一週間、それを使うのだ。どれも白のフォード・フォーカスだった。バックはコース——フルサイズのレーシングコース——に集合するように指示した。そこで、何周か回ったり急停車したりするという。ほとんどが車に乗り、その場を離れた。バックはニックという男性の車の助手席に乗った。私は窓に駆け寄った。バックの腕が窓から出ていた。私が腕を指さすと、彼は笑って引っ込めた。

「あのう」私は言った。「少し前に背中の手術をしたので、宿舎に戻って支持具をつけたいのですが、いいですか?」

「ああ。だが、急いでな」バックは言った。「それと、ここには速度制限もないし、走っているのは我々の車だけだ。だから、あの未舗装道路を好きなだけスピードを上げて走っていい」バックはほほえみ、ニックとともに走り去った。ほかの人たちは全員いなくなっていた。

私は車に乗り、イグニッションにキーを入れ、マニュアルトランスミッションをじっと見た。マニュアル車には乗ったことがない。乗ろうとしたこともなかった。

心臓が、ドアをこぶしで叩かれたようにどきりとした。私は独り言をつぶやきながら、三つのペダルを確認した。ブレーキ。アクセル。それと……そう、クラッチ。きっとこれがクラッチだ。私は映画やテレビ番組、ロサンゼルスで友達と過ごした午後を思い浮かべ、誰かがマニュアル車を運転しているところを再現しようとした。ブレーキに足を置き、エンジンをかけた。それから、ギアを一速に入れようとしたが、動かなかった。

「クラッチ?」私は声に出して言い、左足でそれを踏みながら、一速に移動するまでシフトレバーを揺すった。クラッチに足を置いたままアクセルを踏んだが、何も起こらなかった。クラッチから足を離すと、車がガタンと揺れ、動かなくなった。五回ほど試して、クラッチを離しながらアクセルを踏めばいいのだとわかった。さらに三回ほどエンストしてから、二速にギアを入れる方法がわかった。三速に入れるのは簡単で、宿舎へ着く頃には走らせるのは問題なくなっていたが、止め方がわからなかった。何度かぐるぐる回ったあと、宿舎のそばに停まっていた車をやり過ごすために道を外れた。それから、宿舎の前の小さな芝生に入って、クラッチを踏みながらギアをニュートラルに入れ、ブレーキを踏むと、車は急停止した。私は勝利を味わった!

私はキーを挿しっぱなしにしたまま宿舎に入り、ザ・ファームで使うためにグローブボックスから出してスーツケースに突っ込んでおいた、面ファスナー付きの黒い支持具を引っ張り出した。この一年、つけることはめったになかったが、今はつけておくのが賢明に思われた。

黒いGAPのTシャツの下で、支持具はほとんど目立たなかった。感触も見た目もコルセットのようだ。私はこわばった上半身で急いで宿舎を出て、車に戻った。車は宿舎に面した芝生に停めてあった。クラッチに足を乗せ、私は車のエンジンをかけた。それからシフトレバーを見た。Rはもちろんバックの意味だ。ところが、どんなに強く押しても、どんなにしっかりとクラッチに足を乗せても、ギアがRに入らない。バックは数分の遅れも許さないタイプに見えた。選択の余地はない。私はギアを一速に入れ、アクセルを踏み、芝生を切り裂いて、細切れになった葉を後ろへまき散らした。私はずっとギアを五速に入れ、でこぼこした砂利道を走り、コースに着くと、ほかのフォードがずらりと並ぶところへ、ブレーキをきしらせながら車を停めた。私はほんの数分遅れただけだった。

その午後は、コースで競走した。衝突しないよう、一度に二台ずつ。その日の目標は、時速ゼロから……そう、できる限りスピードを上げ、その後完全に停止するというものだった。車をバックさせなくていいとわかって私はわくわくし、喜んでアクセルを踏み込み、五速になるまで加速してからクラッチを踏み、ギアをニュートラルに変え、車がスピンするほど強くブレーキをかけた。ディズニーランドのジェットコースターとマッド・ティー・パーティーを、いっぺんに経験するようなものだ。

ブレーキをかけ、車が停止するたびに、私は大笑いした。重要な仕事をこなし、食べることも、水を飲むことすら忘れて集中してきたあとで、フォード・フォーカスをスピンさせるのはとても楽しかった。ただの遊びだという感覚にほっとする。

アニーと私は、バックとほか数人と一緒にコースのそばに座っていた。二人の男性が加速して停まるのを見ながら、アニーが言った。「実際に感じるより、怖くは見えないものね」

「私は怖くなかったわ」私は言った。CIAが私にこれほどの時間とお金をかけておきながら、森の中のレース場で死なせるようなことはしないだろうと思っていた。

「バック」アニーが言った。「これで死んだ人はいるの?」

「自分が見た限りではいないな」バックは言った。

私はそれまでも怖いもの知らずだったが、ますますその度合いを強めた。バックのおかげで自分が不死身になったように思えた。まだ運転もマスターしていないのに。

翌日はまた映画と座学だった。私たちはほかのクラッシュ・アンド・バンの講師、ジュディ、ラリー、モーと会った。全員がバックと同じくらいたくましそうに見えた。防衛運転は、ある種の人間を引きつける技術に違いない。硬質ゴムでできているようで、目立つ傷跡がいくつかあっても気にしないタイプの人間を。

またコースに戻った私たちを迎えたのは、二列に並んだぼこぼこのクラウンビクトリアとバックだった。八十年代の麻薬王が密会する駐車場のようだった。

「車を選べ。キーは中にある」バックが言った。「それに、エアバッグはない」

私はアニーと、ニックとダニーという二人の男性と、愉快な四人組になった。全員が素晴らしいユーモアのセンスを持っていて、堂々たる業績にもかかわらず、思い上がっている人は誰もいなかった。アニーはアフリカに配置される予定だった。ニックはまもなく中東へ戻る。ダニーはラテンアメリカへ行くことになっていた。私たちは一緒に、二台ずつ向かい合わせに停まっている四台の車を見た。

「俺がスタスキーになろう」ニックが言って、四台のうち一番古い車を指した。

「私はハッチね」アニーが言って、ニックと向かい合った車へ向かった。

「バットガールよ」私はそう言って黒い車に向かった。

ダニーは最後に残った車を見た。側面に、七面鳥を載せる皿くらいの大きさのへこみがあった。

「じゃあ、おれは何だ?」ダニーが訊いた。「ロビンかな?」彼はドアを引っぱったが、開かなかった。

「窓だ!」バックが叫んだ。ダニーは開いた窓を見て、そこから乗り込んだ。

その午後は何時間もかけて、追跡介入技術、すなわちＰＩＴを学んだ。すでにそれに関する映画は見ていたし、その日の講師であるバックとジュディとディスカッションを行い、ホワイトボードの図表を見て、思いつく限りの仮定の質問をしていた。それからジュディとバックは教室内で、自分の体を車に見立てて一つのバージョンを実演した。いよいよ、頭に叩き込まれたすべてを行動と反射神経に変える時が来た。

私は追跡される側の一番手に立候補した。映画の中ではスリリングで、間接的な危険しかなさそうに見えた。ニックは私を道路から外す役に選ばれた。

私たちはぼこぼこの車の外に立ち、バックがもう一度ＰＩＴのおさらいをした。私はコースをできる限り速く走る。ニックは私を追いかけ、左側から近づく。十分に近づいたところで、彼は私の車の左後方に、自分の車の右前方を接触させ、私の車を回転させる。まるで人間ビリヤードだ。ニックの車が転がる球で、私は彼がポケットに入れようとしている球だった。

「怪我させないでね」私はそう言ったが、笑顔だった。

「怪我させるのはわかってるだろう」ニックが大きな笑みを浮かべた。

私が先に出発した。この車はオートマ車だったので、ギアチェンジに不安はなかった。私が時速百十二キロくらいに達すると、ニックがコースに入り、私を追いかけはじめた。シートベルトを締め、支持具のおかげで背筋はまっすぐ伸び、開いた窓からの風が髪を後ろへなびかせた。それは素晴らしい解放感で、わくわくした。

ニックがスタスキーの車で近づいてくるたび、私はさらに強くアクセルを踏み、追跡に面白味を加えた。ついに彼が追いつくまで、少なくともコースを三周していた。彼は一度、私のほうへ寄ったが、接触することはなく、離れるときにはもう少しでスピンしそうになっていた。それからさらに二周ほどして、ニックが追いついた。彼が接触したとき、正しい場所に当たったのを感じた。どうなるかは完全にわかっていた。接触はほとんど音もなかったが、その影響はけたたましいものだった。私はほとんど喜びの悲鳴をあげ、車は二度スピンして、死んだ虫のようにコースの路肩に停まった。ニックはPITを完璧にやり遂げた。

逃げる車を追う側になるのは、もっと楽しかった。私は最初の一周で、ビルという男性の車に追いつき、接触した。車をバックさせて彼の様子を見ると、彼は窓から身を乗り出して言った。「もう一回だ。今度は逃げ切ってみせる」

彼はやってみたが、できなかった。

暗くなる頃には、二台の車でタッグを組むやり方を練習した。一台目が追跡している車の左側に接触し、スピンさせて停車させる。追跡される側はふたたびエンジンをかけて逃げようとするが、二台目がその右側にぶつける。うまくいけば、追跡されている車両は二台の車に挟まれ、道路で立ち往生することになる。

この協調関係は、昔所属していたダンスチームを思わせた。特定の振り付けとリズムがあり、周囲の体――車――の動きを感じ取りながら、それに合わせ、同調しなくてはならない。一日の終わりには、グループのほとんど全員が車をぶつけたり、ぶつけられたりした結果、固く団結していた。

その週、私はバットガールの車を何度も運転したが、ついに別れを告げなくてはならなくなった。ある日の午後、私たちは八十年代の麻薬王の車を、コースの端にそびえるコンクリートの壁にぶつける訓練をした。車がまだ動く状態だった場合、もう一度やることになる。一回で破壊できれば、それで作業は終わりだ。

その日の終わり近く、私はコースの端に停まった自分の車の横で、順番が来るのを待っていた。フランキーという名前の、トゥイズラー（細い棒状のグミ菓子）のように痩せた赤毛の男性は、猛スピードで壁にぶつかったため、彼のビュイックはアコーディオンのように潰れ、降りることもできなくなっていた。バックが近づいていって両手でドアを引きちぎり、スーパーヒーローのように車を開けた。ようやくフランキーが出てくると、彼は拍手喝采し、フランキーは芝居がかったお辞儀をした。

私は背中の支持具を締め直した。停車している車に横から突っ込む練習をした日のように、この訓練はほかのものより少し怖かった。少なくとも、車にまっすぐ突っ込んだ場合には弾力性があり、相手にも動きがある。でも、コンクリートの壁の場合は？　私はニュートンの運動三法則を思い返してみた。第一法則、外部から力が加えられない限り、物体は運動を続ける。第二法則、力の総量は、質量に加速度をかけたものになる——つまり、私とバットガール車に衝突速度をかければ、どれくらいの力が加わるのかがわかる。第三法則、一つの物体（私と車）がもう一つの物体（コンクリートの壁）に力を加えたとき、二つ目の物体（壁）は、その力（私と車）と大きさが等しい力を逆方向に及ぼす。言葉を変えれば、私の内臓、心臓、器官、修復されて二年の背骨は、私が壁にぶつかるのと同じだけの力で押し返されるということだ。

私はもう一度、背中の支持具を外して締め直した。ニュートンが何を証明しようと、そのために手加減してベストを尽くさないわけにはいかない。

バックは、フランキーの作った鉄くずの隣の、空いている壁を指した。私は車に乗ってエンジンをかけ、空いている部分に集中した。バックが足早にコースの脇にどき、私は発車した。私はフランキーよりはやや遅く、しかし前回よりも速いスピードで突っ込むつもりだった。前回はフロントバンパーがわずかにへこんだだけだった。

コンクリートにぶつかったとき、金属性のがしゃんという素敵な音がした。私は前後に揺さぶられたが、シートにとどまっていた。とてもいい気分だった。完璧にやり遂げたのだ。

ある晩、バック、ジュディ、ラリー、モーが宿舎にやってきた。私たち数人は、居間のテレビで『バチェラー』を見ながら、候補者にやじを飛ばしていた。お酒は飲んでいなかったが、飲んでいるふりをして、誰かが〝ジャーニー〟と言うたびに飲むふりをした。講師が入ってきたとき、みんないっせいに顔を上げた。アニーはリモコンを取ってテレビの音を消した。

「食堂でミーティングだ」バックが言った。それから、私を振り返った。「トレイシー、君の車に乗せてもらう」

フォードのキーはポケットに入っていた。私は長椅子から立って、バックと宿舎を出た。

その暗さは驚くべきものだった。一面の星がなければ、ベルベットの袋に密封されたように感じただろう。ザ・ファームに街灯はなかった。街の明かりもない。がらんとした建物にも明かりはなかった。サイレンが鳴り、あたりを照らすこともない。ただ深い闇と、森が迫ってくるような不気味な感覚があるだけだった。そして頭上にあるのは空だけ——美しく、広大な、星をちりばめた空だけだ。

「ワシントンDCとは違いますね」私は言った。おしゃべりをするのは、緊張を打ち消すためでもあった。フォードのキーを受け取った日、私たちは常に〝バック〟で駐車するように言われた。もちろん、そのほうが素早く逃走できるが、車をバックさせるのはまだ私の能力を超えていた。ザ・ファームのほとんどの場所で、バックで駐車する八つの方法を編み出したが、それには駐車しているほかの車を回り込むか、岩や土、芝生の上を走るか、駐車場の車止めにぶつかるかしなければならなかった。しかし、この〝迂回と乗り上げ〟テクニックは、建物の位置と駐車場の狭さのために宿舎では困難を極め、普段は酔って停めたかのような妙な角度で駐車することになった。

バックは空を見上げ、天の川をなぞるように顎を動かしてから、私に向かってうなずいた。「ああ、ここにいるのは我々だけだ。今、あの建物にいる人間以外は誰もいない」バックは宿舎を指さした。誰も出てこないので、みんな部屋に鍵を取りにいったのだろうと思った。

私たちはフォードに乗り込んだ。妙な角度で停まっている車を見てもバックは何も言わなかったので、私はほっとした。バックは窓を開け、腕を出した。私は笑った。

「スピードを出していた対向車にぶつかったんだ」彼は腕を振って、そのまま垂らした。「だが、今はそんなことはありえない。清掃員さえもいない。君を部屋に案内した女性、ベルネッタもいない。我々と星だけだ」

私はギアを一速に入れ、いつもの高推進力で芝生を乗り越え、駐車場を出た。

バックは歯を見せずに笑った。「その調子じゃ、君をものにできる人は誰もいないだろうな」

「食堂でしたね？」私は駐車位置に関する会話を避けた。そうしないと、ハンデを認めなければならなくなるからだ。

「ああ」バックは言った。「分かれ道で左へ行ってくれ。景色のいいルートで行こう」

「何も見えそうにありませんが」私は左の道へ入りながら言った。「木がそびえているだけの暗闇です」ヘッドライトが届く範囲しか見えなかったが、私はかなりのスピードで走っていた。

「ああ」バックは言った。「今夜は月もない」

「森の中を覗いたことはありますか？」私は訊いた。「そこからいくつの目が自分を見ているだろうと考えたことは？」

「もちろんあるさ」バックは言った。「私は諜報員だ。君と同じでね」

何かが車の前を走り、私は急ブレーキをかけた。

「トレイシー！」バックが言った。「コンクリートの壁に突っ込む訓練をしておきながら、こんなことで――」バックは間を置いた。言葉を探しているようだった。

「ええ、何だったんです？」ふたたび発車し、私はすぐにスピードを上げた。

「さあな。アナグマかな？」バックが言った。

「アナグマって？」私はギアを四速に入れた。「言葉は知っています。でも、アナグマがどんな姿かわからなくて」

「あれはアナグマだったと思う」バックは言った。「だが、ルールその一として覚えておけ。ヤギよりも小さい動物なら、はねてしまえ！　ブレーキをかけたり、よけたりすれば、ずっと大きな危険がある――」

私はまた急ブレーキをかけた。ヘッドライトに浮かび上がっているのはバリケードだった。コンクリートの柱二本に、横木が渡されている。その奇妙な光景に気づいたとたん、黒い服を着てスキーマスクをかぶった男が窓からピストルを突きつけ、私の頭をまっすぐに狙った。

男が何か言う前に、私はギアを一速に入れ、アクセルを踏んで、まっすぐにバリケードに突っ込んだ。派手な音を立ててそれを破壊すると、私は次々にギアチェンジし、暗いでこぼこ道を五速で走った。

バックが笑みを浮かべてうなずいた。「路肩へ寄せろ」彼は言った。

私はシフトダウンし、ギアをニュートラルにして停車した。そして、バックのほうを見た。

「完璧だ」バックは言った。

「計画していたんですか？」怖がっている暇すらなかった。完全に反射的に行動していた。そして実を言えば、バックが乗っていたから怖くなかった。彼は腕の肉をごっそり失っても、常にそれを冗談の種にしているのだから。

「ああ。そして君は完全に合格だ。まさしく期待通りの行動だった」

「上出来」私はほほえんだ。

「ああ、上出来だ」バックは言った。「さあ、食堂へ行こう」

それから一時間ほどの間に、ほかのメンバーが次々と食堂へ入ってきた。ほとんどが冷蔵庫からビールを出していた。明らかにリラックスするための助けが必要なようだ。バリケードで銃を突きつけられたときにどうしたか、互いに打ち明けて笑った。

「もうちょっとでパンツを濡らすところだったよ」フランキーが言った。

「俺はちょっと漏らした」ニックが白状した。「そういうのは女性がするものだとわかっているが、いつの間にか漏れてたんだ」

「たぶんみんな漏らすけど、認めるのは女性だけなのよ」アニーが言った。

窓を下ろし、銃を持った男と話し合おうとしたのも一人ではなかった。何人かは車をバックにして逃げた。グループ全体で、私たちは自分の身を守るほぼすべての選択肢を試していた。最初のショックを除けば、誰も本気で襲撃されたとは思っていなかった。それぞれの車には講師が乗っていて、その講師の誰一人、本当に襲撃されたように叫んだり反応したりしなかったからだ。

全員が発表し終えると、バックがこの襲撃訓練全体を短くまとめた。

「君たちはトレイシーのように行動すべきだった。前進し、ゲートを破壊する。前に誰がいようと轢く。そして、急いで逃げる。車を停めた瞬間、交渉しようとした瞬間、バックした瞬間、バリケードを迂回して森を抜けようとした瞬間……君たちは死ぬ。バン、バン、そして死だ。これが現実なら、今、生きているのは一人だけだ」

もちろん、私はこう思わずにはいられなかった。ギアをバックに入れる方法を知っていたら、私は単純にバックしていたのではないだろうか？

その週の講座で、監視は引き続き行われていた。ザ・ファームの中を移動するとき、私たちは常に監視探知ルート（ＳＤＲ）を利用しなくてはならなかった。つまり、同じルートを二度通ってはいけないということだ。そして、どこかへ行くたびに、偽の方向へ曲がらなくてはならない。違う方向から始まり、一周回ったり、別の方向から入ったり……これでわかるだろう。これは追跡をほぼ不可能にする運転法なのだ。

そこにはＳＤＲを助けるたくさんの道と曲がり角、いくつかの行き止まりがあった。私は初日に渡された地図をほとんど記憶していたし、現在地や行き先については生まれながらの勘があった。もちろん、一年間地図を読む訓練を積んできたのは私だけなので、他の人よりも有利だったかもしれない。それに、いつもの勤勉さで、毎晩寝る前に地図を見て、翌日どのルートを走るかをすべて計画していた。ほかの人たちも同じことをしていたかもしれない。同じ道を二度通ったのがわかると（ほとんどが、たまたまだと言った）、講師かその助手が待ち伏せして、シムニッション弾という弾で撃つ。シムニッション銃は偽のセミオートマチック銃で、見た目は本物らしく、本物の銃と同じ射撃技術が必要だ。銃弾の代わりにペイント弾が発射される。一日が終わるたび、白いフォードの何台かは、イースターの卵のようにまだら色になった。私とアニーの車だけが、一週間を通じて〝吹き寄せられた雪のように真っ白〟だった。

ザ・ファームに来る前、私はクラッシュ・アンド・バンの〝バン〟は、車で何かに突っ込むときの感覚のことだと思っていた。しかしこの〝バン〟は爆発のことだとわかった。

バンの初日、私は新しい迂回ルートで、ざぶざぶと流れる浅い川を渡り、爆発物ビルへ向かった。そこは、とうてい平和とは言えない場所への入口としては、とても平和そうに見えた。

各講座の初めに、私たちはゴーグル、ベスト、手袋を配られた。クラッシュ講座のときよりも、映画もディスカッションも少なかった。代わりに研究室での作業に集中した。毒物学校のように、ふんだんに化学物質が関係し、多くの集中力が必要とされた。一度の失敗で、ピクリン酸や三塩化窒素の量が多すぎれば、建物が倒壊してしまう。

研究室での作業が失敗か成功かは、一日の終わりに、ビルから少し歩いたところでテストされた。私たち十二人は、数人の講師と、半分地下に埋められ、防弾プレキシガラスの窓のある、強化された掩蔽壕に立つ。この監視所から外を見ると、古くて動かなくなった車が並んでいる。ときには運転席にダミー人形が座っていることもあった。たいてい、ユーモアのセンスのある誰かが、火のついていない煙草をダミーの口にくわえさせたり、ビール瓶を手に持たせたりしている。そして必ず、ダミーは腕を窓から外に出し、皮を剝がれるのを待っている。

爆発物が仕掛けられてから、爆発するのを見るまでには、永遠の時間が流れたように感じた。何度やっても、爆発音には驚かされた。そして、ものがほとんど消えてしまうのを見て、不気味な満足感をおぼえた。これは人間の本性なのだろうか？　破壊の力を求めるのは、創造の力を求めるのと同じ衝動なのだろうか？　こうした爆発を目の当たりにして、私はテロリストやアルカイダのことを考えずにはいられなかった。大勢の人々と建物が破壊され、灰と瓦礫が創造されるのを傍観する人々の、ゆがんだ喜びを。

ザ・ファームの訓練の中では、クラッシュ・アンド・バンが一番楽しかったのは確かだ。だが、自分たちがしていることを、それまでもその先も現場でやっていることと結びつけない瞬間はなかった。誰にも追跡されないように、蛇行したり、後戻りしたりするルートを走ること。すぐに逃げられるようにバックで駐車すること。誰かに殺される前に、バリケードを壊し、アナグマを殺すこと。そして、爆発地帯にいることになったら、身辺整理ができていることを祈るしかないと理解することも。

9　正直に答えれば報いを受ける
バージニア州ラングレー、中東　二〇〇三年三月〜五月

ジョニー・リヴァースは大統領のオフィスから定期的に私の作業スペースに来て、サダム・フセインとザルカウィの化学テログループとのつながりを見つけようとした。私は部屋の向こうからやってくる彼を見た。首のひどく高いところでネクタイを締め、跳ねるようにやってくる。

「何かあったか？」彼は訊いた。

「いいえ」私はそう言って、作業スペースの壁を指した。最新のアルカイダの毒物チャートがテープで貼られている。そこにははっきりと、誰が、どんな毒物組織を、どこで率いているかが書かれていた。チャートのどの人物も、サダム・フセインとは関係なかった。

ブッシュ大統領はイラクに侵攻しようとしていて、それを正当化する証拠をほしがっていた。苦々しい離婚騒動の当事者のように、自分の立場を主張するためにどんな小さな証拠でも集めようとしていた。しかしこの場合、巻き添えを食うのは子供や家、RV車、ボートではない。全世界だ。

指示された通り、ベン、デイヴィッド、私は、現地の接触者とともに、ザルカウィと化学組織、サダム・フセインとの関係を徹底的に探した。だが、何も見つからなかった。ホワイトハウスか

ら何度訊きに来ても関係ない。存在しないものは見せられなかった。

ある日、副大統領のオフィスから来たバド・スミスが私に言った。「ザルカウィが治療のためにバグダッドにいるという君の報告を読んだ」

私は言った。「ええ、そこで医師の診察を受けています」

「私には、バグダッドに滞在していることは、彼とサダム・フセインとの直接的なつながりを示すように思えるが」

「ええと、残念ですが、私はそう思いません」

その後、ベン、デイヴィッド、グレアム、サリー、ヴィクターと、グレアムのオフィスに集まったとき、私はバグダッドで数日過ごすことがフセインとのつながりになるというバドの仮説を伝えた。

「先月、バグダッドで数日過ごしたが」ヴィクターが言った。「それはフセインのために働いていることになるのかな？」

「そうだ」デイヴィッドが笑いながら言った。

私は言った。「私がカリフォルニア州出身だからといって、同じ州にいる彼の友達を知っているかと訊くようなものだわ」

「カリフォルニア州とイラクはほとんど同じ大きさだ」グレアムが言った。「まさにそんな感じだな」

「イラクの人口は二千五百万……」ベンが言った。「カリフォルニアにはもっといるんじゃないか？」

「三千五百万人よ」サリーが言った。「でも彼は、一平方マイルの話をしているみたい」

「頭を低くしていよう」グレアムが言った。「そして、彼らが真実にしたがっていることに惑わされ、本当はありもしないものを見ないようにしよう」

バドは数日後にまたやってきて、同じ質問をした。私は礼儀正しく答えながらも、現実と事実にこだわった。

こうした訪問よりも頭を悩ませたのは、私たちがザルカウィと間接的に関係するお粗末な毒物研究所がイラクにあることを特定したという事実だ。こうした研究所は二〇〇一年九月頃、アンサール・アル・イスラムと称するイラクのクルド人によるテロリスト集団が作りはじめたものだ。彼らは研究所の設立に当たって、ザルカウィに相談したという情報もあった。そして現地の情報源は、侵攻の数カ月前にザルカウィがそこに隠れていたことを突き止めていた。それでも、そのことでザルカウィとフセインが結びつくことはない。むしろその反対だ。クルド人は、サダム・フセインの大量殺戮によって日常的に命を失っていた。理論上は、アンサール・アル・イスラムのメンバーは、フセインを排除したいという思いを、私たちよりも強くはないとしても、同じくらい持っているはずだった。しかし、実際には彼らはテロリストだ。アメリカがフセインの排除に乗り出せば、沼から現れるのではないかとＣＩＡ局員の多くが恐れている人々だった。対テロセンターで話した誰もが、居場所が特定されている間にザルカウィをすみやかに捕まえる一方で、アンサール・アル・イスラムの研究所を撲滅したいと考えていた。イラクが混乱に陥る前に、この武装集団を根絶する必要があった。
○○
○○○○○○○○○○それだけでは夜も眠れないことにはならないとしても、アフリカのテロリストが急速に平和に対する最大の脅威になりつつあるという事実もあった。イラク侵攻にアメリカの資源が吸い上げられ、アフリカから注目がそれたことで、テロリストが成長する余地が大幅に生まれたのだ。

何もかもが、馬鹿げたびっくりハウスのようだった。ただし、危険が伴う。私たちがどれだけ政権に報告しても、彼らは引っくり返し、裏返し、事実とは違う解釈をする。ザルカウィがアンサール・アル・イスラムと一緒にいたことは、ザルカウィがフセインのために働いていたことになった。アンサール・アル・イスラムの、北イラクにある粗末な、ほとんど機能していない毒物研究所は、核実験場になった。大量破壊の道具を開発するほどの知識も資金もないテロリストは、恐ろしい敵になった。そして、組織力も資金もあり、ヨーロッパ全土、中東、そしてアフリカの人々を殺害しようと計画しているテロリストたちは、事実上無視されていた。

毒物トリオ、サリー、グレアム、ヴィクターとの朝の集会は、ホワイトハウスの継続的な分析と批評になった。毎日、感情を吐き出すことは、ある程度の安心感をもたらしてくれた。自分たちが異常だと思い込まされたり、自分たちが発見した事実を信じるのはおかしいと思わされたりしないための、私たち流のやり方だった。

私は引き続き、毒物チャートを最新のものにし、コピーを作成して作業スペースに貼った。大統領のオフィスや副大統領のオフィス、またドナルド・ラムズフェルドやコンドリーザ・ライス、コリン・パウエルのオフィスの人たちは、相変わらず私のところへ来て、質問し、チャートのコピーを持っていった。

チャートの情報は事実に基づいていた。チャートを変更するのは私たちだけで、新しい下部組織が見つかったときや、下部組織のテロリストが昇格したり死亡したりしたときに変更される。

二月四日火曜日、私は完成させたチャートを持ってホワイトハウスのオフィスへ向かった。二月五日水曜日、コリン・パウエルは国連で、イラク侵攻への支援を求める演説を行った。同僚と私はテレビでその演説を見た。パウエルは例を示すため、化学テロリストのチャートを掲げた。しかしそれは、私が提出したチャートではなかった。私の〝テロリストのチャート〟という言葉に〝イラク関連の〟という言葉がつけ加えられていた。

CIAがザルカウィを逮捕し、イラク北部にあるアンサール・アル・イスラムの研究所を破壊することを許可されなかった理由が、そのときにわかった。私たちの情報はすべて、新しい枠にはめられ、フセインが大量破壊兵器を所有している証拠として提出されたのだ。フセインとのつながりが一切知られていないザルカウィの名が、演説の中で二十一回出てきた。そう、二十一回だ。私たちが追っている男は、フセインを殺したいと思っているテロリストたちとにわかに手を組み、さらに重要なことに、ヨーロッパとアフリカに毒物網を巡らせているその男は、イラクのために化学研究所を建設していることになっていた。あるスピーチでは、この異常な凶悪犯——情報機関のほかにはほとんど知られていない人物——が、アメリカとその同盟国——この時点ではイギリスとスペイン――がイラクを侵攻する正当な理由となっていた。こうした新たな重要性を与えられたおかげで、まだ戦争が始まってもいないのに、捕まえられるはずだった男は深く潜伏してしまった。

どこかで責任を持っている誰か――とはいえ、私の勘ではそれはブッシュでも、チェイニーでも、ラムズフェルドでもない――は、アメリカが支配することになったらどのように運営するか計画もせずに、急いで一つの政府を転覆させるのはよくないとわかっていたようだ。遅まきながら土壇場になって、CIAやアメリカ在住のイラク人を含む十七以上のさまざまなグループが、アメリカがあらゆる結果に備えるため、過去の戦争、侵略、体制の変化を熱心に研究した。

報告書は、ありそうなシナリオを詳細に記し、どのように対応するかを述べたものだった。礼拝所や歴史的建造物の略奪や破壊をどう避けるかといったことなど、あらゆる事柄に渡っていた。

しかし、何千ページにもわたるこうした作業は、無視されたも同然に思えた。バグダッド陥落後の民間人は、『アトランティック』誌のジェームス・ファローズの記事「ブラインド・イントゥ・バグダッド」によればこうだった。「人々は誰かが責任を取ることに慣れてしまい、その誰かがいないとわかると、組織にほころびが生じる」

私たちは侵略した。組織はほころびた。そして泥にまみれた穴が口を開け、根無し草となったイラクの人々を飲み込んだ。解体した軍隊から来た人々（職はなく、武装している）、まもなく公職を追われるバアス党員（イラクの少数派で、かつては政権与党だった）、（一部の報告で予想されていた通り）解放を侵略ととらえる人々、アンサール・アル・イスラムの元メンバー全員（前にも言った通り、CIAは戦争が始まる前、まさにこの理由でこの組織を解体したがっていた)、加えて一般のイスラム過激主義者。彼らは以前から、アメリカがサウジアラビアに駐留し、イスラエルを助けていることから、アメリカは中東を占領しようとしていると信じていた(まもなく彼らは集結し、ザルカウィをリーダーとして、ISISやISILと名前を変えることになる)。

この戦争が大半の人々が考えていたよりもずっと泥沼化し、イラクに大量破壊兵器がないことが明らかになったとき、CIAは何から何まで責められ、欠陥のある情報を提供したとして誤った非難を受けた。

その非難に対しては、こう言っておかなければならない。私はその場にいた。私は情報を提供した一人だ。私のチームが提出した情報に、欠陥など一つもなかった。ホワイトハウスによって変更され、ゆがめられたものが欠陥だったのだ。

CIAがホワイトハウスを裏切ったのではない。ホワイトハウスがCIAを裏切ったのだ。

CIAの同僚たちは激怒した。しかし、すでに起こったことへの失望に浸っている時間はなかった。改竄された私のチャートが戦争を始めたとすれば、できるだけ被害を少なくするために人生を捧げよう。私は二倍努力して、確信できる現実に集中しなくてはならなかった。すなわち、一・ヨーロッパとアフリカのアルカイダの手の中にある化学兵器。二・これらの化学兵器を西洋人とユダヤ人に対して使う、アルカイダの計画である。

戦争が始まってちょうど二カ月後、ベンと私は中東へ行き、アルカイダの化学チームのメンバーが収容されている監獄を訪ねた。この監獄は、主要なアルカイダ指導者の多くが、何年も前にありふれたごろつきとして収容されたところだ。彼らは影響力のあるジハード主義の収監者と知り合い、イスラム過激主義者となって出所した。収監者の中に、ザルカウィ、X、あるいは彼らのチームの一員の居場所を知っている者がいる可能性があった。また、大量破壊兵器チームが現在、どのような化学兵器計画を立てているかを知っているかもしれなかった。少なくとも、CIAが最も興味を持っている人々の電話番号やメールアドレスを知っているかもしれないと思われた。

海外へ向かう機上で、私は前回帰省したときにカリフォルニアで買った新しいスーツを着ていた。母は私と同じくらいショッピングが大好きで、一緒に選んだのだ。見た目はタキシードのようで、ハイウェストの部分はサテンのカマーバンドのように見えた。衣裳を着て役を演じているような気分だ。テロリストを見つけ次第撲滅しようとしている、大人の女性を。

このスーツのまま、私は問題なく眠れた。着陸の数分前、私は飛行機の洗面所へ行き、髪にブラシをかけ、ピンクの口紅を塗り、キャミソールに少し水をかけた。こうしておけば、税関を通る頃にはしわが伸びているだろう。

この国の空港は清潔で、現代的に見えた。税関を抜けてターミナルへ向かうと、保安検査の列がはっきりと二つに分かれていた。一つは男性、もう一つは女性の列だ。私はバッグからパシュミナを出し、頭を覆ったが、空港にはさまざまな国籍の人が大勢いたので、その必要はなさそうだった。

運転手が私たちを待っていた。まっすぐにCIAのオフィスへ向かう予定だったが、ベンは最近西洋人の男性が暗殺された場所を見たがった。犯人はまだ捕まっていなかったが、すべての証拠がアルカイダを指していた。暗殺当時、ブッシュは戦争の準備をしていたが、この暗殺はアルカイダのジハードの機運を盛り上げたようだった。

男性が殺された場所はきれいなところだった。何の心配もなく散歩できそうな場所に見えた。それでも、ここ二年で、この暗殺のほかに三人の西洋人が殺されていた。

「ここです」運転手は現代的な通りに車を停めた。住んでもいいと思えるような、居心地のよさそうな家が並んでいる。

私たちは車窓から外を見た。穏やかで、明るく、静かな日だった。よく手入れされた犬を連れたカップルが歩いている。私の頭の中でこんな光景が繰り広げられていた。中年男性が明るい色の車に近づき、ドアに手を伸ばしかけて振り向いたとき、二人の男に撃たれる。アメリカのパスポートを持っているという理由だけで。

「彼に子供はいたんですか?」私は訊いた。

「ああ」ベンが言った。

「何人かは言わないでください」頭の中を駆けめぐるぞっとするような映像を、私は締め出さなければならなかった。

現地のCIAオフィスは、ラングレーを除けば最も人口の多いところだった。私はここにいる多くの人とケーブルのやり取りをしていたが、誰もが助けになり、親切で、協力的だった。いや、ほとんどの人が。ここにはフレッドがいた。フレッドから来るケーブルは高慢で、不愛想で、上から目線だった。ほかの人のケーブルには見られないものだ。

「フレッドに会うのが待ちきれないわ」対テロオフィスへ向かいながら、私は小声でベンに言った。

「ああ、フレッドか」ベンは言った。「よく吠える下っ端だな」

人々が立ち上がり、私たちに自己紹介した。やがて、部屋の端で、ピンクの肌に黄色がかったブロンドの、ヒキガエルのような顔の男性が作業スペースから身を乗り出し、私たちをにらみつけた。短く目を合わせたあと、カウボーイを思わせるような大股のよたよたした足取りで、私たちに近づいてきた。

「フレッド?」私は手を差し出した。彼は私より背が低く、お腹は玄関の日よけのように突き出していた。

フレッドは握手をせず、私を上から下まで眺めて言った。「その馬鹿げたなりは何なんだ?」

「このスーツのこと?」私はお洒落だと思っていた。洗練されていると。飛行機でついたしわも消えていた。

「ここは中東だぞ」彼は言った。「サックス・フィフス・アベニューに買い物に来ているわけじゃない」

「それで、ザルカウィのチームについてわかったことは?」ベンが鋭く目を細めて、フレッドを見下ろした。

「僕のデスクは後ろにある」フレッドが言った。「こっちへ来れば、監獄の訪問に何が必要かを教えてやる」フレッドはすぐに、よたよたと離れていった。

声が聞こえないところまで彼が行ったところで、私はベンのほうへ身を乗り出して言った。「明らかに、性的な欲求不満ね」

「なるほど」ベンが言った。

「あんなふうにひっきりなしに吠える人と、セックスするところを想像できる？」

ベンは私を見て、笑った。

不愉快ではあったが、フレッドは少なくとも有益な情報を与えてくれた。彼は鬱積したホルモンのエネルギーのすべてを、ザルカウィを見つけることに注ぎ込んでいるようだった。ザルカウィを排除するまで彼は止まらず、おそらく同僚を難詰することもやめないだろう。ベンと私はフレッドのデスクのそばに立ち、二時間ほど情報交換した。終わったときにはほっとした。それでも、彼と握手する気にはなれず、背を向けて立ち去った。

颯爽としたスーツ姿で。

ベンと私はフォーシーズンズホテルに滞在した。局の人間がいつも泊まるハイアットが空いていなかったからだ。〇〇この国と、特にハイアットは、外交官や援助活動家、ときに軍人、そしておそらく、世界各国からの多数の諜報員であふれていた。フォーシーズンズにも、同じような人々が大勢いた。またイギリス人の滞在客が多く、ロビーに座って窓の外を見なければ、ロンドンに来ているような感じだった。

監獄までは数時間かかるため、私たちは朝一番で向かうことにした。ベンは居心地のいい客室で二時間ほど寝たいと言った。私も二時間部屋で一人になれるのはありがたかった。

礼拝の呼びかけが始まると、私はバルコニーに通じるドアを開け、手すりのところに立って明るい街を見下ろした。ザ・ヴォールトでコンピューターから流れてきたものより、肉声のほうがずっと素晴らしかった。

通りにいる人々のほとんどは、そのまま用事を続けていた。一台の車が右車線で停まり、ハザードランプをつけた。五人の男性が降りてきて、歩道にマットを広げ、祈りはじめた。そばを通る人々は、彼らにはほとんど目も止めなかった。車が素早くクラクションを鳴らし――ニューヨーク市のように大きな音で鳴らすのではなく、軽く叩くような鳴らし方だ――それから、彼らの車を迂回していった。

礼拝の呼びかけが終わると、私はＢＢＣをつけ、バルコニーに座ってニュースを聞いた。二〇〇三年五月十五日木曜日、いいニュースはあまりなかった。特に中東では。三日前には、サウジアラビアのリヤドにある三つの建物が、トラックに乗った自爆テロリストに攻撃された。巧みに組織化されたアルカイダの攻撃で、内部の人間がかかわっているに違いなかった。テロリストたちは、警備員を殺したあとにそれぞれの建物に入り込む仕組みを知っていたからだ。〇〇〇――何かが計画されているのを知っているという話はいろいろとあったが、私たちは場所を特定することができなかった。

すべてが交戦中の国、派閥、人々、信仰の、混乱し血にまみれた網の一部に思われた。アメリカはますます、イラクを救うというより占領しているとみなされるようになった。このことは、アルカイダの揺るぎない信念をさらに強化していた。つまり、ブッシュ・シニアが行った第一次湾岸戦争中にアメリカ軍が駐留した一九九一年から、アメリカはサウジアラビアを占領しているという信念だ。

私はニュースを耳で聞いているだけなのに感謝した。煙のくすぶる瓦礫、死者三十九名、負傷者百六十名、そして何十人もの子供たちが怪我または死亡しているというニュースを、映像で見たくはなかった。建物の一つはサウジアラビア国家警備隊を訓練しているアメリカ企業のもので、一つはロンドンを拠点とする企業のもの、そしてもう一つは共同住宅で、住人の大半が西洋人だった。

ニュースはポール・ブレマーの演説に移った。五日前、ブッシュ大統領からイラクの連合国暫定当局の代表に指名された人物だ。つまり、ブレマーが基本的にその土地を管掌するということだ。身を隠しているサダム・フセインの代わりに誰を立てるかと訊かれたブレマーは、現在も政府にいるバアス党員を排除することにしか触れなかった。混乱に秩序を取り戻すことについて訊かれると、ブレマーはこの四十八時間に逮捕された人々の正確な数を挙げた。まるで、今では何もかもが制御されているかのような口ぶりだった。

しかし、実際は何も制御されていなかった。

私は部屋に戻り、テレビを消して、平穏なバルコニーに戻った。自分が制御できるものに注目しなければならない。手が届くものや人、民間人が殺される前に阻止できるテロリストの企てに。手すりに足を乗せ、太陽の光を顔に浴びながら、私は吠えるヒキガエルのカウボーイ、フレッドから聞いた情報をおさらいした。頭の中で分類し、優先順位をつけ、刑務所にいる現地の諜報員との面会に備えた。

すべてを頭に叩き込んだと判断したところで、私はワシントンDCの空港で買った雑誌を手に取った。『バニティ・フェア』、『USウィークリー』、『グラマー』。バルコニーに戻り、雑誌を膝に積んで、世界じゅうの血と暴力、混沌とした恐怖とはまるで関係のない領域に足を踏み入れる。美しく、軽薄で、著名人がきら星のごとく登場する世界への逃避だ。

その日の午後遅く、ベンと私は市場《スーク》へ行くことにした。街の中心部にある、大きな自由市場だ。CIAから、テキサス出身のランディという男性が同行した。ランディとは頻繁にケーブルをやり取りしていて、その日もオフィスで少し話をしたので、彼をよく知っているような気がした。顔を合わせたのは、今朝が初めてだというのに。

ランディがタクシーで迎えにきて、私たちは一緒に移動した。彼はアラビア語を話し、中東にまつわるものすべてを愛していた。

タクシーを降りる前に、私はハンドバッグからパシュミナを出し、頭からかぶって、端を首に巻いた。通りには、頭を覆っていない女性も何人かいた。しかし、ブロンドはいなかったし、西洋人に見える人もいなかった。

「この暑さで申し訳ない」天気は自分のせいだと言わんばかりに、ランディが言った。

気温は二十六度を超えていて、私は黒い長袖Tシャツと、ゆったりした黒いパンツという姿だった。しかし、選択肢はない。これから本物の町に足を踏み入れるのだ。これまでいた空港やホテル、CIAのオフィスのような、西洋人があふれる場所ではない。

タクシーを降りたとき、道を歩いていた男性が足を止め、私のほうを振り向いてじっと見た。それは皮切りにすぎなかった。どんなに頭を覆っても、はみ出した髪の毛が肩の上でクリスマスの明かりのように光っていた。露店に沿って歩くと、子供が木に登って私を指さし、何か叫んだ。ランディが翻訳した。「あの緑の目を見ろと言ってる!」

私が市場を見ているのと同じように、彼らは私を見ていた。引っ込み思案の私には居心地が悪かった。私はアメリカに来たばかりの移民のことを考えた。白人ばかりの中の有色人種のことを。そして、九月十一日以降、国内の各地で反イスラム熱が吹き荒れる中、ヒジャブを着る人々のことを。こんなふうにじろじろ見られると、よそ者だという気がますます強くなる。すでに心の中で感じているのに、混雑した市場を歩きながらこうした目を向けられると、〝おまえは私たちの仲間ではない〟と言われているような気持ちになる。私はこの感情を、頭のどこかに記憶した。今後、周囲と違う人を見かけたとき、それを思い出すために。私たちはみな同じだ。緑の目でも、茶色い目でも、ヒジャブを着ていようといまいと、私たちは同じものを求めている。平和。目的。愛し愛されること。

そして私は、露店で見かけたネックレスがぜひほしかった。

露店という露店に人がひしめいていたが、この店は、肩が触れ合うほど人と密着するだけの甲斐があった。私を見ている人もいれば、手製のアクセサリーを見ている人もいる。私は細い金の鎖を手に取った。凝った金細工のハムサというお守りが下がっている。開いた右手をかたどったハムサは、中央に青い目がはまっていた。飾りのない目と同じように、ハムサは身につけたものを邪悪な視線から守ると言われている。指をさして私を見ている人たちに、悪意があるとは思わない。ただの好奇心だろう。それでも、私はハムサの魔力をそばに置いておきたかった。ランディが値段交渉をしてくれて、私は首にハムサをかけて店をあとにした。

ここに住んでいたら、もっとたくさんの買い物をしていただろう。スパイス売りの店先は、色だけ取っても美しかった。ハンドバッグ、衣服、食べ物、靴……思いつく限りのものがあった。通路の一部には日よけがかかり、ぎらつく太陽の暑さを遮っていたが、むき出しのところもあった。家族が一緒に買い物をしていた。女たちは集団になって身を寄せ合い、ひっきりなしにおしゃべりしている。男たちは、中東の男性のほとんどがそうするように、手をつないで通路を歩いていた。さまざまな方法と場所で男女が分けられている国で、同性の友人同士の肉体的な愛情表現が公に見られるというのは、私には興味深いことだった。

「あなたたちも手をつないだほうがいいわ」私はベンとランディに言った。

ベンは私を見て首を振ったが、笑みを浮かべていた。

ランディは魅力的なテキサスなまりで言った。「それは身分を隠すときだ。今は、僕はただの好色《ランディ》なランディだよ」

タクシーが朝六時に私とベンを迎えにきて、監獄までの長いドライブが始まった。

ベンと私は後部座席に座り、それぞれ窓の外を見ていた。通り過ぎる建物は、この街の人々を反映しているようだった。現代的でも伝統的でもあり、あらゆる形と大きさで、互いにひしめき合っている。

車とクラクションの喧騒は、すぐに静かでがらんとした道に変わった。見渡す限り砂漠だった。数人の男たちが引き連れたラクダの背中に、観光客がわずかな料金で乗っている。やがて、街からさらに離れると、金色がかった黄土色の景色しか見えなくなった。十代の男の子の顎に生えたひげのように、緑が点々とある。ときおり、美しい円形の、風に削られた巨大な岩石層を通り過ぎた。

監獄は亡霊のように突然現れた。塔と有刺鉄線、フェンス、警備員に囲まれている。脱走は不可能に見えた。それに、脱走したとして、どこへ行けばいいのだろう？　月面に脱走するようなものだ――宇宙服と母船がなければ、どれだけ持ちこたえられるだろう？

ベンと私が通されたのは、狭くて殺風景なベージュの会議室だった。四方の壁には、世界じゅうの主要都市の時間に合わせた時計がかかっている。ベンはゆっくりと円を描きながら時計を見て、それぞれの下にある都市名を翻訳しようとしていた。私はドアを見ながら、まもなくやってくる現地の諜報員と早く会いたいと思っていた。この情報機関の人々は、熱心で、厳しく、容赦なく、どこか恐ろしいことで知られていた。一緒に働くにはいいが、決して敵に回したくない人たちだ。

ようやく、八人の男性がぞろぞろと部屋に入ってきたとき、私は声をあげるのを抑えなくてはならなかった。粗野な感じには見えなかった。普通の、善良そうな人たちに見える。スーツを着ていた。ここがアメリカなら、ネクタイをゆるめ、バドワイザーを開けて、バーベキューをたらふく食べるような男たちだ。あるいは、ローンチェアで昼寝をしているふりをしながら、十五歳の子供が芝を刈るのを見ているような。

十人でテーブルを囲むと、小さなガラスのカップに入った濃くて甘いコーヒーが出された。会話が滑り出すと、誰もが生き生きと、熱心に話した。ベンだけが違っていた。彼は常に静かで、控えめな落ち着きを保っていた。ザルカウィと化学兵器関係者を追跡したいというＣＩＡの情熱に匹敵するグループがいるとすれば、この人たちだろう。ザルカウィという名前が出ただけで、テーブルは騒然となった。こぶしで叩き、叫び、目には炎が燃えている。

ベンと私は、彼らが捕えているテロリストから聞き出さなくてはならない情報について話し合っていた。そのテロリストは、化学テロの世界に精通していることがわかっていた。彼が適切な接触者と情報を明かせば、主にどんな計画が進行中で、正確に誰がかかわっているかを突き止めることができる。

「知りたいことを具体的に教えてくれ」一人が言った。部屋にいる男性の中で、彼が最も有能そうだった。豊かでつややかな髪を分け、横になでつけていて、スーツは糊をきかせたように見えた。

ベンと私は質問を列挙した。噛み跡のある短い鉛筆で、諜報員は私たちの言葉を自国語に翻訳し、小さなスパイラルノートに書きつけた。彼はそれぞれの質問にうなずいた。有益な情報だと認めるように。

それが終わると、彼はノートを閉じて立ち上がった。

「しばらく待っていてくれ」そう言って、部屋を後にした。

一時間足らずで男は戻ってきた。彼の髪は、漫画の感電したネコのように、四方八方に突き出ていた。ぱりっとしていたスーツは、泥道を車で引きずり回されたかに見える。ネクタイはどこかへ行き、シャツの襟が開いて、毛むくじゃらの胸の上で汗が光っていた。

ベンは急いで席に戻り、ほとんど笑顔になって彼を見た。私はテーブルに身を乗り出し、彼が座るのを待った。

「答えはすべて聞き出した」彼は目の前のコーヒーのカップを取り、一気に飲み干した。

「すべて聞き出した？」私は笑顔になっていた。答えを得るには数週間かかるだろうと思っていたのだ。数カ月かもしれない。前にも言ったように、テロリストの心をくじき、情報を得るには、時間がかかるのだ。

だが、ここでは違った。彼らは評判通りの男たちだった。少なくとも、私たちにとっては。

何時間も車に揺られたあとで、ベンと私は夜に出かける前に体を動かしたいと思った。女性用のジムに行くと、貸し切り状態だった。バイクに乗り、テレビのチャンネルを回しているとき、ベンがドアから顔を出した。

「男性用ジムにはイギリスの特殊部隊の人間が二人いるだけだ。来たければどうぞ」ベンは言った。

私はぜひそうしたいと思った。イギリスの兵士に特に興味があったわけでなく、あらゆる場所から情報を得るためだ。それに、がらんとした女性用ジムで、一人バイクを漕いでいたくない。私はドア近くの、ほかの人と話ができる程度の距離にあるマシンに陣取った。西洋人以外が入ってきたら、素早く出るつもりだった。

ベンはイギリス人兵士に○○と言った。彼らはさほど興味がないようで、質問も少なかった。こうした人間性は情報局員にとってありがたい。ほとんどの人は、自分のことを話したがる。私たちは彼らに、イラクの地上で何が起きたかを尋ねた。彼らはバグダッドから来たばかりで、また戻る前の休息中だった。

「まったくコックアップだ（英俗語でてんやわんやの意）」一人が言った。彼は仰向けになって、重いバーベルを持ち上げていた。

「おたくの大統領はワンカー（英俗語でくそったれの意）だ」彼に気づいた男性が言った。

私は彼らの言葉の意味を想像してみた。実際には、ほとんど想像するしかなかった。しかし、翻訳してくれとは言わなかった。彼らのペースを落とし、戦争に対する痛烈な罵倒の数々を止めさせたくなかったからだ。ベンも止めなかった。彼はただうなずき、先を促した。

イギリス人兵士がはっきりさせたのは、彼らは何よりもまず、自分たちがジョージ・W・ブッシュとサダム・フセインの個人的な戦いに巻き込まれたと思っているということだ。そして、フセインが何十年にもわたって国民を痛めつけ、殺し、収監し、抑圧してきても、イラク人は彼らを助けるために砂漠に来た兵士たちを、フセインの代わりにすぎないと信じているようだった。アメリカは新たな独裁者だと。言い換えれば、よいことをすれば必ず罰を受けるということわざの通りで、フセインを排除するというよいことは、きわめて重い罰を受けていた。

情報源が誰であれ、話は同じだった。イラクにいる西洋人は、熱狂的な反西洋主義をかき立てた。それとは別の物語が語られるのは、ホワイトハウスの状況説明とプレスリリース、そしてホワイトハウスの報道に依存する報道機関の報道だけだった。

前にも言ったように、ブッシュ大統領が九月十一日から数カ月のうちに再選に立候補していたら、私は躊躇なく彼に票を入れていただろう。ザ・ヴォールトで私に話しかけてくれた大統領は慎重で、世界で何が起こっているかを把握していて、アメリカとアメリカ人にとっての最善の利益を念頭に置いていた。しかし、偽りの口実でイラクへの侵攻が行われてから、私はこの戦争全体――あらゆる人命、資源、破壊行為――は、Wの父親が一九九一年に失敗したことをやり遂げるためのもの、つまりフセインを捕まえるためのものになってしまったのではないかという苛立ちを感じるようになっていた。私は自由を重んじるほかの人々と同じく、フセインを憎んでいる。しかし、私はブッシュも国家反逆罪で弾劾したいと思った。

翌朝、夜明け前、ベンとヨーロッパの諜報員に会う前に、私は運転手を雇って〇〇〇〇〇〇〇

○○○○○まで行った。美容師の前に座るときのように、車に乗ったとたん、話はしたくないという態度をはっきり示した。運転手はそれを尊重したので、沈黙の中で単調な砂漠を走り、山を登る間、長い瞑想にふけっているような気分だった。頂上に着くと、運転手は駐車場に車を停めてシートを倒し、目を閉じた。私たちのほかには誰もいなかった。私は車を降り、静けさの中、低く曲がりくねった石の壁へ向かった。壁には削られた部分や溝があり、千年前に手で築かれたように見えた。不揃いな巨石や四角い石が、あたりに散らばっていた。鳥の声がして、足元の茂みや土の中を這う小動物の、紙がカサカサ言うような音がした。目の前の土地すべてが、夜明けの光に赤く照らし出されていた。足元の金色の土は紅海に続いている。私が立っている場所からはイスラエルが見えた。

○○○私はじっとしたまま、リラックスして、両手を脇に垂らしていた。呼吸が深くゆっくりになり、完全な安らぎに満たされる。満ち足りた気分だった。眼下では、最も長期にわたる暴力的な衝突が、あらゆる宗教の人々によって繰り広げられているのはわかっていた。しかし、キリスト教、ユダヤ教、イスラム教が出会うこの場所には、静けさしか感じられなかった。

車に戻った私は、出発する前に運転手に訊いた。「どうすればみんなをここに連れてきて、この安らぎを感じ、互いに殺し合うのをやめる気にさせられると思う?」

彼は両手を上げて肩をすくめ、また手を下げてイグニッションを回した。

正午少し前に戻ると、ベンが私を待っていた。私は手早く仕事用の服に着替え、タクシーでハイアットへ向かった。西洋人でいっぱいで、頭をパシュミナで覆わなくていい場所だ。私たちはスイートルームの居間で、ケーブルでのやり取りしかしたことのないシェリルというヨーロッパの諜報員と会った。シェリルは美しいストロベリーブロンドの髪を、うなじのあたりで大きなシニョンにしていた。彼女もこの街を歩くとき、指をさされたり、あっけに取られたり、木に登られたりするのだろうかと思ったが、私は尋ねなかった。シェリルは仕事一筋という印象だった。

それと、ビール一筋の。

シェリルは三人で飲むために、ビールを六本運ばせていた。ビールが来ると、彼女はだらんとしたバッグから、ソルト・アンド・ビネガーのポテトチップスの大袋を出した。

「いつも自分の食べものは持ってくるの」シェリルは打ち解けた口調で言った。赤痢にかからないためにはいい考えだ。とはいえ、ポテトチップスとアルコールという食事が、テロリストの追跡に必要なエネルギーになるのかは疑問だった。

私はビールは遠慮したが、ポテトチップスには手を伸ばした。三人で三時間ほど話し、情報交換した。ベンと私は、シェリルよりもずっと多くの情報を持っていた。実のところ、彼女の情報は私たちがすでに知っているものがほとんどだった。しかし、彼女の国の諜報員はいつも私たちに親切で、力になってくれたので、私たちは喜んで彼女に知っている情報を伝えた。

〇〇

○○ミーティングが終わりにさしかかると、シェリルは今度ＣＩＡのほかの諜報員も交えて会おうと提案した。私たちがここにいるのは、その夜が最後だった。翌日にはベンと私は別の国に向かい、一カ月かけて新しい情報をたどることになっていた。私はナイトライフを見たいと思ったし、ベンも乗り気だったので、私たちはその夜、テキサス出身のランディをはじめ、現地オフィスの数人を連れて、水タバコのラウンジで再会することにした。

ラウンジの中は暗くて、お洒落で、若さにあふれていた。ベールをかぶっている女性は半分しかいなかった。アラビア音楽が、天井の四隅にぶら下がっている巨大なスピーカーから流れていた。この国でこれまで見聞きしたものと同じように、この音楽も古さと新しさが入り混じっていた。現代的でリズミカルな、ラップのような曲もあれば、一九五〇年代を思わせるむせび泣くようなバラードや、ナイトクラブでかかっているような曲もあった。

私たち七人は、半円形の低いボックス席に群がった。真ん中に円テーブルがあり、高さ三フィートほどの水タバコがいくつか置かれている。パイプは紫や赤紫のガラスでできていて、その上に銀の筒があり、てっぺんに炭を載せた煙草のボウルがついている。私たちはそれぞれ、ガラスバルブの上から伸びる、銀の吸い口のついたチューブを渡された。パイプの装飾は美しく、モスク

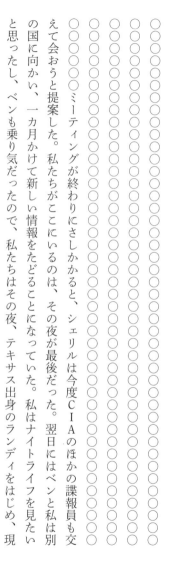

や教会の道具のようだった。

私は生まれてこのかた、煙草類を吸ったことはなかった。紙煙草さえも。でも、ここは海外だ。そして、一緒にいる荒っぽい人たちは、転移する癌のように増殖し再生するテロリストたちを見つけるプレッシャーを燃やしつくす必要があった。戦争、サウジアラビアで起きた最近の攻撃、収監者から聞き出した情報、拡大するアフリカのテロリスト組織などのはざまで、私は猛烈に煙草を必要としていた。

それはリンゴの風味がした。そして、頭が少しくらくらした。

数時間の間、私は何もかも忘れ、ただ座っていた。ファラフェル（ひよこ豆のコロッケ）を食べ、水タバコを吸い、そして笑った。笑うと気分がよかったからだ。つかの間、別の宇宙を漂っているような気分だった。ベン、ランディ、シェリル、私のような人々を殺したがっている男たちのいない宇宙を。

同じ夜、アフリカのある国で、組織的な自爆テロが起こった。

その国の歴史上、最も死者を出した攻撃だった。

10 マリブ・バービー　アフリカ　二〇〇三年

そのイメージは、奇妙なときに浮かんでくる。海を眺めているときなどに――コマドリの卵のような真っ青なキャンバスは、美しくて明るいものの背景にぴったりだ。しかし、そうはいかなかった。何もない空間や沈黙が訪れると、すぐさま私の脳に、見せられた頭部が浮かんでくる。それはカラオケ映像の中を飛び跳ねるボールのように、心の目の前を漂った。大きく開いた目、ぽっかりと開いた口、破れたTシャツのような首元。スパゲッティの皿を落としたときのように脳みそが顔に飛び散り、頬は黒いすすに汚れている。ループしつづける映画を観ているようなものだ。呼吸やくしゃみを止められないのと同じように、それを見ずにはいられない。自爆テロの犯人は、体に爆弾を巻きつけているとき、爆発の勢いで頭がコルクのように飛ばされるとは知らなかっただろう。ちぎれた頭が荷車に並んでいる眺めが脳の神経経路の奥深くに刻み込まれ、誤った導きによる五人の殺人者に永遠に縛られることになるのを、私が知らなかったように。

見せられた首の持ち主である若者たちは、私が被ったよりもずっと深刻な害をほかの人たちに及ぼしていた。私は毎日のように、交戦地帯ではよくあるPTSDに苦しめられた。しかし、百人以上の人々が、このグループによって殺され、障害を負っていた。彼らは西洋人とユダヤ人を殺すという声明とともに、アフリカの首都を攻撃した。被害者の中にユダヤ人は一人もいなかったし、殺されたり怪我をしたりした人のほとんどはイスラム教徒だった。まったく筋が通らない。ちぎれた腕の眺めが、頭部ほど私を悩ませないのと同じようなものだ。どの腕にもカシオの時計がはまっていた。二十ドル以下で売られている日本製の時計は、当時も今もテロリストの間でよく見られた。アメリカのティーンエイジャーにとってのiPhoneのように。

ときどき、あの頭部の映像をかき消そうと、その顔を私に見せた男たちの顔と交換してみた。それは、ベンと私が一カ月ともに働いた、アフリカの諜報員だった。この支局には女性はいなかった。あの頭部を見せられたのは、私が彼らのオフィスに現れたことへの仕返しなのではないかと当時は思った。最初に会った人たちの中に、身なりのだらしない男性がいた。黒ずんだ短い歯をして、私をちゃんとした名前で呼ぼうとしなかった。代わりにマリブ・バービーと呼んで、同僚たちを面白がらせた。国民の大半がまともに映るテレビも持っていなければ、ましてバービー人形など持っていないような国の多くの諜報員が、マリブ・バービーがはるばる地球の裏側まで来るというイメージを思い描いたことに、当時の私は驚いた。しかし、声が大きく、股を開き、腕を振り回して、できるだけ部屋の空間を占領することで男らしさを誇示するこの男たちは、マリブ・バービーが何者かを知っていた。たぶん、彼らが私を精神的に受け入れる唯一の方法が、私を硬いプラスチックの人形、ウェストが細すぎて、現実にいたら男性の両手で包めそうな人形に例えることだったのだろう。そして、私にあの頭部を見せることだったのだろう。

身長百八十センチ以上で、つややかな髪をヘルメットのようになでつけたベンは、映画スターを思わせた。それでも、彼らはベンのことをバービーの恋人のケンと呼んだり、ブラッド・ピットと呼んだり、魅力的だが大きな鼻のためにエイドリアン・ブロディと呼んだりはしなかった。ベンも私も、アメリカ人であることや、CIAに属していることは関係ないとわかっていた。これは女性であることと、彼らがマウントを取らなければならないことにかかわっていた。彼らはベンには脅威を感じていなかった。彼を敬っているようにさえ見えた。ベンが話すたび、彼らは黙って聞いた。けれども、彼らは私を恐れていた。女性が自分たちと同じ仕事をしていることを。

来る日も来る日も、ベンと私は薄汚れたオフィスに座り、濃いブラックコーヒーを飲み、私への侮辱に耐えた。ついに必要な情報を手に入れるまで。情報、詳細、手がかりを追ってこの国の首都に来てからの、たくさんの質問の答えを。

基本的に、彼らには協力する気はあまりなかった。頭部を吹き飛ばすことになる攻撃を計画した人々を突き止めるのを、私たちが手助けするまで。最初は、彼らは攻撃のことで私たちを非難しさえした。CIAは知っていて当然のはずだと。しかし、彼らだって知っていて当然のはずだった。何と言っても、ここは彼らの国なのだ。

非難され、功績を認められないのは、この仕事の一部だ。爆弾が爆発すれば、私たちの公的な失敗とされる。しかし、爆弾が爆発しない場合、私たちの阻止によって自爆テロリストがレストランや公民館、ユダヤ人墓地、地下鉄駅などに入ることがなかった場合——誰もそのことを知らない。私たちの成功の多くは公開されなかった。私はそれで満足だった。しかし、この国の人々は満足せず、市民が被害を負ったのを私たちのせいにしたがった。

ほかにも私の頭にこびりついていたのは、追跡しているテロリストの顔だった。金の流れからこの街にたどりつき、衛星画像に映っている人物の名前を突き止め、計画にかかわっている者全員を見つけ出したい。その資金は、大規模な計画を実現できるほど多額だった——ビンラディン流だ。私は頭上に巨大な時計があって、テロリストに近づけずにいる間、その針が刻々と化学テロ計画の実行に近づいているような気がした。

そう。そこにあるのは動いている時計だ。そして、あのいまいましい頭部だ。

ベンと私が監獄を訪ねた中東の国と、このアフリカの国との違いは、あの頭部を見る前から明らかだった。私にマリブ・バービーというあだ名をつけた男と会う前から。

比較が始まったのは飛行機の中で、女性の乗客の大半が頭を覆っていないことに気づいたときだ。それどころか、おへそが出ているシャツを着ている女性もいた——胸とパンツの間の肌が光っている。露出の高い、襟ぐりの開いたトップスを着ている女性も数名いた。私はすぐさまパシュミナを小さな正方形に畳み、バックパックに押し込んだ。水着を持ってきてよかった。この新しい街なら、ビキニを着て日光浴できる場所がありそうだ。これから過ごす一カ月間で、私は毎週半日の休みを取る予定だった。

ホテルへ向かうタクシーで、ベンはショートパンツにタンクトップ姿でジョギングする二人の女性を指さした。その光景に、彼も私と同じくらい驚いていた。まるでフロリダのリゾート地だ。私は休暇を過ごしているような気分だった。

休暇気分がさらに高まったのは、ピンクの化粧漆喰のホテルに着いたときだった。窓という窓に青い鎧戸がついている。高価な南国のリゾートのようだ。ホテルは居心地がよく、二階までしかなかった。ベンの部屋は二階だった。私は一階の部屋だ。

しかし、休暇気分はそこまでだった。

どこかに一人でいるとき――カフェや図書館、バス、食料品店で――ふと寒気がして、誰かに見られているような気持ちになることがあるだろう。そんなとき、視線を感じるほうを振り返ると、誰かがさっと目をそらすのがわかる。視線を感じて振り返ったのに、誰もいないということはあっただろうか？　たぶんないはずだ。百パーセントの確率で、誰かに見られていると感じて振り返れば、案の定、誰かがこちらを見ているものだ。人間がどうしてそれを感じ取れるのかはわからない。たぶん哺乳類の特徴であり、生きるために捕食者を察知しなくてはならなかった祖先から受け継いだものなのだろう。

ホテルの部屋に入ったとたん、ＣＩＡの出張で初めて、私は心で、頭で、そして皮膚で、自分が見られているのを感じた。これまで見られているという感覚が間違ったことがないので、今度も間違いないと思った。

私は室内とバスルームを徹底的に探したが、何も出てこなかった。それでも、見られているという感覚を振り払えなかった。私はフロントに電話をかけ、別の部屋にしてほしいと頼んだが、満室だと言われた。私はベンに電話して、フロントに別の部屋に替えるように言ってもらった。だが、答えは同じで、空室はないということだった。ベンはお互いの部屋を交換しようと言ったが、私が監視されているとすれば、彼も監視されていることは二人ともわかっていた。私はハウスキーピングに電話し、タオルを八枚持ってくるように頼んだ。電話の向こうの女性は理由を訊かなかったが、それは好都合だった。口実を考えている暇はなかったからだ。タオルの山が到着すると、私は一枚をテレビに、一枚を時計つきラジオに、一枚をきらびやかなブロンズのラクダ像に、一枚をベッドの上にかかった絵画にかけ、二枚を床と壁との隙間に詰めた。残りを持って、私はバスルームに入った。

私はベンと仕事を始める前に、シャワーを浴びるつもりだった。しかし、バスルームに立ったとき、見られているという感覚が強まった。私はタオルを持って部屋に引き返し、スーツケースを開け、水着を出した。公共の更衣室で恥ずかしがるように、細心の注意を払って、私はタオルの下で水着に着替えた。それからシャワーに戻り、ビキニを着たまま浴びた。

体を洗うと、私は二枚のタオルの下で着替えをした。

髪を乾かしたあと、私は急いで部屋を出た。タイル張りの廊下に出て、ベンと待ち合わせしている中庭へ向かったときには、〝見られている〟という感覚はたちまち消え失せていた。

ベンと私はタクシーでスコットに会いにいった。一緒に仕事をする予定の、現地のＣＩＡオフィスの諜報員だ。スコットとのやり取りの中で、彼が謎めいていて、少しぶっきらぼうで、情報を出し惜しみする人物であることがわかっていた。それでも、私は善意にとらえ、彼は文書でのコミュニケーションが苦手なのだろうと思った。何と言っても私たちは同国人だし、おそらく同じ目的を持っているからだ。

おそらくは。

ベンと私がスコットの作業スペースに来たとき、上司とほんの数メートルしか離れていないところで、彼は自分の思ったままを口にした。

「あそこにいる役立たずだが」彼は言った。「あいつは能なしだ」スコットは上司のオフィスの開いたドアに向かって、顎をしゃくった。聞こえていないだろうかと、私は肩越しに振り返った。職場で上司を能なし呼ばわりするのは、上司がどんなに遠くにいたとしても、賢明ではないように思われた。しかも、この狭いオフィスでは、少しも遠くない。

「へえ？　それは気の毒に」ベンは仲間役を演じた。彼の狙いはわかっていた。スコットと同じ立場に立って、彼から必要な情報を聞き出し、自分たちの仕事をするつもりなのだ。

「ひどい職場だ。この国になんかまったく興味がない。ラングレーに戻りたいよ。ロイヤルファームズ（米国のコンビニエンスストア）とタコベル（米国のファーストフードチェーン）が必要なんだ！　最後にタコベルに行ったのはいつのことだろう？」

「私はジャック・イン・ザ・ボックスのほうが好きだけど――」私は途中で言葉を切った。こんなふうに叫びたかった。私たちの仕事には人の命がかかっているのよ！　チャルーパ（トウモロコシ生地に肉や豆などの具材を詰めたタコベルの定番メニュー）のことなんか考えていないで、仕事をしてちょうだい！

「あそこにいる馬鹿のおかげで、さらにみじめになる。いつでもこっちにおべっかばかり使うんだ」

私は作業スペースから身を乗り出し、馬鹿と呼ばれた男性をよく見ようとした。彼はデスクの上で足を交差させ、電話していた。顔を戻したとき、ベンの腕が私の腰をつつくのを感じた。見ると、彼は指をこすり合わせていた。私への合図だ。小さなバイオリンを弾くしぐさ。たっぷり涙を流したら、自分の仕事をしろという意味だ。

「さて、君が持っている情報を確認したい」ベンが言った。「この男たちに早く迫りたいんだ」

「情報なんてない」スコットは言った。

「地元の情報局は？」私は言った。「ここでの一番の情報源は？」

「ここの連中は能なしの集まりだ」肩をすくめるスコットを見て、私は思った。周りの人がみんな能なしなら、あなたもその一人になるんじゃないの？

「私たちが送ったケーブルの追跡調査は？」私は訊いた。

「こちらにあるのは、君らが送ってきた情報だけだ」スコットは言った。「君たち二人は、ひどい厄介ごとを持ち込もうとしているようだな」

ベンと私はしばらく黙りこんだ。私はひどく驚いていた。そして、怒っていた。ＣＩＡで仕事をしようとしない人を見たのは初めてだ。人の命を救うという仕事を軽視しているように見える。確かに、全員が仕事熱心だと言うのは難しい。しかし私が見た限りでは、ＣＩＡはそれにかなり近かった。だがこの男性は、テロ対策の仕事の上で決して会いたくない例外だった。

私はついに言った。「一緒に地元の諜報員のところへ行って、何か聞き出せることがあるか確かめてみましょうよ」

「ああ、そうだな」スコットは顎を上げて笑った。「二人で行くといい。俺はあいつらと、あまり親しくないのでね」

「ああ、あの能なしたちとね」私は言った。

「その通り」スコットが言った。

「役に立ちそうなやつはいないのか?」ベンの目が細くなりはじめていた。

「いないね」スコットは今ではせせら笑っていた。

「待って、彼らのオフィスに顔を見せたことはないの?」

「能なしの集まりの?」スコットは肩をすくめた。「あるはずがない。あんたたちが会いに行っている間に、俺は角でケバブサンドでも買ってくるさ。タコベルとは違うが、悪くない。ああ、それと、妻が君たち二人をディナーに招待している」スコットは住所が書かれた紙を渡した。少なくとも、彼は慣例に従っていた。最初の夜に、現地の局員とディナーをともにしないことはめったにない。まずは責任者が招待するものだが、この国のたくさんの能なしの中の一人と言われているその人物は、オフィスを出て私たちに自己紹介しようとすらしなかった。好むと好まざるとにかかわらず、私たちはその夜、スコットと過ごすことになった。

　現地の情報局の本部へ向かうタクシーの中で、ベンと私は本音を吐き出した。私たちはタクシーの運転手に気づかれないよう、暗号で話さなくてはならなかった。ベンの「タコベル好きのおじさんはくそったれだ」という言葉から始まって、勤勉な家族の評判を落とす、怠け者のおじさんに関する話が続いた。

　スコットよりひどい人はいないだろうと思った私は、この国のテロ対策オフィスとの協力に大いに期待していた。それに、通りに肌を露出した女性が大勢いるのは、この国にもっと選択や自由があることを示していた。そこで私は、情報局も女性個人の選択や自由を後押ししてくれるだろうと思ったのだ。

建物はとても新しく、清潔で、効率的に見えた。私の期待はさらに高まった。現代的な建物に、現代的な考えの人々。受付を済ませたあと、私は化粧室に駆けこんだ。スコットから早く離れたくて、CIAオフィスの洗面所を使う時間も惜しかったのだ。ここの化粧室は汚れ一つなかった。作られたばかりで、まだ誰も使っていないかのようだ。手を洗ったあと、私はペーパータオルで洗面台に落ちた水滴を拭いた。入ってきたときと同じ清潔さを保ちたかったのだ。

ベンと私は本部オフィスに通された。諜報員たちはCIAと同じような現代的な作業スペースでデスクについていた。私はすぐさま、化粧室が真新しく見えた理由を悟った。私たちを案内した受付係を除いて、女性は一人もいなかったからだ。私はがっかりしたが、自分の仕事をするしかない。それでも、私はまだ楽観的だった。

八十年代のテレビスターのように髪を後ろになでつけた男性が近づいてきて、ベンと握手した。彼は煙草のにおいをぷんぷんさせ、光沢のあるスーツの下襟にはグレーの灰が積もっていた。

「ようこそ」彼は言った。

彼は私のほうを見ようともせず、差し出した手も無視した。続いて彼の同僚が近づいてきた。黒ずんだ、トウモロコシのような歯をしていた。彼はベンと握手してから、私を見て言った。「マリブ・バービーだ！」

近くの作業スペースから笑い声があがり、私はたちまち男性のグループに囲まれた。誰一人、私と目を合わせようとせず、マリブ・バービーというのがこれまでで一番気のきいたニックネームだと思っているようだった。

それからわずか数分後、私は頭部を見た。あのいまいましい、浮遊する頭部を。

スコットの家はカリフォルニアから運んできたように見えた。一九七〇年代の住宅団地の一つで、床は温かい木だ。オフィスの外では、スコットはそれほどひどい人ではなかった。内心では、彼がちゃんと仕事をしないことに不満があったが、せめて今夜は彼を許し、リラックスして楽しもうと思った。

私たちが訪問している間、乳母がスコット夫妻の子供の面倒を見ていた。しかし、ほかには警備員も家政婦もいなかった。私はキッチンに立って、料理の仕上げをするジーナと話をした。大きくて深い鍋でスパゲッティを茹でている間に、彼女は自家製のトマトソースに、いい香りのするニンニクを潰して入れた。

「血がきれいになるのよ」ジーナはそう言って、つやつやしたニンニクをさらに追加した。

ジーナはアメリカで生まれ育った。両親は島国の出身だった。スコットが大学院で学び、次いでラングレーで働いている間、彼女はワシントンDCで専門職として働いていた。

「ここは大嫌い」私と一緒にテーブルの用意をしながら、ジーナは言った。

「そうなの?」私はベンに向かって皿を振ってみせた。私がテーブルの支度をしている間、ベンがソファに座ってスコットとビールを飲んでいるのが腹立たしかった。ベンはぱっと立ち上がり、急いで近づいてきた。

「テーブルの用意をしよう」ベンは言った。

「駄目よ！」ジーナが言った。「座ってて。あなたは一日働いていたんだから」

「彼女も一日働いていた」ベンは私を示して言った。「君たち二人とも」

「俺たちは片づけをするよ！」スコットがソファから申し出た。ベンは懇願するような目で私を見た。彼がスコットをおだてて仕事をさせようとしていることはわかっていた。休ませてやらなければ。

「わかったわ、男性陣は片づけね」私は言った。

ジーナのスパゲッティは、あれだけニンニクを入れたのに、とてもおいしかった。それに、長旅のあとで、家を思わせるものが食べられるのはありがたかった。化粧道具の中を引っかき回して下痢止めを探さなくていいとわかっているものが。

ベンとスコットが片づけをしている間、ジーナと私はソファに座り、アルバムを見ていた。彼女の結婚生活が二部に分かれているのが見て取れた。第一部は、ジーナがアメリカで子育てをしながら働いていた時期。彼女には生産性も人生の目的もあった。友達もいた。子供たちにも友達がいて、その親とのつき合いもあった。彼女にはコミュニティがあった。第二部は、スコットの妻として海外で過ごしている時期。友達はいない。ここの言葉は話せないし、ごく基本的な言葉さえも聞き取れない。子供にはほとんど友達はいない。ジーナは自分と家族を取り巻くコミュニティがないと感じている。

「ここの情報局にいる人たちは、みんな離婚したか独身よ」ジーナは言った。「子供の声が響く中、スパゲッティの夕食なんて食べたくないのよ。私に言わせれば、ここでいいことといえば子供の声と、たまに家にいる夫だけなのに」

「彼もあまり幸せそうじゃないわね」私は言った。

「みじめな思いをしているわ。彼が最高の経験や素晴らしい仕事をするために、私が努力してきたことや人生に望むものをすべて犠牲にしたなら、その甲斐はあるけれど――」

「でも、これは素晴らしい仕事だわ」スコットがやるべき仕事をしているように見えないことは、指摘しないことにした。それどころか、彼はいろいろな意味でさらに仕事をやりにくくしていた。少なくとも地元の諜報員は、アメリカ人はみんなスコットと同じようなものだと思っているようで、今のところ私やベンを信用もしていなければ、好意を持ってもいなかった。

「仕事は好き?」ジーナが訊いた。これまで誰にもその質問をされたことはなかった。たぶん、すでに情報局にいる人以外は、私が何をしているか知らないからだろう。

「ええ」私は答えた。「人が好きだし、情報局も好きよ。自分たちのしていることに信念を持っているの。私たちは人の命を守っている。あるいは、守ろうとしている」

「ええ、でもあなたは一人でしょう」彼女は言ってはいけないことを言ったかのように、すぐに口を覆った。私はほほえんだだけだったが、彼女の言葉が頭に鳴り響いていた。

ホテルへ戻るタクシーの中で、ベンはスコットがだんだん好きになってきたと言った。彼は家庭思いのアメリカ人が海外に置かれているのを気の毒がっていた。

「配属を間違っているんだ」ベンは言った。

「ええ、そうかもね」私は自分の考えにとらわれて上の空だった。ジーナと、彼女の人生のビフォーアフターについて。寄り添う時間や両親からのおやすみのキスが必要な子供について。ジーナが家族を、互いに信頼し合える結束の固い小さな部族と考えていることについて。彼女たちは一緒になって、自分たちの救命ボートを作っていた。

やがて私は、情報局よりも親密なものに包まれたいと思っていることに気づいた。私は一人だった。そして、いつか家庭を持つのは素晴らしいことに思えた。けれども、私が家庭を持つなら、緊急避難室や運転手のいらない、しっかりした家に住みたかった。ＣＩＡで働いている間は、それを手に入れることはなかなか難しいだろう。

ジーナの言葉で、別の未来への種が私の心に蒔かれていた。自分の中にそれが感じられた。それまで名前もなく、気づくこともなかったものが現れ、主張しはじめた。それでも、テロリストとの戦いをあきらめることは考えられなかった。アメリカ国内にいながらそれを実現する方法を見つけ出さなくてはならない。ＣＩＡの分析官になることもできたが、私の流儀ではなかった。私は動き、行動を起こしたかった。ＦＢＩだ、と私は思った。彼らは自国でテロと戦っている。ラングレーで何人かのＦＢＩ捜査官に会ったことがあるが、そう悪くなさそうだった。

頭の中にファイルがあるかのように、私はＦＢＩという考えを取り出し、捨てた。今はやるべき仕事がある。追跡している金の流れに関連した人物の名前は三人しか特定していないし、まだ誰の居場所もわかっていない。ジーナが毎晩確実に子供におやすみのキスをできるようにするには、この恐ろしい集団の残りのメンバーを、私が早く見つけ出さなければ。なぜなら、スコットはほかのことで頭がいっぱいのようだからだ。

異常なことがあっという間に日常になるというのは、おかしなことだった。水着でシャワーを浴びるのは、今では習い性になっていた。生まれたときからずっとそうしてきたように。バービーという言葉は、ベンと私が滞在を予定している四週間の間、出ては消えていった。この間、私たちは現地の諜報員と知り合い、彼らとの関係を築き、私たちが信頼できる相手だということを示し、諜報員の中で信頼できる人物を選び出した。彼らと仕事を始めた最初の一週間はきつかった。彼らは最近の爆弾犯を突き止め、その背後にいるアルカイダを潰そうとしていたが、私たちは問題はもっと大きいとわかっていた。この襲撃は長きにわたるアルカイダの計画の一つにすぎない。現地の情報局と同じくらい、この事件を解決して封印したい気持ちはあったが、私たちはもっと先を見据えたかった。四方八方に広がるアルカイダの手を見つけ出し、これから起こる攻撃の可能性をすべて潰したかった。

それから数日後、ラングレーに戻ってきたデイヴィッドと三角測量で情報交換しながら、私たちは探している人物を特定した。Hというテロリストだ。現在、彼はアフリカの外に住んでいて、ヨーロッパのある首都で永住権を申請していた。ロンドンで、警察とリシン計画との間にあったことと同じように、私たちは彼の計画のあらゆる証拠をつかんでいたが、どれを取っても——調合して毒物が作られるまでは——違法なものではなかった。それでも、Hがそれを所持していながら、大量破壊兵器を作らずにいるというのは、とうてい考えられないことだ。こう考えてみてほしい。家に帰って、カウンターの上に電動ミキサー、小麦粉の袋、バターの塊、卵二個、黒砂糖と白砂糖、バニラエッセンスの瓶、塩入れ、ベーキングパウダーの箱、ネスレのセミスウィートのチョコチップがあるのを見れば、誰かがチョコチップクッキーを作ろうとしているに違いないと思うだろう。そのとき、作り手がキッチンに入ってきて、クッキーはおろか、クッキーに似たものを作ることすら否定し、早とちりするなと非難すれば……そう、相手が嘘をついていると思うだろう。クッキーが作られることをあなたが確信するのと同じように、私たちは大量破壊兵器が作られることを確信していた。その上、私たちはHが以前、アルカイダの訓練場にいたことを突き止めていた。したがって、彼のイデオロギー的信念がどのようなもので、その信念をどのように広めようとしているかもわかっていた（アルカイダの資料にはこう書かれていた。「銃弾の対話、暗殺・爆破・破壊の理想、大砲とマシンガンの外交」）。

私たちにわからないのは、誰がこの計画でHを支援しているか、誰が毒物を撒くのかということだ。また、いつ、どこで毒物が撒かれるのかも、正確にわかっていなかった。Hが逮捕され、話ができれば、この計画が彼の薄汚いアパートメントでの毒物製造よりも先に進む前に潰せるだろう。だが彼の逮捕は、彼が現在居住している国の人々にかかっているのだ。

残念ながら、ここにいる人の誰一人、気乗りしていないようだった。唯一、公的に記録されていたのは、Hは西洋の価値観に同意し、その国で合法的に働き、学校へ通うための書類をすべて作成したということだった。彼の申請は手続き中で、私たちがどんな証拠を提示しても、誰にも止められそうになかった。

しかし、彼はまだ、私たちが滞在しているアフリカの国民だった。彼をアフリカに呼び戻し、私たちが事情を聴くこともできた。あるいは現地の情報局が話を聞き、それを私たちに伝えることもできた。

Hを捕えることの難しさは多岐にわたっていた。私はゆっくりと壁が狭まってくる部屋に入れられたような気分だった。スコットと彼の上司は、自分たちが今いる国で最近爆弾事件が起きたあとも、アルカイダに興味はなさそうだった。正式に出入り禁止になっているわけではないが、彼らが地元の情報局からどれだけ嫌われているかを言い表すのに、これ以上の言葉はない。そして、私たちが会った地元の諜報員は、二人のために便宜を図ろうともしなければ、アメリカ人である私たちが話を聞きたがっている人物を引き渡すよう、同国人に懇願しようともしなかった。ベンと私は、どうにかして何人かと仲よくなったが、彼らは私たちに好意を持っても、自国の人間をテロリストと特定したくなさそうだった。最近の出来事にもかかわらず、彼らはアフリカ人のテロリストはいないという態度を保っていた。それは中東の人間だけだと。まるで、大学フットボールの徹底的なライバル関係のようだった。USCトロージャンズ対UCLAブルーインズのようなものだ。試合ごとに、ブルーインズの反則だと叫ばないトロージャンズのメンバーを見つけるのは困難を極めるし、その反対も同じことだ。彼らは自分たちを、現代的で善良な人間だと思っている。そしてほかの国を、未開なテロリストの温床だと表現する。もちろん、こうした一般化はどちらも真実ではない。

二週間かけて、ベンと私は切断された頭部の持ち主と、あの攻撃にかかわった人物すべてを特定するのに協力した。ほかの攻撃メンバーが連行または監視される中、私たちはさらに多くの人たちに、目の前の危険に注目させることができた。H、彼を後押しする資金、そして彼が温めている計画である。私たちは地元の情報局でミーティングを開いた。ベンはペストリーまで持ってきた。

「ようやく、最近起こった組織的な爆弾事件にかかわったテロリストを全員特定できました」私は言った。「そして彼らは、一人残らずあなたたちの国の人です。それでもまだ、ここの国民にテロリストはいないと言いますか？」私は最初にマリブ・バービーというあだ名をつけた男性をまっすぐに見た。私がこの仕事にいかに真剣に取り組んでいるか、そして、比較的短時間でどれだけの成果を上げたかを見たあとで、そう呼べるものなら呼んでみろと。

「彼らは……」相手は口ごもった。「ほんの一握りだ」彼はフィルターのない煙草を胸ポケットから出し、太い指でならしてから、口にくわえて火をつけた。私は椅子を後ろに引き、彼が私に向かって吐き出すとわかっている煙を吸わないようにした。

「そうだな」ベンが言った。「世界にごまんといるイスラム教徒に比べれば、イスラム過激主義者はほんの一握りだ。だが、これが我々の仕事だ。ここへ来たのは、一握りの過激主義者を探すためだ。一人でもいればビルを爆破することも、映画館でリシンの粉末を撒くこともできる」

部屋の男たちはなにやらつぶやき、身振り手振りを見せた。私には理解できない方言に、たまに英語が混ざっている。

「あんたたちは中東を見なければ！」煙草の諜報員が言った。おそらく、彼ら全員が話していたことを、簡潔な一文に翻訳したのだろう。

「Hはこの国の市民です」私はわかりきったことを指摘した。彼らはすでにそのことを知っている。しかし、自分たちがHを逮捕しなければ、彼は存在せず、私たちが特定した最近の攻撃の犯人が、彼らの国にいる一握りのテロリストの最後だと考えつづけていられるかのような態度だった。

「考えておこう」一語一語話すたびに、諜報員の口から小さな煙が吐き出された。

しばらく沈黙が流れた。やがて、あの浮遊する頭が現れ、私を悩ませた。私はもっと急いで、もっと懸命に仕事をしなくてはという気になった。この頭部のことを考える余地もないほどに。

マリブ・バービーと呼ばないとき、地元の諜報員は私を奥様《マーム》と呼んだが、それは気にならなかった。この国でマームと呼ばれると、成熟し、自分の人生を生きているように感じる。学校でニキビバカと呼ばれていた人間とは別人のように。だがマームなら、本当の友達でもない女性の結婚式に参列するために、三十時間以上の旅に耐えたりはしないだろう。

でも、トレイシー・シャンドラー、別名ニキビバカはそうしていた。

花嫁と私は、三歳のときから友達だった。三年生になる頃には、彼女は学校のいじめグループのリーダー格になっていた。激しいいじめのせいで、私は自分の頭に閉じこもった。物静かな傍観者となり、高校へ行くまで友達は一人もいなかった。九年生になった最初の月、未来の花嫁となるいじめっ子が、母親に言われて私を訪ねてきた。彼女は学校でひどいことをしたのを詫び、友達になってくれないかと言った。二人ともダンスに興味があったので、高校でたびたび顔を合わせることがわかっていた。私はその頃には引きこもった生活に慣れていたが、まだ子供で、ほかの子たちと遊びたくてたまらなかった。私はいいよと言い、私たちは友人として高校時代を過ごした。ある程度までは。自分の心を開いて、長年の孤独が作り上げた自分の姿を、かつてのいじめっ子に見せるのは不安だった。彼女に見せたのは、とても薄っぺらな私だった。心の中で感じている自分とは似ても似つかない表層だった。

二日間の旅を経て、ダラス空港に到着した私は、タクシーでCIA本部に直行した。カリフォルニアではCIAのパスポートやIDカードは使いたくなかったし、身につけたり、バッグに入れたりもしておきたくなかった。

その後、私はスターバックスの（いつもの）コーヒーを手に、タクシーでダラスへ戻った。マラソンのような旅の最後の行程だ。半分ほど中身が残ったカップを手に、私はタクシーの後部座席で眠ってしまい、起きた拍子に窓に頭をぶつけてしまった。コーヒーはこぼれなかったが、意識を失っていたのに気づき、本当はよく知らない人のためにどうしてこんな苦労をしているのだろうと思いはじめた。しかも、向こうは本当の私をまったく知らないし、感謝してもいないのに。

三十分後、下ろした髪で顔を隠しながら、私は空港に戻った。空港の保安員に、アメリカ人が普通は行かないような国からの飛行機を降りたばかりの女性がまた来たのを気づかれたくなかったのだ。とはいえ、私はアメリカの土地にいるアメリカ人だったので、最悪でも官僚的混乱——つまり、質問くらいで済むはずだ。

ロサンゼルスのホテルの舞踏室の平らなカーペットの上に、翌日には救世軍に寄付するつもりのふんわりしたブルーのドレスを着て立ったとき、私はようやく悟った。これほど馬鹿げた努力をして結婚式に出たのは、子供時代をやり直したかったからにすぎないと。私はみんなに、ニキビバカと呼ばれていたトレイシー・シャンドラーが招待されているところを見せたかったのだ。しかも、花嫁付添人として！　もういじめられっ子じゃない。

でも、本当は誰のために、こんな努力をしているのだろう？　今では当時以上に、友達でも何でもない人たちのため？　今では何のかかわりもなく、私の人生をやりがいのあるわくわくするものにすることとは、何の関係もない人たちのため？

それはまるで、しおれてしまった古い木に水をやり、それがまたよみがえって、緑豊かで花咲く木になるのを期待するようなものだった。

今、私をいじめているのは、私だけだった。自分をいじめていたという関係しかない人たちに会うために、わざわざ地球の裏側から来たのは私だった。

花嫁はとても幸せそうだった。

私は違った。

私の両親も結婚式に呼ばれていたが、ディナーの間は別のテーブルに座っていた。家族と近況を話し合う代わりに、私は食べものを口に入れたまましゃべる男性と、そっぽを向いている女性との間に座らされた。二度とこんなことはしないと、私はチキンを口に運びながら思った。この人たちに好かれる必要はないのだとわかった。仲間に入れてもらう必要はない。そう、ジーナに指摘されたように、私は一人だった。しかしこのとき、私は一人でいることに満足していた。私の希望はあの結婚式にいた人たちとは何の関係もないし、あそこにいた誰も満足させられないものだ。私の希望を満たせるのは私だけだ。

結婚式の帰り、私は小さな子供に戻ったように、両親の車の後部座席に座っていた。暖かい日で、サンルーフから日差しが降り注いでいた。母は友達との間の近況を話しはじめた。私の人生の大半を通じて、知っている人たちだ。母の声は心地よく、気持ちを落ち着かせ、私は高速道路沿いの海を眺めながら、このときだけは切断された頭部を見なかった。ずたずたになった顔がなくなると、私は自由にほかのことを考えられた。頭の中で海の上を漂い、きらめく太平洋が日本まで見渡せるほどズームアウトした。そこからフィリピン海、インド洋、そしてアラビア海へと向かう。私はアフリカと中東に挟まれた紅海の上を飛んだ。

私の心があるのはそこだった。私の目的があるのは。矯正具とにきびの、ロッカーに隠れていた内気な少女は、まだ私の中にいた。でも、もう怖くなかった。世界のどこでいじめがあったとしても。

11　バン、バン、ブーン！　中東、交戦地帯　二〇〇三年

五カ月間を過ごすことになる中東のオフィスへ向かう前に、私はＦＢＩの応募用紙をダウンロードしていた。それに記入して送るかどうかはまだ決めていなかった。それでも、私はプリントアウトした。私はＣＩＡを愛していたし、そこを離れることは想像できなかった。心の中で、私はＦＢＩへ行くことを変化ではなく移行と解釈し直そうとした。テロリストの追跡は続けるが、一つの本拠地からやるのだと。私は何も記入していない応募用紙をアメリカのアパートメントに残し、帰ってきてから対応を決めることにした。

交戦地帯に来てからは、ＦＢＩのことは忘れていた。仕事以外のことはすべて忘れた。共同オフィスのデスクに、家から持ってきた写真や記念品を飾ることすらしなかった。私たちの職場はかつてのホテルで、食事も同じ場所でとった。私のオフィスはホテルの部屋だったところで、大きさはそのままだったが、バスルームだった場所はがらんとしていて、錆びた配管と半分崩れ落ちた大理石のモザイクの床が残されているだけだった。

交戦地帯での時間の進み方は、ほかのどことも違っていた。私たちは仕事場に住んでいたので、休息や息抜きといった感覚はなかった。それはまるで、絶え間ない騒々しい交響曲で、音符がど

こまでも続いていくような感じだった。管楽器を弦楽器に変えることはできても、音楽がやむことはない。比較的静かで平穏なトレーラーの中で横になっていても、さほど遠くないところで戦争が起こっているのがわかっていた。眠っている間も、爆弾が破裂し、ミサイルが発射され、即席爆発装置が舗装されていない道の岩陰に仕掛けられ、テロリストが次の動きを計画しているのを忘れることはできなかった。

私が寝ている間にも、人が死んでいるのだ。

毎朝、目覚めた瞬間に、私はすでに後れを取っているような気がした。

オフィスの精神分析医は、私の隣のトレーラーで生活していたが、情熱と楽観主義を少しずつ失っているようだった。ある日、彼女と朝食で一緒になった私は、彼女が皿をじっと見下ろしているのに気づいた。私はいつものように、本国から持ってきたパワーバーとブラックコーヒーという食事だった。彼女はスクランブルエッグを食べていたが、力なく握ったフォークから、ひっきりなしに卵がこぼれていた。四十歳前後の彼女は、どんなことにでも対処できる女性に見えた。けれどもここでは、明らかに気力を失っていた。ネイビーシールズ、CIA、テロリストの間で、彼女は残酷なまでに鋭く尖った三角形の三辺を相手にしていた。

「私……あとどれくらい持ちこたえられるかわからないわ」彼女はそう言って、一度落とした卵の塊を、またフォークですくった。私は彼女が気の毒になったが、自分のことも心配だった。彼女がこのことでもうおしまいだと感じるなら、私もくじけてしまう可能性があるのではないかと。

私はそのとき、どんなことをしても心の健康を保とうと決めた。

その夜、十二時頃、私は仕事着のままベッドに身を起こし、すっかり目覚めた状態で本を開いていた。読書することで頭を休め、ある意味店じまいして、化学組織の追跡というプレッシャーを手放して眠れるのではないかと思ったのだ。同じページを何度も読んでいると、ドアがノックされた。誰だろうと構わず、私は入るように言った。サンディエゴ出身のネイビーシールズ、ラリーが顔を出した。背が高く、大きな歯を見せて笑い、いつでもテニスの試合中のように、爪先で跳ねるようにしていた。

「楽しいことをしたくないか?」

「うーん……殺されるの、怪我させられるの、それともトラブルに巻き込まれるの?」私は本を閉じた。

「いいや。ただのお楽しみだよ」

「いいわ、参加する」楽しいことは、いつでも一番の治療法だった。

「ベストを着て、頭を隠せ」彼は言った。「五分後に会おう」

五分もしないうちに、私は防弾ベストを着て、スカーフで頭を覆った。爆弾探知犬がSUVのそばにいて、五人の男性が私を待っていた。

「君は来ると思ってたよ!」ダニエルというネイビーシールズが手を上げ、私たちはハイタッチした。

私はいつものように後ろに隠れ、六人で近くの空港へ向かった。今はアメリカ軍の基地に転用されている。NVGと呼ばれる暗視ゴーグルが届いたばかりで、シールズの男たちはそれを試し、慣れようとしていた。

いつもの保安検査を経て、車を停める。ラリーが車の後ろから出るのを手伝ってくれた。六人は駆け足で真っ暗な滑走路を横切り、荷物が置かれているキャンバス地のテントを目指した。ほかの軍人もいたが、シールズは全員と知り合いのようだった。あるいは、お互い知らなくても、こんな砂漠の空港で、戦争のさなか、真夜中に一緒にいることで、昔からの友人のような気になっているのかもしれない。

ラリーはハンマーの尖ったほうで木箱を開け、双眼鏡つきのヘルメットのようなものを一人一人に渡した。兵士の一人がそれを私にかぶせ、ストラップを調節した。ゴーグルは蝶番によって、顔の上で上下させることができる。彼はそれを上下に動かし、ヘルメットを調整して、「用意できたぞ」と言った。

オフィスから来た五人のシールズと私はテントをあとにし、また滑走路を横切って、二台の全地形対応車のところへ向かった。

「レディーファーストだ」アレックスという男性が言った。

私は全地形対応車のシートに座った。デューンバギーと同じくらいの大きさで、屋根はなく、四つの太いタイヤはどんなものでも乗り越えられそうに見えた。アレックスがイグニッション、ブレーキ、アクセルを示してみせた。それから、私の隣に座った。

「運転手の用意は?」ダニエルが訊いた。

アレックスと私は暗視ゴーグルをかけた。見ると、何もかもがパーティーの風船のような緑色をしていた。あたりはさっきいたテントのように明るく、白い光に満ちていた。滑走路に目をやると、ウサギが素早く駆けていくのが見えた。

「見えるか？」アレックスが言った。

「ええ、すごいわ」

「位置について……用意……」ダニエルが言った。彼がスタートという前に、私は発進し、出せる限りのスピードで滑走路を走った。ネオンのような緑の光の中、目の前には矢印を描いたアスファルトだけが広がっていた。私は全地形対応車を走らせながら、振り返ってアレックスが追ってくるのを見た。それから、まさにシートから腰が浮くほど立ち上がって、アクセルを踏み込み、どこともつかない場所へと疾走していった。

トレーラーに戻った頃には、夜中の三時を過ぎていただろう。私は服を脱ぎ、スウェットパンツとTシャツに着替えてベッドに入り、ようやく深く、純粋な、何も考えることのない眠りに落ちた。

翌日、私は情熱に火がつき、油断を怠らずにいる自分に気づいた。ちょっとした休暇を取ったような感じだ。午前中はずっとオフィスでデスクに向かい、ほかの情報局とケーブルをやり取りした。アフリカでの任務で追跡を始めたテロリスト、Hに関するケーブルだ。彼は最近、ヨーロッパのある国の市民権を手に入れていた。つまり、彼を祖国に送還するチャンスはなくなったということだ。ここ数日、私は別の場所に拘留されているFMという男性と話をしていた。FMのいとこは、Hと同じヨーロッパの市内に住んでいて、Hが〝魅力〟を振りまき、新たな信奉者を得ようとしているモスクで、定期的に祈りを捧げていた。FMのいとこによれば、HはXから多額の資金を得て、西洋人のアルカイダに対する考えを変える〝大きな〟毒物攻撃を企てているという。彼らは自分たちの名を上げようとしているようだった。国際舞台に上がり、人々が見守る中、殺人の金メダルを受け取りたいのだ。数日間にわたる話し合いと交渉の末、FMはいとこの住所と電話番号を明かした。私はただちにそれを毒物トリオとヨーロッパの秘密捜査員に伝えた。この情報に対する謝礼として、私はFMに新鮮なイチジクとザクロ、そして彼の母親の写真を渡した。写真を手に入れるのが一番難しかったが、つてをたどって入手できた。

正午頃、私はコンピューターの電源を切り、デスクに鍵をかけた。十二時半に、ある諜報員と会うことになっていた。その諜報員は、Hとの関連を探っている別の人物と接点があった。私はパワーバーの包みを破って食べながら、防弾ベストを着けた。私はジョニーを見つけにいった。面会の場所へ連れていってもらい、話し合いの間そばにいてもらうためだ。ベストを開いたまま、パワーバーを手に急いでオフィスを出た私は、波打つような大理石の階段を駆け下りて一階へ向かおうとした。

何があったのか、正確には説明できない。しかし、何かが起こった。私はつまずき、まっすぐに石段から石の踊り場へ転げ落ちて、仰向けになったまま意識を失った。

気がつくと、ネイビーシールズの人々と支局長のレドモンドに囲まれていた。生真面目で、角ばった顎の持ち主だ。

「動くな」レドモンドが言った。ほかの上司と同じように、彼も私が脊柱の手術を受けたことを知っていた。

「大丈夫です」痛みはなかった。ただ吐き気がした。それに、疲れを感じた。何より眠りたかった。

体を起こそうとしたが、そっと押し戻され、ストレッチャーに乗せられた。

生死がかかっているかのように、話し声と指示が飛んでいた。私は平気だった。何より、この騒ぎの中心にいるのが気まずかった。

「本当に、痛みはないんです――」

私の頭上できびきびと指示が出され、私はホテルのオフィスから、待っていた軍のヘリコプターに連れていかれた。レドモンドは念には念を入れた。私を近くの空軍基地へ運ばせようとしたのだ。そこには病院があり、医師がレントゲンを取って、私の脊柱と頭に異常がないかどうかを確かめられる。

リズミカルな音を立てるヘリコプターに揺られているとリラックスできた。私は目を閉じて眠りに落ちようとしたが、ネイビーシールズの大声で起こされた。「駄目だ！　目を開けろ！」

それから三回、同じことがあった。私はとうとう言った。「お願い、五分だけ。脳震盪じゃないのは請け合うわ」

「冗談言ってるのか？」彼は叫んだ。「今は戦争中で、ヘリコプターで空を飛んでるってのに、眠りたいって？　脳震盪じゃなければ、今まで見た中で一番のんきな人間だな」

「ええ、カリフォルニア出身なの」私は言った。「のんびりした人種なのよ」

彼はそうかもしれないというふうに、にやりとしてうなずいた。

空軍基地に着くと、仰向けになった私の顔に、まっすぐ太陽が照りつけた。寝ている場所から、グレーの砂利の上にキャンバス地のテントが街並みのようにずらりと並んでいるのが見えた。ストレッチャーに乗せられて急行した外傷テントは、思いつく限りの医療を施せそうな装備が揃っていた。外科手術、レントゲン、必要とあらば分娩も。

私は唯一の患者で、背が高くていかつそうな男性医師と、優しそうな顔の女性看護師の診察を受けた。二人はベージュとブラウンの迷彩柄の手術着をまとっていた。看護師の上着はVネックで、スタイリッシュだと言ってもよかった。この二人には、別の時代にいるような雰囲気があった。有能な医師と親切な看護師が登場する、一九五〇年代のテレビ番組から出てきたかのようだ。二人とも手際がよく、迅速だった。医師が質問する間、看護師が脈を測る。彼女の手は温かく、触られると、目を閉じてまた眠りたくなった。

「駄目駄目」彼女はそう言って、優しく腕をつかんだ。「起きてなきゃ」

医師が出ていき、看護師は私の腕に点滴の針を刺した。何のために、何を打ったのかも訊かなかったが、液体が入ってくると前より目が覚めた気がした。すぐに戻ってきてレントゲンとCTスキャンを取ると言い残し、彼女は出ていった。

私はテントに横になっていた。強烈な日差しのせいで、キャンバス地の壁は白熱しているように見え、開いたフラップの向こうからあらゆる音が聞こえた。トラックの音、人の話し声、作動中の機器の機械的なビープ音、動き回る音。そして突然、サイレンの音がすべてをかき消した。

私は頭の中で想像しようとした。何が起きたにせよ、私の耳が届かない距離でのことだ。即席爆発装置が作動したか、化学爆弾が有刺鉄線越しに投げ込まれ、武装した警備員のバリケードを越えて基地に落ちたか、基地の反対側で自爆テロリストが爆発したか。

看護師が急いで入ってきて、私をテントのフラップの端へ運んでいった。私の横を通って人を運び込めるくらいのスペースを空けて。

「お仲間がたくさん来るわ」彼女は言った。「基地のすぐ外で爆発が起きて、市場へ向かう女性グループが被害を受けたの」声は穏やかだったが早口で、手は飛び火のように点滴バッグをスタンドに装着していた。

「私は帰っても――」

「絶対に駄目よ！」彼女は言った。「あなたは治療を受けなきゃ。でも、その前に――」

男女の集団が口々に大声で話しながら、ストレッチャーに乗った六人の患者を私の横に並べた。どれも黒焦げで、多くは顔を失っていた。肌は燃えたばかりの紙のように光っていて、頬から足にかけて、赤い肉塊が露出していた。腕や脚があったとおぼしき場所には、ずたずたになった傷口があるだけだった。鮮やかな色彩が、大きな紙吹雪のように、体のあちこちに張りついていた。色鮮やかなヒジャブを着けていたのだろうか？　焼けた髪と血のにおいに、私は圧倒された。銅貨を口に含んだときのように、味がわかるようなにおいだった。

私の右側にいる女性は、うめき声をあげていた。ほかの女性たちは静かだった。私を診ていた看護師が、うめき声をあげる女性のところへ来て、点滴につないだ。それから彼女の手を握った。

怪我をした女性が、今は手袋越しにだが、看護師の手の温かさを感じ取れればいいと思った。患者に英語がわかるかどうかは疑問だったが、看護師は英語が通じているかのように話しかけた。心休まるような、優しい、安心できる声だった。看護師は女性の顔を見て、今はちゃんと治療を受けているから大丈夫よと言った。うめき声がゆっくりになった。ほかの人々は、黙って残りの患者の世話をしていたが、看護師と女性を見ていた私の視界には入らなかった。

「気の毒に」私はささやいた。基地の外に爆弾を置いた人間に、私は心から怒りを感じていた。それはアメリカ軍兵士、あるいはアメリカ人全員を狙ったものだったが、基地を出る人々は必ず装甲車に乗っていた。だから当然、爆破されるのは村人ということになる。それを仕掛けたテロリストの母親、おば、妻、姉妹という可能性だってあるのだ。

人々が静かに部屋を出ていき、看護師はストレッチャーの列を歩いて、静かにそれぞれの患者の様子を見た。誰も点滴を受けていなかった。

隣の女性は私のほうに顔を向けていた。その肌は黒光りし、明るいブルーの布地が皮膚に食い込んでいた。私を見つめる彼女の白目が光っていた。私は彼女を見つめ返し、手を伸ばした。彼女は動かなかった。動けなかったのかもしれない。私は手を引っ込めた。

「本当に気の毒に」私はまたささやいた。そんなふうにして彼女を見ていた。目を合わせ、あなたは一人じゃない、ただの肉体じゃないと伝えた。私は彼女を見て、その姿を心に刻むことができる。彼女の胸は呼吸のたびに上下し、まもなく私も彼女と合わせて呼吸していた。

看護師が戻ってきて、ふたたび彼女の手を取った。今度も優しく、静かに話しかける――愛する人に話しかけるように。それから、女性の手を脇に下ろし、私の点滴を確認した。

「彼女は大丈夫なの？　この人たちみんなは？」あまりにも静かだった。不気味なほどに。

「ほかの人は亡くなったわ。この人には、安らかに旅立てるようモルヒネを投与しているの」その考えに胸が痛んだように、彼女は一瞬両目を閉じた。

「そうなの？」私は訊いた。

「手の施しようがないの。せめて、少しは楽になるようにするしか」

　彼女は私の肩を軽く叩くと、女性に向き直ってもう一度その手を握り、テントをあとにした。今では亡くなったばかりの人たちと、生き残った一人、そして私だけになった。私は女性に目を戻した。私たちはまた見つめ合い、一緒に呼吸した。どれだけの時間が必要なのかわからなかったが、彼女が求めているのがこのこと――ほかの人に見守られて息を引き取ること――だとすれば、そうしようと思った。

　ほどなくして、女性のまぶたが震え、私たちはもう見つめ合うことができないのがわかった。

「気の毒に」私はまたささやき、向こう側を見た。テントのフラップの外では、私が最初に運ばれてきたときよりも、人々が慌ただしく動いているようだった。

　まもなく、またサイレンの音が聞こえたが、今度はパターンと長さがさっきと違うようだった。看護師とほか数人が、テントに駆け込んできた。口数は少なかったが、自分たちのしていることを心得ている様子で私をバックボードに移し、別のテントへ連れていった。人々が駆け足で通り過ぎる。患者を運んでいる人もいれば、ただ下を見て走っている人もいた。わずかな会話から、爆弾の恐れがあることがわかった。何かがまっすぐにこちらへ向かってくるらしい。

新しいテントには、地面に大きな正方形の穴が開いていた――一人以上が入れる墓穴のようだった。私はそこに下ろされた。医師が「ベスト！」と叫び、防弾ベストが一人から次へ、さらに医師へと渡されるのが見えた。医師は私の体にベストをかけ、それから私の上にうつぶせに覆いかぶさった。サイレンは鳴りつづけ、部屋のほかの人々は散り散りになった。別の墓穴に入ったのだろうか？　別のテント？　私にはわからなかった。わかるのは、自分が仰向けに寝ていて、上半身にベストを挟んで医師がのしかかっているということだ。彼は重かったが、息ができないほどではなかった。怖くはなかったが、死ぬことを考えた。ここで死ぬなら、誰の目も見ることはできないが、それでも一人ではない。見知らぬ他人でも、必要なときには家族や愛する人の代わりになるのだと思った。

おそらく三、四十分後だったろう、サイレンがやむと、日常が戻ってきた。私は新しく見る二人に画像診断テントへ連れていかれ、レントゲンとCTスキャンを撮られた。しばらくして、最初に診察した医師がテントに来て、結果を告げた。頭に異常はないが、新たに二カ所、椎間板の膨張が見られたという。

「ワンツーパンチを受けたようなものだな」医師は言った。「最初は転落、それから背中を支えずに、穴に移したこと」彼は首を振った。

私は基地に残って椎間板の治療を検討することもできたし、治療を断ってオフィスに戻ることもできた。いずれにしても、仰向けに寝たまま三日間何もせずに過ごさなくてはならない。

私は治療を断った。

ヘリコプターで戻る間、救急隊員は私に、仰向けに寝ているようにと言った。けれども私は、日没を見逃したくはなかった。私は体を起こし、広々とした空を見た。赤とオレンジの液体のように見える。それから、金色がかったベージュの、美しい単色の景色を見下ろした。生きてそのすべてが見られたことに、私は感謝した。

三日間の休暇は取らなかった。

この夜さえも休まなかった。

爆破された女性の顔が、私の心に焼きついていた。その姿は永遠に自分の一部になったように感じられた。私はもっと努力しようと決意した。女性をこんな目に遭わせようとするテロリストを捕まえなければ。男であろうと、女であろうと、世界のどこにいようとも。

12　出身校を馬鹿にしないで！

ヨーロッパ　二〇〇四年二月～四月

　毒物トリオに、新メンバーのジェリーが加わった。これで毒物カルテットになったというわけだ。ジェリーには何の欠点もなかった。頭がよく、意志が固そうだった。私より年上だが、三十歳にはなっていない。若者らしいくしゃくしゃなブロンドの髪をしていた。彼のことは特に好きでも嫌いでもなかったが、なかなか慣れることはできなかった――三本脚でうまくバランスを取っていれば、四本目の脚に慣れるのは難しい。けれども、四人目の目が、アフリカで増大するテロリストの下部組織を見張ることに異議はなかった。

　グレアム、サリー、ヴィクター、デイヴィッド、ベン、私との作業スペースでの最初のミーティングで、ジェリーはすぐに発言した。彼は私たちに自分の有能さを示すように、大声で、力強く話した。サリーが唇を突き出した。彼を遮りたいのを抑えているように見えた。グレアムは静かにうなずいていた。ヴィクターもそうしていたが、私のほうを見て言った。「どう思う、トレイシー？」

　アフリカと中東での活動のあとで、現在ヨーロッパで暮らしているアフリカ生まれのテロリストＨが何を企んでいるのか、今やはっきりとわかっていた。すべての情報源を総合すると、Ｈが主導するマルチプラットフォームの化学攻撃が差し迫っていることが示された。しかし、Hの新たな居住国の諜報員が彼を逮捕するには、化学情報が足りなかった。私のグループはこうした化学攻撃の先を見据え、知られている彼の関係者の動きに加え、Hの世界中での動きをチャート化していた。そして彼が、アフリカでのあのぞっとする、切断された頭部をもたらした組織的爆弾テロ計画にかかわっていたことを突き止めた。Hの逮捕理由は何でも構わなかった。ただ彼を通りから排除し、モスクから追い出し、信奉者に近づけないようにして、彼の計画を潰したかった。残念ながら、彼が新たに市民権を取った国の情報局は、爆弾事件とのつながりがあったとしても状況証拠に過ぎず、逮捕状は取れないと言った。

それでも、まだ望みはあった。Hは最近、別の西洋の国へ向かう航空券を買っていた。私はすぐに、その国のあらゆる連絡先にケーブルを送った。彼らが証拠を注意深く調べれば、この男を自由にさせてはおけないことがわかるだろう。しかし、彼らがHを拘留するとしても、ヨーロッパの居住国の許可を取らなければならない。彼は正式にその国の市民となっているからだ。

「誰かが行かなければなりません」私はヴィクターに言った。「Hを逮捕しなければどんな結果になるかわからせるまで、あらゆる証拠を提示し、私たちの意見を主張しなければ」

「結果って?」サリーが促した。私にわかりきったことを言わせようとしたのだ。

「攻撃があるということよ。アルカイダは彼に潤沢な資金を与えている。それに、毎週のように地元のコーヒーショップやモスクで新しい信者を勧誘している。彼には信じられないほどのカリスマ性があるようだわ」

ジェリーが話しはじめた。誰もが耳を傾けた。彼は間違ったことを言ったわけではない。だが、あまりにも言葉が多かった。私たちは全員、短く簡潔に話した。長々とおしゃべりをしている時間はないのだ。

○○○グレアムがジェリーを遮った。「わかったよ、ジェリー、トレイシー。仕事を進めてくれ」

それでミーティングは終わった。

ヨーロッパの情報局の多くには、女性が数多くいた。しかし、Hの新しい祖国となった国の情報局ほど女性が多いところはめったにない。この国の諜報員は常に協力的で、聡明で、英語の書き言葉は非の打ちどころがなかった。私をマリブ・バービーと呼んだ国とは違い、コミュニケーションや敬意に問題はなかった。私はただ、私の情報源が合法的なものであり、手がかりが確固たるものだと証明すればよかった。この点を助けるために、対テロ分析官のジジがジェリーと私と一緒に海外へ向かった。

最初にジジに目を引かれたのは、彼女が華やかだったからだ。自意識過剰な華やかさではなく、わざとらしい見せかけでもなかった。どちらかといえば生まれつき恵まれたものだと言ったほうがいい。豊かな巻き毛、色黒のしみ一つない肌、明るい色の瞳。コントラストの美だ。ジジはファッションも素晴らしかった。襟に毛皮をあしらったセーターを着て、口紅は血のような赤、靴は決して走れない代物だった。それらすべてが一体となったジジは、自信にあふれ、気取らず、うらやましいほどおおらかだった。その美貌とファッションに加え、彼女は驚くほど頭がよく、親切で、面白い人だとわかった。私たちはすぐに友達になった。

ヨーロッパへのフライトは楽だったが、現地の諜報員と会うには着陸した時間が遅すぎた。ジジとジェリーと私は、ホテルにチェックインしてからロビーで会い、夕暮れの街を散策することにした。私たちはみんな、好奇心とエネルギーにあふれていた。それに、全員がこの首都に来るのは初めてだった。

ホテルは取り立てて特徴はなかった。普通のアメリカ企業のホテルだ。私は荷物スタンドの上にスーツケールを置き、髪にブラシをかけ、歯を磨き、口紅を塗って部屋を出た。ジジの部屋はエレベーターの近くだった。私はボタンを押してそこに立ち、彼女の部屋に聞き耳を立てた。マドンナの「ライク・ア・ヴァージン」が壁越しに響いていた。ジジはパーティーを開いているのだろう。一瞬、ドアをノックしてパーティーに参加しようかと思ったが、ひどく気後れしてしまった。代わりにエレベーターに乗り、ロビーへ向かった。

本を持たずに旅行する人が、どんなふうに時間を過ごしているのかわからない。私はいつも本を持ってきたし、ロビーにまで持ち込んでいた。ジジとジェリーが来るまでの、ほんの数分を過ごすために。ジジがようやく現れたのは、数分よりだいぶ経ってからだった。フード付きのコートに半分隠れていても、ジジは目を見張るほど魅力的だった。彼女がロビーを横切り、コートを脱いで私の向かいに座るのを、人々が見ているのがわかった。

「マドンナ?」

「聞こえてた?」彼女はほほえんだ。「ダンスしてたの。わかるでしょう、フライトのあとで目を覚ましていたのよ」

私たちはHとマドンナの話をした。当時の私たちは若くて、一つの会話で二つの話題を行ったり来たりできるほど頭が柔らかかったのだ。一時間が過ぎても、ジェリーは降りてこなかった。それは奇妙なことだった。素人頭で分析したところでは、CIAの配属は最初の面接で誰もが訊かれる一つの質問に帰着していたからだ。お風呂とシャワーのどちらが好きか、というやつだ。私はシャワーを選んだ。お風呂に入っている暇があるだろうか? 私の考えでは、悪いやつらを追って猛スピードで世界を駆け回る諜報員はシャワー派だ。そして、一箇所にじっとしているのが好きなお風呂派は分析官だった。分析官は聡明で、本拠地で働き、私たちが集めてきたデータに光を当てる。ジェリーと私は諜報員で、ジジは分析官だ。私の計算では、ジジが最後に来るべきで、ジェリーは私と同じタイミングで降りてくるはずだった。

「たぶんポルノでも観てるのよ」ジジがジェリーのことを言った。

「彼がポルノの視聴料を部屋につけると本気で思ってる?」私なら、コメディ映画『ベイビー・トーク』を観て、その料金を局に払わせることすら考えられなかった。

「ここでは普通のテレビでただで観られるのよ。音楽チャンネルを探しているときに見つけたの」

「へえ。なるほどね。それにしても、同僚が待っているというのに部屋でポルノを観ているって考えられる?」私には考えられなかった。

「この手のことについては、男性はあまり恥ずかしがらないみたい」ジジはエレベーターのほうを見た。膨らんだグリーンのダウンコートを着たジェリーが、こちらへやってくる。

ジェリーは私の隣にどさりと座った。

「無料のポルノは楽しかった?」ジジが笑いながら訊いた。

ジェリーは笑い返さなかった。ただ立ち上がり、腕時計を見て言った。「街を見にいこう」

これが諜報員の問題だ。嘘を見抜く訓練を受けている。ジェリーはごまかそうともしなかった。

私はコートのファスナーを締め、帽子とミトンを着けた。私たちはホテルをあとにして、暗く寒い街に出た。これまで訪れたほかのヨーロッパの街と同じように、地元の人々はこの気温も気にしていないようだった。見かけた人の半分は帽子をかぶっていなかったし、乳母車を押している人もいれば、手をつないでそぞろ歩いている人もいた。三月の初めだったので、以前よりは寒さは緩んでいるのだろう。私に言わせれば、ワシントンDCでは経験したことのない寒さで、マイナス一度あたりを前後していた。

私たちはすぐに海沿いに出て、目の前には島のまばゆい明かりが見えた。〇〇〇〇〇〇〇〇〇
〇〇〇
〇〇〇

○○○○○○○○○○○ジェリーが一番前を歩いていた。彼が道を曲がったので、私たちは海から離れ、丸石を敷いた通りを歩いた。きれいな黄色やオレンジ、グリーンの煉瓦造りのテラスハウスがあり、その屋根がウエディングケーキのように上に重なっていた。ジジと私はマドンナと○○○○の話を続けていた。ジェリーはあまりしゃべらなかった。実際、ホテルの部屋でポルノを観ていたのだろうとジジに言われたときから、彼はほとんど口をきかなかった。

ジェリーが角を曲がり、足を止めて私たちが追いつくのを待った。私たちはまた海のそばに来ていた。ジェリーは私を見て訊いた。「ところで、南カリフォルニア大学はどれだけクソ大学なんだ？」

「何ですって？」私は二十五歳だった。大学を卒業してまだ四年で、今も出身校を自分のアイデンティティーにしていた。それに誇りを持っていた。

ジェリーがまた歩きはじめ、ジジと私は彼の両側を歩いた。彼は私のほうを向いた。「カリフォルニア出身者には会ったことがないのでね。特に南カリフォルニア大学出身者には」

「あら、ロナルド・レーガンはカリフォルニア出身よ」ジジが言った。「知ってるでしょう、大統領になった人」

「優秀な男じゃない。それに、俳優だ」

「彼はイリノイ州出身だったと思うけれど」それは事実だったが、私は柔らかい言い方を心がけた。「ニクソンはカリフォルニア出身よ」

「なるほど。君たちは凡庸な大統領を二人挙げたが、君の立場は変わらない」

「ジョーン・ディディオンはカリフォルニア出身よ」私は言った。

「それにジョン・スタインベックも」ジジは明らかに私の味方だった。

「ディディオンなんて知らないし、スタインベックはカリフォルニア人以外に知られている唯一のカリフォルニア人作家だ」

「何の問題があるの？」私は足を止め、ジェリーに向き直った。

「僕はただ、カリフォルニア州と、特に南カリフォルニア大学からは、偉大な人物が出ていないと指摘しているだけだ。クソな大学しかないクソな州だし、局が君を採用したことにショックを受けている」

「自分が何を言っているか、わかっていないようね！」私は怒っていた。「たぶん、カリフォルニアに行ったことがないんでしょう！　南カリフォルニア大学のキャンパスに一日でもいたら、何も理解できずに泣きわめいて、しっぽを巻いて逃げ出すでしょうね！」

「からかってるのか？」ジェリーは叫んだ。「あの州は頭の空っぽなサーファーと日光浴好きでいっぱいだ。あそこの出身者は局内に君だけだと請け合うよ――」

私は誰かに見られていないかとあたりを見回した。私たちは景色に溶け込まなくてはならなかった。見えない存在にならなければ！　ところがここには人目を引くジジがいて、今度はわめき散らすジェリーだ。しかし、地元の人々は関心がないようだった。誰も私たちを見ていなかった。

「クソ食らえ！」こんな言葉を口にしたことはほとんどない。実際にはこれが初めてだった。学校のいじめグループにさえ、クソ食らえと言ったことはなかった。必要だが邪魔な四本目の脚であるジェリーに、カリフォルニアや南カリフォルニア大学のことで何か言われても、気にするなんて馬鹿げたことだ。けれども、前にも言ったように、私はまだ二十五歳だった。

それで、頭に来た。

ジェリーが大声をあげた。私はさらに大声をあげた。ジェリーが顔を突き出した。私も顔を突き出し、お互いの唇が数センチしか離れていない状態になった。ジェリーは私を、学校を、州を侮辱した。私は彼の趣味を、知識不足を、偏狭で知性に欠ける考え方を侮辱した。

二人とも馬鹿だった。私の場合は、いつまでも自分を家族や学校、出身地で定義していた。それに、この上なく重要ではない結婚式のために故郷へ帰ったあと、私は誰にもいじめられないと心に決めていた。どこでも、どんな形でも。

ジェリーの場合は、すべてが自信のなさに関係していたのだと思う。強いジジに怖気づき、部屋で長時間ポルノを観ていたのを暴露されたことを、私たちが思っていたより恥じていたのだ。ジジはいじめられたことはないに違いないし、ジェリーも最初からそれをわかっていた。それで、私を狙ったのだ。彼は弱みを感じ取った。金属の爪先のブーツをこじ入れ、素早く蹴りを放てる隙間を。

ただ一つの問題は、ジェリーは私の過去を嗅ぎ取ったが、今の私がどんな人物かわかっていなかったことだ。

争いはエスカレートし、人々が足を止めて見るほどになった。私はすぐにやめたかった。ジェリーに思い知らせるよりも、仕事のほうが大事だ。だが、彼は情報局に入ったばかりで、優先順位がわかっていないようだった。私は口をつぐんだが、ジェリーはやめなかった。それでも、私の心臓はどきどきし、胸は競走したあとのように上下していた。

そのとき、ジジが二人の間に割って入り、お互いの肩に手を置いた。

「そこまでよ！」彼女が言い、ジェリーはようやく黙った。

私は彼を冷たい海に突き落としてやりたい気持ちになった。

「わかったよ」ジェリーはジジの手を振り払った。

「トレイシー、あなたが先へ行って。私が次を歩くから。ジェリー、あなたは最後よ。二人は話をしないこと」

「いいわ」私は二人を引き連れて歩いた。市内を歩き回り、わずかな自由時間でできるだけいろいろなものを見て回った。けれども、私は腹が立ちすぎてろくに見ていなかった。集中できなかった。夕食がまだだったので、私はまっすぐに混雑したレストランへ向かった。みんな楽しそうに見えた。互いの学歴を侮辱することもなく、他人のことに構わない人たちのように。

「僕はよそで食べる」ジェリーはそう言って、来た道を引き返していった。

彼が見えなくなると、頭の中からも消え去った。ジジと私はシーフードを食べながら、引き続きマドンナとHの話をして楽しく過ごした。

翌朝、ジェリーは私たちと顔を合わせようとしなかったので、彼と会ったのは情報局でのミーティングのときだった。ジェリーも私も、ゆうべのことはなかったようにふるまった。人々の注目を集めたことが気まずくて、私は後悔していた。彼は局に入って日が浅いかもしれないが、それがどれほど愚かなことか、わかっていていいはずだった。

南カリフォルニア大学やカリフォルニア州全体をジェリーに見下されたことなど、次の事実に比べればまったく取るに足りないことだった。○○地元の情報局は、Ｈを注意深く追っていて、常に居場所がわかっていると言った。しかし、彼らも含めて私たちが集めた証拠をすべて合わせても、やはり逮捕できそうになかった。

そこで、私たちは数日かけて、この外国の情報局とお互いの情報をつなぎ合わせ、自分たちが相手にしようとしている事柄や人物の、明確な全貌をつかもうとした。世界じゅうの情報源からの、さらなる情報を追加し、一緒に作業をするうちに、状況は次第にはっきりしてきた。

私たちが帰国する前、Ｈの乗る定期便が彼の居住国を離れる直前に、Ｈは浮遊する頭部をもたらした爆破事件にかかわったとして逮捕された。ジジ、ジェリー、私は、完全に勝ち誇った。マドンナの曲で踊るとびきりの美人、カリフォルニア嫌いのポルノ視聴者、南カリフォルニア大学のソロリティ女子が、アルカイダ史上最大の化学攻撃を未然に防いだのだ。

帰国する機上で、ジェリーは席を変え、私とジジの数列後ろに座った。彼女と私は、Ｈが退場した今、次の最大の脅威は何だろうと考えた。まだ新しいアフリカのテロリスト下部組織が残っていることでは意見が一致したが、こうした下部組織の誰が、次の大規模な化学攻撃を仕掛けようとしているかはわからなかった。間違いなく、ザルカウィはすでに、Hの後釜に据える人物を用意しているだろう。前にも言ったように、テロリスト狩りはヒトデの手を切るようなものだ。別の手——ひょっとしたら二本の手——が、そこからすぐに生えてくる。新たな手が計画を実行に移す前に、特定できることを願うしかない。

ヴィクターとグレアムは、次の件に関する情報について話し合っていた。○○○残念なことに、私は大きな事実を見逃していた。途方もなく大きな事実を。それを見逃した自分を、私は今も許せない。

ジジ、ジェリー、私は三月十日にワシントンDCに戻った。三月十一日、私は午前六時半に出勤し、フードコートのスターバックスでベンティサイズのブラックコーヒーを買った。コーヒーを手に、バッグを肩にかけ、部屋を横切りながら、早く来ていた人たちにあいさつをする。デスクにつき、コーヒーを飲みながらコンピューターが起動するのを待った。最初に目にしたのはヨーロッパからのケーブルだった。ワシントンＤＣ時間の午前一時、マドリード時間の午前七時半に、いくつかの通勤電車で複数の爆発が爆発した。マスコミはすでにバスク分離主義者の仕業だと報じていたが、犯人は私たちが今追っている個人である可能性のほうがはるかに高いとわかっていた。

　私は気分が悪くなった。動揺していた。何十人もの人々を死に追いやるものが、なぜ見えなかったのだろう？　それにまつわる噂や情報の断片があったはずだ。私は長いことデスクに座ったまま、何度もケーブルを読み返した。それから立ち上がり、デイヴィッドの作業スペースで開かれる朝のミーティングに向かった。ジェリーでさえも無言だった。

　メディアがバスク分離主義者を追う間、ＣＩＡはあらゆる手がかりをたどった。結果的に、三つの駅で、四台の電車に仕掛けられた十個の爆弾が爆発し、百九十人以上が死亡した。三月十四日には、バスク分離主義者説は消え、五人のアルカイダ工作員が逮捕された。彼らは○○○。数日後、さらに四人のアルカイダのテロリストが逮捕された。三月三十日までには、複数の逮捕と釈放を経て、十二人が起訴された。○○○翌朝、そのテロリスト組織にかかわっていた五人の男に逮捕令状が出された。続いて四月には、すでに逮捕されている人物の関係者七人が、マドリードのある家にいることをスペイン警察が突き止めた。警察がドアを破壊すると、テロリストは爆破装置を起動させ、警察官一名を巻き添えに死亡した。

三月十一日の爆破事件は、一九八八年にスコットランドのロッカビーで起こったパンアメリカン航空一〇三便爆破事件以来、ヨーロッパで起きた最悪のテロ攻撃となった。

このことは、九・一一や改竄されたアルカイダの毒物チャートよりも個人的なことに感じている。これは私のキャリアにおける大失態だった。

マドリードの爆破事件からしばらくして、私はアパートメントに放置していたＦＢＩの応募用紙を引っぱり出した。仕事のない日曜日、それに記入して郵送した。それからふたたび、私はそのことを忘れ、数週間の海外出張に出た。帰宅した私は、ＦＢＩの面接を受けた。

わずか数日後に電話があった。私はＦＢＩに採用され、五月一日にはバージニア州クワンティコへ行かなければならないということだった。

私はＣＩＡを愛していた。昔も今も、この組織と、そこで働く人々に限りない尊敬の念を抱いている。彼らの働きやその知識、彼らが日々人の命を救っていることを、確実に信じている。それでも、私は自分を救う必要もあった。落ち着き、安心し、こもることのできる家がほしかった。家族ともっと定期的に会い、スパイではない人とつき合いたかった。それ以上に、ヨーロッパや中東、アフリカでテロが起こるたびに感じる責任を手放したかった。

それは悲痛な決断だった。しかし、私はその決断を下した。

13　閲覧注意

バージニア州クワンティコ　二〇〇四年五月〜八月

それは新兵訓練所とロースクールに通いながら、人間行動学と心理学を学ぶようなものだった。それに、妥協のない世界でもあった。インかアウトか。勝つか負けるか。クワンティコでの四カ月半の訓練を乗り越えれば、ＦＢＩでの地位が待っている。

私たちは常に苗字で呼ばれた。私はトレイシーではなくなり、シャンドラーになった。女らしいというより男らしい響きだったが、それは好都合だった。訓練を受ける間、たくさんの……そう、通常は男性と関連づけられるガッツや、そのほかのものが必要だったからだ。しかしそれは、女性でもたやすく呼び起こすことができる。グループとして、私たちはＮＡＣ〇四―一三と呼ばれた。その意味は、二〇〇四年にＦＢＩアカデミーに入った新しい《N》エージェント《A》クラス《C》の十三番目ということだ。

私はラングレーでのアパートメント契約を打ち切った。母が来て、荷物の分類や荷造りを手伝い、取っておきたいわずかなものを倉庫に置いてくれた。家具は、新しい仕事のために最近ワシントンＤＣに引っ越してきたいとこに渡った。クワンティコ――バージニア州をまっすぐ一時間半――へ車で向かいながら、私は身軽な気持ちだった。希望にあふれ、前を見ていた。心も体も軽かった。ラジオの音量を上げ、窓を開けて、私はずっと歌を歌っていた。五月に入って最初の週で、木々は緑に覆われていた。途切れることのない緑が車窓を過ぎていく。髪が風に吹かれ、目に入った。ポニーテールにしてくれればよかった。けれど、そのときの私にはそれほど悩みはなかった。ＦＢＩに入れることでわくわくしていた。

駐車する前に、私は施設を一周して、今いる場所の地図を素早く頭に入れた。広々としたグラウンド、射撃場、兵舎があった。アメリカ海兵隊もクワンティコで訓練を受けるのだ。周囲は何エーカーにもわたる森や林、小川、池に囲まれていた。方向感覚に優れていなければ、すぐに迷ってしまうだろう。

私は指定された時間ぴったりに受付を済ませた。女性が施設の地図と部屋の鍵を渡した。私はクラスの全員と同じ、宿舎の二階に部屋を与えられた。高層階の建物だったが、訓練生はエレベーターの使用を禁じられていた。私は階段を使うのは構わなかったが、肉体的にきつい訓練があるのはわかっていたし、一日の終わりに八階や九階まで歩いて上りたくはなかった。そのときには、二階の部屋はテロと戦う新たなキャリアのスタートとしては幸先がいいと思っていた。最初の幸運だ。

ルームメイトのアメリアはすでに来ていた。彼女は窓側のベッドを占領していたが、私は構わなかった。それは典型的な寮の部屋に見えた。シングルベッドが二台、デスクが二つ、クローゼットが一つ、その間の狭いスペース。

部屋に入ると、アメリアがベッドから飛び降り、私の荷物を持った。彼女は大きな笑みを浮かべ、大きな白い歯と、まっすぐなブロンドの髪をしていた。南カリフォルニア大学のキャンパスにいそうな感じだった。典型的なデルタ・ガンマ女子のようだ。彼女には南部の訛りと南部の魅力があり、ずっと前からの知り合いのように話しかけてきた。というより、これから一生の知り合いになるかのように。二つ目の幸運。最高のルームメイトだ。

クラス全員が顔を合わせる前の自由時間で、アメリアと私はベッドに座り、早口のおしゃべりでこれまでの生活を紹介し合った。私がＣＩＡのことを話すと、彼女は最高に格好いいと思ったようだった。彼女は公園局で働いていたと言った。それからリサという女性のことを話し、自分の妻だと言った（当時、同性婚は合法ではなかった）。二人はつき合って七年で、アメリアはすでに頭がおかしくなりそうなほどリサを恋しがっていた。クラスのほかの人たちには、深く知り合うまで妻のことは内緒にするつもりだとアメリアは言った。ＣＩＡの同僚のことを考えれば、問題はないように私には思えた。でも、私に何がわかるだろう？

「まだ訓練が始まってもいないのはわかってる」アメリアは言った。「でも、もう卒業のことを考えているわ。あなたをリサに会わせるときのことを。きっとお互い好きになれるわよ」

「待ちきれないわ！」私は言った。そのとき、バスルームを挟んだ反対側の部屋を使っている二人が顔を出し、自己紹介したので、話は中断された。

ドナとモリーはどちらも公認会計士だった。ドナはコネチカット州、モリーはシアトルの出身だ。二人ともカリブでの休暇から帰ったばかりのように、真っ黒な日焼けを誇示していた。そのとき、ルームメイトは見た目で決められるのだろうかと思ったものだ。アメリアと私はブロンドで、ドナとモリーはよく日焼けし、鍛えられた、三十代の女性だった。

ドナとモリーは親しみやすかった。四十人のクラスで女性は六人しかいなかったので、あとの二人はこの階のどこかにいるのだろう。彼女たちとはすぐに会うだろうが、この三人が印象通りのいい人たちだったら、女性陣の結束は素晴らしいものになるだろう。私はこれを、三つ目の幸運だと思った。

アメリアはドナとモリーに対しても愛想よく、あれこれ話した。けれども、まだリサのことを話すほど信頼していないようだった。ドナとモリーが婚約や結婚をしていることを明かしたあとも、アメリアは恋人がいると言わなかった。ドナとモリーは私にＣＩＡのことを何も訊かなかった。アメリアほどには興味がなさそうだったが、私には好都合だった。長年、秘密の生活を送ってきたことで、私は自分のことを話すのが苦手だったし、直接あるいは具体的に質問をされない限り、めったに話さなかった。

講堂へ行く直前に、最後の二人が私たちの部屋に加わった。ベッツィーはブロンドで、七十年代のディスコ映画のようにパウダーブルーのアイシャドーをつけていた。どこかスケーターのトーニャ・ハーディングに似ていた。彼女は故郷での暮らしや残してきたボーイフレンド、宿舎のベッドのシーツの安っぽさについて声高に話した。その間ずっと、ベッツィーは私のほうを見ず、体を向けることさえしなかった。ベッツィーのルームメイトのジョージーは、物静かで用心深そうだった。たぶん、おしゃべりのベッツィーがルームメイトであることにうんざりしているのだろう。ジョージーはアジア系だったが、いつものように、私には特に変わったことには思えなかった。ほかの新入生に会うため六人で講堂へ向かうまでは。

集団として見ると、研修生はまもなく配属されるアメリカの都市の人々よりも、南カリフォルニア大学のフラタニティに所属する白人に似ているようだった。

アメリアと私は腰を下ろしてから、席に名札が置かれていることに気づいた。私たちは立ち上がり、講堂にアルファベット順に置かれた名札のところへ行った。頭上には蛍光灯と天井パネルがあった。私はこの上にカメラがあるのだろうかと思わずにはいられなかった。私はラルフという男性の隣に座った。彼は親しみやすく、親切だった。元ボクサーのような、殴られた形跡のある顔をしていた。反対隣はカンザス州から来たジェイだった。彼はすでに能力を試されているかのように、部屋の正面にいる講師をじっと見ていた。

ステレオタイプというのは往々にしてつまらないものだが、クワンティコの講師陣にはそういう印象があった。想像通りの人たちだ。中年の、がっしりした白人男性で、髪は短く、命令をわめき散らす。女性の講師もほとんどそのステレオタイプに当てはまった（彼女は六人の女性研修生のほうを決して見ようとしなかった）。

最初の命令を下したのはトロイだった。一人ずつ立って、名前とＦＢＩに入る前にしてきたこと――職歴など――を話せというのだ。一文で答える人もいれば、一段落で答える人もいた。数段落かける人も数人いた。法廷に立つアティカス・フィンチ（『アラバマ物語』に登場する弁護士）のように、自分の能力と善行への献身を示そうとして。無駄なおしゃべりを省いて一言に要約すると、こんな具合だった。弁護士、会計士、弁護士、会計士。警察官。弁護士、弁護士、弁護士。会計士、会計士、会計士。警察官。公園局（アメリア）。弁護士、会計士。元プロフットボール選手（！）。弁護士、会計士。警察官。弁護士、弁護士、弁護士。

ほんのわずかな例外を別にすれば、法と秩序の世界の人たちだった。あらゆるルールが守られ、すべてがうまくいくことを確実にしたい人々だ。私はこのことを、称賛と感謝を込めて記している。こうした人たちは、国の安全を守り、円滑に運営するのに必要だ。しかし、部屋の声を聞きながら、私はこう思わずにはいられなかった。アメリカ合衆国というさまざまな布でできたパッチワークを深く理解している、さまざまな経歴の人々を迎え入れることで、アメリカを動かすシステムはより強化され、問題が容易に見つかるようになるのではないかと。

Sはアルファベット順で最後から三番目だったので、私の番が来たのは、この訓練がほぼ終わりに近づいてからのことだった。

「トレイシー・シャンドラーです。CIAで対テロ諜報員を務めていました」

「どこに配置されていた？」トロイが訊いた。

「海外の交戦地帯です」私は少し間を置いてつけ加えた。「それ以上詳しくは言えません」

自分を見ている目を避けるように、私はデスクに目を落とした。一瞬の沈黙のあと、部屋の隅で男性がこうつぶやくのが聞こえた。「そうかい。俺はクリプトン星でスーパーマンをやってたよ」ちょっとした笑いが起こり、それから隣の弁護士が話しはじめたので、私はまた見えない存在になった。

自己紹介が終わると、バートが壇上に立った。彼は私たちを監督する特別捜査官で、訓練中の直属の上司となる。

バートはしわがれ声で、ニューヨーク訛りがあった。首にかかった金の鎖はとても太くて、誰かがそれを持ってひねれば、鎖が切れる前にバートは窒息死するだろう。宝石を飾った太い指を宙で振り回しながら、バートはこれからの四カ月間、どのようなことが行われるかを説明した。明らかに、彼のFBIでのキャリアは終わりにさしかかっていて、どんな不調も、げっぷも、さくれも、しゃっくりさえも望んでいなかった。

「君たちのほとんどは秩序を理解している。君たちは警察官や弁護士だった。我々が同じルールに従わなければ、混乱が起こることをわかっている」続いてバートは私を見た。「CIAはそうじゃない。勝手な行動はするなよ」

私はほほえんだ。逆境に直面したときのいつもの反応だった。

「ここでは何事も」バートは続けた。「正しく行うこと。陰に隠れて引っかき回すのはなしだ。CIAと違って、FBIではやるべきことをきちんとする」

私は頭の中で列挙した。CIAが阻止した化学攻撃や爆弾攻撃を。一般人が聞いたこともなければ、今後も耳にすることがない任務を。私には、そのことを知っているだけで十分だった。バートに向かって証明する必要は感じなかった。

次にバートは、徹底的な女性嫌悪をぶちまけた。彼はこう言った。〝この部屋にいるご婦人がた〟は、男性についていくのは大変だろうが、アカデミーを卒業するにはやらなければならないと。バートの話を聞けば聞くほど、女性はFBIにいないほうがいいと考えているように思えた。

バートは妻と子供がいると言っていたが、私はその人たちが気の毒になった。長年この男性に耐えて——おそらく従って——生きているのだろう。命令に従うのは悪くない。しかし、輝かしい知性のない相手からの命令に従うのは苦痛だった。私は笑みを絶やさず、バートは話を続けた。仕上げに彼は、九・一一はＣＩＡに責任があるという宣言で話を締めくくった。

当惑するようなバートの演説のあと、私たちはコンピューター、バックパック、制服を与えられた。日常の作業では、カーゴパンツとブルーのポロシャツ。肉体訓練では、ブルーのウェストゴムのショートパンツとグレーのＴシャツ。持ってくるように言われたのはスーツだけだった。卒業後に着るためのものだ。それと靴。ブーツとランニングシューズだ。私は最後に配置された交戦地帯で履いていたブーツを持ってきた。荷物に入れるとき、靴底を見ずにはいられなかった。はるか遠くの危険地帯から持ってきた金色の砂と錆色の土が、まだこびりついていた。

制服を受け取ると、ＦＢＩの野球帽、防弾ベスト、ホルスター、手錠、オレンジ色の模造銃を渡された。捜査官が携帯するものと同じサイズと重さがある。

「これから銃が体の一部になる」バートが言った。「歩くときも、小便するときも、クソのときも銃と一緒だ。それに慣れておけ。銃があることに気づかれずに、座ったり動いたりすることを学ぶんだ。それからご婦人がた——」バートはまっすぐに私を見た。「こいつが服に似合うかどうか、私は関知しない。ヘアスタイルに合うかどうかもな。銃を身につけろ！」

私は二列先のアメリアを見た。彼女は私に向かって目を見開き、私はあきれたように目をくるりとさせた。ＦＢＩに志願した人間が、オレンジの模造銃がＦＢＩ訓練生の制服に似合うかどうかを気にすると、バートは本気で思っているのだろうか？　それにヘアスタイルに？　だいたい、銃をどうやってヘアスタイルに合わせるのだろう？　しかも、誰が〝ヘアスタイル〟なんて言った？

アメリアと私は、すぐに切っても切れないほど仲よくなった。彼女はバートの完璧な物真似で、私を必ず笑わせた。一方、ドナとモリーは、バートやほかの二人の教官、テッドとマージが日常的にグループの女性を侮辱することも、まったく気にしていない様子だった。ジョージーは何も言わず、どう考えているのかわからなかった。そして、毎日きらきらしたブルーにまぶたを塗っているベッツィーも、露骨な女性嫌悪を気にしていない様子だった。それどころか、バートが明らかに私を嫌っているのをいいことに、たびたび見下したような目でＣＩＡのことを引き合いに出した。まるで私が過去について作り話をしているかのように。

「乗り越えなくちゃ」アメリアが五日目に言った。私たちは最初の体力測定（ＰＦＴ）の準備をしているところだった。

「ええ」私は言った。「気持ちを吐き出せる相手がいる限り、大丈夫よ」私はランニングシューズの紐を二重結びにした。

「まるで刑務所だわ」アメリアが言った。「刑期を終えれば自由になれる」

私は笑った。「うーん、実際には刑務所とは全然違うわ」私は中東とアフリカで、たくさんの刑務所と囚人を見てきた。物置小屋のバケツで用を足さなければならない上に、突然の殴打や断続的なレイプ、そして常に命を脅かされる（終わることのない、ストレスに満ちた熱病のような）経験をすれば、私が刑務所で見てきたことに少しは近づけるだろう。

アメリアは笑った。「でも、近いでしょう！」

「全然」私も笑い返し、ドアのところで彼女が靴紐を結ぶのを待った。「近くもないわ」

「わかった」アメリアは紐をぎゅっと引っ張った。「でも、本当にみじめな気分だし、あの人たち、本当に私たちに意地悪だと思うわ」

「私もそう思う」

ＰＦＴを受けるグラウンドに向かいながら、私はアメリアに、バートと初めて会ったときから頭に染み込んでいる考えを打ち明けた。最初は、学校で女の子たちにいじめられた話から始めた。一つにはその経験から、教師になりたいという考えが植えつけられたのだ。女性がお互いをどう扱うかを変え、他人からどう扱われるかを変え、そんなふうにして世界を変える手段として。情報局で、私は目標に向かって邁進し、自分が女性であるという事実へのささやかな抵抗を達成できた（外国の情報機関は私の存在に動揺したが、ＣＩＡの人々はそうではなかった）。このことで、私は自分らしさと自分の力を手に入れた。それまで感じたことのないものだった。今、ＦＢＩで、意地悪と抑圧のサイクルがまた始まっていた。今度は我慢する気はなかった。抵抗するつもりだった。そして、これを変える方法を見つけようと心に決めていた。

「前から計画していたように、学校で教えていたらどうなっていたと思う？」アメリアが訊いた。私たちはグラウンドまで来ていて、もうすぐおしゃべりをやめなくてはならなかった。

「そのことも考えたわ」私は言った。「女の子たちに教えたいの。彼女たちに自信をつけ、こういう場所が女性たちでいっぱいになるように――」

映画のシーンのように、マージがまさにその瞬間、私を指して言った。「シャンドラー！　ここはおしゃべりの場所じゃないのよ。口を閉じてこっちへ来なさい！」

アメリアが吹き出した。私は笑いをこらえ、走って持ち場へ向かった。

ＰＦＴの最初は腹筋だった。相手が足元にしゃがみ、靴の前側を両手で支えている状態で、一分間にできるだけ多く腹筋を行う。私には楽勝だったし、今も楽勝だ。腹筋のあとは三百メートル走だった。当時、私は毎日ランニングをしていたが、短距離走は得意ではなかった。運よく、ぎりぎりで短距離走テストは合格した。次は腕立て伏せだ。今、タイプする手を止めて床に手をついたら、一回もできないだろう。けれど当時は、意志の力と、おそらくバート、テッド、マージへの怒りのおかげで、十九回達成した。これは腕立てテストの合格ぎりぎりの回数だった。次は一・五マイル走だ。これには不安はなく、いつものように走ったが、ほんの少しペースを上げた。アメリアは長距離走以外はすべて合格だった。彼女はテストに合格するまでクワンティコに閉じ込められ、週末も敷地を出ることはできなくなった。そして、もう一度不合格だった場合には、退学になる。

「不合格にはさせないわ」シャワーに向かいながら、私は彼女に言った。「講義が始まる前に、毎朝一緒に走りましょう」これは彼女が考えている以上に犠牲的な行為だった。私にはそのランニングの時間が必要だったからだ。周囲には何の声もなく、ただ地面にタッ、タッ、タッという足音が聞こえるだけの時間は、心の平安のために必要だった。ＣＩＡでは、どんなストレスや悩みや不安も、長距離のランニングで一時的に鎮めることができた。外側にある心臓のようなリズムが、私の心と体のすべてを落ち着かせてくれるのだ。

アメリアはすぐに早朝のランニングに賛成した。

「でも、いい？」私は釘を刺した。そうしなければ申し出たことに腹を立てただろうから。「走っているときは話したくないの。ただ走るだけよ」

「全面的に賛成」アメリアは言い、その通りにした。

翌朝五時半、湿った冷たい空気の中、アメリアと私はクワンティコの森へと出発した。今は心臓の音が二倍になり、彼女の靴が地面を叩く音が、ほんの数歩後ろから聞こえてきた。私は彼女を信頼していたし、一緒にいても気楽だったので、すぐに頭を空っぽにして安らかな気分になれた。

それから二週間、私たちは毎日走った。アメリアは徐々にタイムを伸ばし、ＰＦＴにはたやすく合格できるだろうと二人とも確信した。

けれども、ふたたび体力測定が行われる前に、アメリアは辞めた。

「もう耐えられない」アメリアは裏返したシャツを畳み、鞄に突っ込んだ。

「わかるわ。でも、あなたが残ってくれたら、私たちでこの状況を変えられる」

ここ数日間、バート、テッド、マージはアメリアと私に鋭く目を光らせていた。アカデミーにいる全員は、何においても優秀でなければならなかった。怠けることは許されない。アメリアと私はさらに優秀なところを見せなければならなかった。ずっとうまくやらなければ、私たちは呼び出され、指さされ、からかわれ、恥をかかされた。法律のクラスでは、マージは出題するたびに、手を上げようと上げまいと関係なく、私に答えさせた。私は法律書を読むのが好きだったし、テストでは最上位の成績だった。そのことがマージの気に障ったらしく、彼女は私に矢継ぎ早に質問したり、まだ習っていない章から問題を出したりした（そしてもちろん、私は先まで読んでいた）。私の答えが正しいと、マージはうろたえているようだった。一度、答えを間違ったとき、マージはデスクを叩いて言った。「ほら見なさい、シャンドラー！　あなたは自分で思っているほど頭がよくないのよ！」

こうしたささいな嫌がらせにはとどまらなかった。監督の特別捜査官が私たちに向ける感情的な攻撃は、彼らの考えをはっきりと示していた。私たちは嫌われ、不要だと思われていた。そして、群集心理か、あるいは監督者に気に入られることで生き延びようとする努力なのか、やがて、ほかの女性四人のうち三人（ジョージーは相変わらず何の感情も表さなかった）を含め、ほぼ全員が私とアメリアを嫌うようになった。この悪意を持った集団に加わらなかったのは、ダレンとジェイクの二人だった。彼らはたまたま、クラスで二人だけのアフリカ系アメリカ人だった。ほかの人たちは、彼らにも敵意を向けていたのだろうか？　それには気づかなかったが、自分の悪夢にとらわれるあまり、見えていなかった可能性は高い。とにかく、私たちには集団に加わることなく、常に友情の手を差し伸べてくれる味方が二人いた。

私たちを嫌っていると思われる人々の巨大な波に耐えなければならないだけでなく、アメリアは銃の訓練も苦手なようだった。その朝、彼女はバートに紙人形の頭を撃つだけのやる気もないと嘲笑されていた。

スーツケースに荷物を詰め、ファスナーを閉じると、アメリアは腰のホルスターから模造銃を外し、デスクの上に置いた。

「こんな銃文化の一部にはなりたくない」彼女は言った。

アメリアに辞めてほしくなかったが、彼女にとってはそれが一番いいだろうと思った。組み立て、分解、掃除、操作、発砲といった銃にまつわることは、訓練の大部分を占めていた。私は銃規制には大賛成だが、法の執行者は銃を持つべきだと思う。信頼して銃を持たせられる人がいるとすれば、何カ月もかけて、毎日この武器の使い方を学んできたＦＢＩ捜査官だろう。

アメリアが去ると、すべての怒りがレーザーのように私に向けられたようだった。私は抵抗しようとはしなかった。好かれようともしなかった。ただ頭の中に閉じこもり、必要なときには完全にチームプレーに徹することも含めて、最高レベルの成果をあげ、終盤を見据えていた。つまり、卒業し、配属され、テロリストの追跡を続けることだ。そして、同じくらい重要なのは、もっと強く、賢いＦＢＩの女性像を作ることだった。アメリアに言ったように、ここは刑務所とはまったく違う。中学校のようなものだ。だが今回、教師はいじめを止めるどころか、自分から始めていた。そして私は、犠牲者に甘んじるつもりはなかった。

クワンティコのＦＢＩ訓練場は、インかアウトか、合格か不合格かしかないと断言していた。しかし実際には、人と場合によって一種の許しが与えられることもあった。アカデミーで合格できなかった場合、ある程度のやり直しが認められ、後のクラスに入れることがあった。そういうわけで、アメリアが出ていったあとに新しいルームメイトが入ってきた。ブランディはブルドーザーのような優雅さで入ってきた。夫がＦＢＩにいるため、彼女はすでに組織の考え方を叩き込まれていた。ブランディは小柄で、話すときに腕を振り回すしぐさは、ティラノサウルス・レックスの体に不釣り合いなほど小さな、握った手を思い出させた。彼女は早口で、ひっきりなしにあらゆることを話した。正しいベッドメイクのやり方から、正しい銃の装填の仕方（彼女は火器のテストに合格できなかったのに）、正しいバートとのつき合い方まで。彼女はバートを敬愛し、彼が私をいじめているのを目にしていた（〝シャンドラー、すでに火器の扱いを学んでいるからといって、ここにいる誰よりも優れているわけじゃないぞ！　女子と比べてもうまくない！　実際には劣っている――自信を持ってもらっちゃ困るぞ！〟）。ブランディは私の言うことにも、知識にも、力になれる可能性にも興味がなかった。自分を権威だと思っていた。すべてにおいて正しい側で、決定権を持っていると。そして手を振り、引きつった作り笑いを浮かべながら、こうした権威をシマリスのような声でまくし立てた。映画『ハイスクール白書　優等生ギャルに気をつけろ！』を観たか、その原作を読んでいたら、主役のトレイシー・フリックを思い出してほしい。私が相手にしているのは彼女だった。ただし、ブランディは武装していた。それに危険だった。

法律のクラスを除けば、アカデミーの講義のほとんどは、教室での講義とシナリオを演じることの両方で成り立っていた。心理学、心理操作、ボディランゲージの解読といったさまざまなクラスのあと、私たちは一人ずつ部屋に送られ、容疑者を演じる教官に尋問することになった。この訓練は、ほかの同様の訓練と同じように、職場用の服を着ることになっていた。私はクワンティコに持ってきたスーツを着た。よくラングレーのオフィスに着ていったものだ。パンツとジャケットは黒で、ほとんど見えないほど細い赤のストライプが入っている。ジャケットの下には赤のリブシャツとホルスター、オレンジ色の模造銃、手錠を身につけていた。足元は同じく黒の爪先が覗くパンプスで、四年以上にわたって仕事に履いていったものだった。前の晩は夜遅くまで起きて、事件の資料を熟読していた。私は厳密に、厳しくやろうと思った。質問によって、容疑者を知らない間に追い詰めるつもりだった。ロープがすぐそばまで迫っているのに気づかれる前に、投げ輪を徐々に絞っていくように。

私はノートを手につかつかと部屋に入り、バートの向かいに座った。彼はホワイトカラーの犯罪者の役だった。私は穏やかに、ある程度の親しみやすさをこめて話し、彼を安心させて心を開かせようとした。実際よりも多くのことを知っているふりをすることで、恐怖を植えつけると同時に、彼を窮地から救える人物として逃げ道を与えた。私は教えられた通りに尋問を行い、部屋を出たときには、うまくできたという安心感があった。どんなに私のことが嫌いでも、バート――そして、マジックミラーで尋問を見ていたすべての人――が、私のやり方に欠点を見つけることはできないだろう。

尋問の出来に気をよくした私は、その日は立ち入ったことを言われてもほとんど気にしなかった。たとえばベッツィーがシャワー中に近づいてきて（ブルーのアイシャドーはまったく落ちていなかった。ウォータープルーフに違いない)、こう言ったときも。「ねえ、いつまでＣＩＡにいたっていうお芝居を続けてるわけ？　そうじゃないことはみんな知ってるわよ」それはあまりにも奇妙で未熟な発言だったので、私は侮辱よりも戸惑いを感じた。私は背中を向けて、髪を洗い続けた。

その夜、私は一人でディナーをとった。アメリアがいなくなってから毎晩そうだった。私はいつも、この時間を利用して今日学んだことをおさらいしていた。教官のマージが、私のテーブルに近づいてきた。彼女は消火栓のように動かず、どっしりとしていた。

「シャンドラー」彼女は言った。

私は何でしょうというふうに顔を上げた。

「私のオフィスに来てちょうだい。できるだけ早く《アサップ》」彼女の「アサップ」の言い方は寓話を書いたイソップに聞こえた。

「今すぐ行ったほうがいいですか？」私はほとんど手つかずの皿を見下ろした。

「アサップの意味を何だと思ってるの、シャンドラー？」

「わかりました」私は皿を返却台に持っていき、マージのオフィスへ向かった。私はそこで、少なくとも十五分は待たされた。

ようやく顔を出したマージは、待たせたことに何もいわなかった。彼女はドアを開け、中に入り、デスクの前に座った。私は彼女と向かい合った椅子に座った。

「あなたの尋問に問題があったわ」

「本当ですか？」自分の出来栄えに自信があった私にとって、この言葉はＣＩＡにいたふりはやめろというベッツィーの言葉と同じくらい戸惑うものだった。

「バートはあなたのスーツは気が散ると言っているの」

「気が散る？」それは破れてもいなければ、汚くもないし、しわもなかった。確かに数年前ものだが、今も流行や体形に合っているという点では問題なかった。

「タイトすぎたの。それで彼は気が散った」

「私のスーツがタイトすぎた？」まだよくわからなかった。マージは私のスーツは小さすぎて、ＦＢＩで着る服は完全に体に合っていなければならないと言いたいのだろうか？　私の体重は、大学四年生の時からほとんど変わっていない。「でも、あのスーツは私にぴったりのサイズですが」

「シャンドラー！」マージは顔をしわくちゃにした。とても年を取って見える。「あなたのスーツは気が散るの。必要以上に体を見せつけている。もっと大きな服を着る必要があるわ。それから、バートに謝罪文を書きなさい」

私は骨まで吹雪に襲われたような気分だった。ぞっとした。「スーツが体に合っているかどうかで、バートに謝れとおっしゃるんですか？」私の声は冷静だった。彼女が言っていることを、正しく理解しているかどうか確認したかったのだ。

「スミス特別捜査官でしょう」

「失礼しました。確認させてください。あなたは私に、スーツが体に合っているかどうかでスミス特別捜査官に謝れとおっしゃるのですね。それで間違いありませんか？」

マージはあきれたように目を丸くし、かぶりを振った。「どう言えばいいの、シャンドラー？　みんなから思われているような、馬鹿なブロンドにならないでちょうだい！　あなたのスーツは気が散るの！　バートに謝るか、プログラムを中断するかよ！　チームプレーヤーになりたければ、捜査官として成功したければ、同僚を気まずくさせないやり方をイソップで学ばなければならないわ。わかった？」

「わかりました」私はほほえんだが、その裏で、目には銃弾の雨が降っていた。

その夜、私はノートパソコンを開き、バートへのメールを書いた。

最初の下書きはこうだ。

くそったれ様

ＣＩＡ時代に四年間着用しながら、世界じゅうから来た人たちの気持ちを少しも乱すことのなかった私のスーツが、あなたを興奮させてしまったことを謝罪いたします。

二つ目の下書きはこうだ。

ド変態様

着古した黒のスーツにもかかわらず、あなたの変態的な衝動に火をつけてしまったことを謝罪いたします。

三つ目の下書きはこうだ。

大人の体を持った、ちっぽけで、怖がりで、びくびくした小僧様
あのスーツを着た私の力により、あなたを無力で役立たずになったような気持ちにさせてしまって申し訳ありません。隙あらば服従させ、見下さなければならないほど、あなたが女性を恐れていることを気の毒に思います。

実際に送ったメールはこうだ。

スミス特別捜査官様
スーツの件で不快な思いをさせてしまい、申し訳ありませんでした。夕食後にウォルマートへ行き、大きなサイズの新しいスーツを買ってまいりました。

敬具
トレイシー・シャンドラー

近接格闘術はいつも面白かった。特に好きでもない人たちと一緒に集められ、相手が息切れし、

血を流すまで殴れと言われることが、いったい何度あるだろう？　通常はグローブと詰め物をしたヘッドギアを着ける。私がアカデミーで感じていることを反映したようなエクササイズは、ブル・イン・ザ・リングというものだった。各自が計量され、体重別に四つのグループに分けられる。女性は全員、男性よりも体重が軽かったので、私のグループは必ず女性六人と体重の軽い男性四人という構成だった。グループのメンバーは一人ずつ輪の真ん中に立ち、グループのほかのメンバー一人一人と六十秒間戦う。言い換えれば九分間、九人の人間と立て続けに命がけの戦いをするというものだ。私は技術がない分を、意志の力で補った。私たちはさまざまなエクササイズで映像を撮られたが、自分の近接格闘術の映像を見ていると、行く手にどれほど多くの金床やダイナマイトを放り込まれても持ちこたえつづける、野生のカンガルーかミチバシリを連想してしまう。私はパンチングマシーンで、手足も、歯も、鼻も無事だった。ほかの人たちはそうではなかったが。

私は自分に批判的なあまり、得意になったことはないが、毎日の射撃練習の映像を見るたび、自分のグロックの九ミリ拳銃の腕に驚かされた。射撃訓練の間、ひっきりなしにけなされていたので、自分の腕がなかなかのものだと気づかなかったのだ。私たちは特定の射撃パターンを割り当てられた。右手で三発、左手で三発、右手で一発、左手で一発、といった調子だ。イヤープロテクターとゴーグルをつけることで、外の世界を遮断し、頭の中だけの世界に閉じこもる。一心に標的だけに集中することで、学校でダンスの振り付けに合わせたように、射撃のリズムに合わせることができた。

私たちはショットガンの訓練も受けた。これも同じくらい楽しくて、点数はさらに高かった。グロックの九ミリ拳銃よりも、散弾銃のほうがずっと簡単に的に当たるからだ。グロックを使わないのは、元フットボール選手だけだった。彼はフライパンのようなてのひらとバゲットのような指によりふさわしい銃を与えられていた。

ホーガンズ・アレイは、三十年前にハリウッドのセットデザイナーの手を借りてクワンティコに作られた偽の町だ。その名前は、一八九〇年代の同名の続き漫画から来ている。ニューヨーク市の貧しい地区出身のいたずらっ子たちを描いた漫画だ。FBIが作り上げた町は、ニューヨーク市というよりはメリーランド州の郊外のようだった。ホーガンズ・アレイは主にアパートメントと、ガレージと歩道のある住宅団地でできていた。趣のあるダウンタウンには銀行、ドーナツショップ、ドラッグストア、食堂、ボウリング場などがある。ホーガンズ・アレイにはトレーラーパークもあった。そしてもちろんモーテルも。犯罪といえば、高速道路脇にあるモーテルを思い浮かべずにはいられないだろう。手袋をしなければ触れないような、血にまみれたカーペットやベッドカバーを。部外者が真夜中にホーガンズ・アレイに足を踏み入れたら、すっかり混乱することだろう。何もかもそろった小さな町は、ほとんど家具は備わっているものの、ホーガン銀行にお金はなく、ドーナツショップにドーナツはなく、水道は通っていないし、住んでいる人は誰もいないのだから。

犯罪者を演じるために雇われた外部の俳優を相手に、私たちは強制捜査を行ったり、ホーガンズ・アレイで人質解放の交渉をしたりした。それぞれのシナリオは、実際にＦＢＩが手がけた事件から取っている。私たちはプラスチックのフェイスマスクと防弾ベストを着け、見た目も感触も本物らしいが、ペイントボールしか発射されない銃で武装した（しかし、当たれば痛いし、危険でもある）。銀行――またはボウリング場、モーテル、その他もろもろ――の外に並ぶと、教官が私たちのすべきことを正確に教える。段階を踏んで、一人ずつ、一発ずつ。目標は常に同じだ。撃たれたり、武器を取り上げられたりせず、容疑者を逮捕すること。

ブランディは不安で胸がどきどきすると言った。銃を抜いてホーガンズ・アレイへ行くたびに、本物の強制捜査のような気持ちになると。私は実際の経験と比べたら、漠然とした物真似にすぎないと思った。十五歳の子供が、親を助手席に乗せて運転するようなものだ。親はひっきりなしに言う。〝縁石から離れろ！　ウィンカーを出せ！　そのウィンカーじゃない、別のウィンカーだ！　スピードを落とせ！　スピードを上げろ！　右車線、右車線だ！　左車線から右折はできないだろう！〟初めて親を乗せずにドライブしたときも、やはり同じ言葉が聞こえてくるだろう。とっさに動けるようになるには数カ月かかる。ＦＢＩの強制捜査にも同じことが言える。

鑑識のクラスには、ランチ前の二時間が当てられた。これは誰の冗談だろうとよく思ったものだ。鑑識クラスの画像を見れば、ほとんどの人は気分が悪くなる。しかし、飼い葉桶の中の切断された頭部をアフリカで見たあとでは、こうした画像に食欲をそがれることはなかった。毎日、鑑識クラスからカフェテリアへ向かう間、ほかの人のざわめきの中にブランディのけたたましい声が響いた。彼女はどれほど胃がむかむかするかをこぼした。食べ物を取る列の十人後ろにいても、彼女が鑑識クラスのあとでは何も食べられないと言うのが聞こえた。顔を出して見てみると、案の定、彼女のトレイには私と同じくらいうずたかく食べ物が積まれていた。

鑑識クラスの教師、コッター特別捜査官は、くしゃくしゃの巻き毛と口ひげを生やしていた。法執行官というより知識人を思わせ、ほかの教官のやり方や態度から離れてほっとできた。コッターはユナイテッド航空九三便の鑑識を一部担当していた――九月十一日に、英雄的な乗客がペンシルヴァニアの野原に墜落させた機だ。彼が見つけたものや、残骸からつなぎ合わせた情報は、私を魅了した。残骸の外見だけでも、有益な情報を伝えていた。魚のひれのような形をした、切断された巨大な尾部が、黒焦げになった機体の後ろに転がっている。途方もなく大きな動物が飛行機を食べ、しっぽを吐き出したかのようだ。飛行機の画像は身の毛もよだつものだったが、私は強いてそれを見た。そして特に、飛行機をテロリストが計画していた議事堂ではなく、野原に墜落させることを選んだ勇敢な乗客に感謝した。

コッターは、話しながらスライドをプロジェクターで映すのが好きだった。解剖の写真はよく出てきた。理科室のカエルの解剖のような几帳面さで遺体が解剖されていた。また、解剖前の遺体写真もあった。射殺、刺殺、撲殺、毒殺、焼死、溺死、轢死。それに数多くの絞殺死体があった。その舌骨は折れていた。舌骨というのは、人体の中でほかの骨とくっついていない唯一の骨だ。それは筋肉に張りつき、ある意味喉に浮かんでいる。大きな手の持ち主なら、両手でそれを包んで破壊するのは簡単だ。絞殺されたあとの首には、あざと赤い痕跡が残り、人間の体をもろく、軽く見せる。こうした画像を見るとき、私は自分の心臓の鼓動、走ることのできる脚、空気を吸える肺に感謝した。

ロレーナとジョン・ウェイン・ボビットの事件についてディスカッションした日、男性は椅子の上で身をよじり、居心地悪そうにおどけてみせた。ロレーナは夫の就寝中にペニスを切り落とした。彼女は車に乗り、切断された男根とともに走り去り、やがてフリスビーを投げるように窓から野原へ捨てた。警察とＦＢＩが捜索を行い、切り離された……そう、局部を見つけた。それはのちに再接合され、さらに勃起するようになると、ジョン・ウェイン・ボビットはポルノ俳優としてデビューした。コッターはそれまで写真を検閲したことはなかった（私たちはレイプされ手足を切断された女性や、とうてい恐ろしくて書くことのできない目に遭わされた子供たちの写真を見ていた）が、ボビットの日は、今なら〝閲覧注意〟とでもいうような警告があった。

「ジョン・ウェイン・ボビットの切断されたペニスが見たい者は」コッターは言った。「講義のあとで残れば見せてあげよう」

講義が終わると、全員がぞろぞろ出ていこうとした。

「本気？」私は元プロフットボール選手に言った。「これまで何を見ても平気だったのに、ジョン・ウェイン・ボビットのペニスは駄目なの？」

「当たり前だろ！」彼は笑って、ほかの訓練生と一緒に出ていった。

写真では、切断された付け根がぎざぎざになっていることが興味深かった。すぱっと切られたのではない。ロレーナはしばらく、のこぎりのように切っていたのだ。

「この間、どうして寝ていられたんでしょう？」私はコッターに訊いた。教室には私たち二人だけだった。ほかは全員食堂へ移動していた。

「ドラッグか、アルコールか」彼は首を傾け、一緒に写真を見下ろした。それから、私を見て言った。「これを見ても動揺しないのかね？」

「はい」私は言った。「これはある特定の人物、つまり妻から被害を受けた、ある特定の人物の体の一部です。国家をおびやかすものではありません。恐れることは何もありません」

「君は豪胆だな、シャンドラー」コッターはほほえんで言った。めったにない、ちょっとした褒め言葉だったが、私はとても嬉しかった。

規律に関する二度目の呼び出しは、最初よりもさらに当惑するものだった。スーツのことでないのはわかっていた。バートを気まずくさせて以来、私はぶかぶかのピエロ服のようなスーツを着ていたからだ（トーキング・ヘッズのデヴィッド・バーンのように見えただろう）。今回私を呼び出したのはテッドだった。私は彼をバート二世だと思っていた。ニューヨーク訛りと金鎖がないことを除けば、バートそっくりだったからだ。

「シャンドラー、座りなさい」テッドが言った。

私は座り、彼を見て待った。

「なぜここに呼ばれたか、わかっていないだろうね？」

「もちろんです」

「クラスのほかのメンバーと、うまくいっていないのはわかるか？」

「はい」私が見る限り、彼らはただ、三人の教官を真似ているだけだった。世界史の縮図として見れば、人類が迎合せずにいられるというのは、私には驚くべきことに思える。

「正確には、何が問題かわかっているか？」

「わかっているとは言えません」初日に、九月十一日にＣＩＡに所属していたという理由で、裏切り者と名指しされたことを指摘しても仕方がない。それに私はたびたび、自分がクワンティコの誰よりも高い機密情報を扱う資格を持っていたことで、教官に嫌われているのだろうかと思うことがあった。

「それは君が、常にＣＩＡのことをぺらぺらしゃべるからだ」テッドは言った。

私はＣＩＡの話をしたことがない。話すことがないからだ。私の行動はすべて秘密のものだった。なのにバートはたびたびそれを持ち出し、講義のたびに差し挟んだ（〝我々は衝動的に行動したりはしないぞ、シャンドラー、ＣＩＡと違ってな！〟）。

「わかりました」私は言った。

「最大の問題は、誰も君の言うことを信じていないということだ。なぜ君が海外でスパイ活動をしていたというとんでもない作り話をしているのか、理解できないんだ。君はほら吹きだと誰もが思っている」

またしても私は何も言えなかった。戸惑っていた。ＦＢＩは私の経歴をチェックしているはずだ。ＣＩＡの上司と面接しているし、ラングレーの私のオフィスに訪ねてきたこともある！

私は無言だった。

「ＣＩＡで本当は何をしていたのか、詳しく聞かせてくれないか？」テッドは表情を変えなかった。本気で言っているのだ。彼は真剣なのだと思うしかなかった。

「失礼ですが」私は間を置いた。「私のファイルにすべて書かれているのではないでしょうか？」

「そうだな」テッドはうなずいた。「それを見て、グループに明確な説明ができるかどうか考えてみよう」

「わかりました」私は言った。「それから、バートに頼んだほうがいいと思うのですが――」

「スミス特別捜査官だ」

「失礼しました。スミス特別捜査官に、講義中に私がＣＩＡにいたことを引き合いに出すのをやめるよう、頼んだほうがいいと思います。私はその話をする気はまったくありませんから」

「シャンドラー、まずは君が本当は何者かをはっきりさせたらどうだろう？」テッドはうなずいた。「でっち上げの身分は終わりにしよう」

「わかりました」私はほほえんだ。悲痛な笑みに、唇の端が痛くなった。「ありがとうございます」

「わかってくれたか？　このことは口外しないな？」テッドは握手しようと手を伸ばした。

「この話し合いのことですか？」私はまた混乱した。

「君のスパイとかいうキャリアだよ」テッドは言った。彼は手を伸ばしたまま、笑みを浮かべていた。それからウィンクした。「本当はどうなんだ？　話してみなさい。秘書か何かをやっていたんじゃないか？」

私は手を伸ばし、テッドと握手して言った。「ええ、そんなところです。ファイルに書かれているはずです」

「よろしい」テッドは言った。「もう行っていいぞ」

私は急いで部屋を出た。このやり取りに、少し息を切らしていた。あまりにも馬鹿馬鹿しすぎて、このことを誰かに話すという考えすら浮かばなかった。だから言わなかった。頭の中にしまったまま、何度もそのことを考え、真実を自由に話していいことになったら、どんなことを言っていただろうと考えた。それに将来、私のような女性が真実を語る力を、不正に直面して声をあげる力を見出すために、どんなことができるだろうと考えるのをやめられなかった。

それから三日ほどして、一人でランチを食べている私のテーブルに、テッドが近づいてきた。私は気が重くなった。今度は何？　この髪の色は生まれつきだと誓わなきゃならないの？

「シャンドラー」テッドが吠えるように言った。

「はい？」私はフォークを置いて待った。

「君のファイルを見た。それから、捜査官をラングレーへやって、真相を確かめさせた」

「はい」私は待った。

「驚いたことに、君は本当にいまいましいスパイだったんだな」彼は熱心にうなずいた。まるで、私が結局秘書ではないことがわかったのを喜ぶべきだと思っているかのように。本当のことを言えば、私はＣＩＡで秘書や管理補佐をしていたとしても、誇りに思っただろう。彼らはほかの誰よりも熱心に働き、諜報員や分析官と同じだけの尊敬に値するからだ。「それでも、そのことは口にしません」私は言った。

「よろしい」テッドは親指を立ててみせた。「我々は同じ考えを持っているようだ」

いいや、それは違うし、今後もそうなることはない。実際、これ以上ないほどかけ離れていた。特に私がクワンティコにいる間に、祖父を亡くしたときには。

その数週間前、ジェイは祖父を亡くした。彼はモンタナ州の故郷へ帰り、五日間休んだあと、詰め込み勉強でクラスに――私の知る限りでは――追いついた。だから、母からの電話で、祖父が浴槽で転び、頭を打ったという電話を受けたとき、休みが取れるかどうかの心配はしていなかった。祖父は昏睡状態に陥り、衰弱していた。

事故の話を聞いてから、私は携帯電話を肌身離さず、寝るときも枕の下に置いていた。午前三時、母からの次の電話で、祖父が亡くなったことを知った。ブランディがまだ起きていたので、私はひそひそ声で話した。母と内緒で話せるようにベッドカバーをかぶっていたが、それでも彼女の視線を感じた。電話を切ったあと、私はカバーをかぶったまま、できるだけ声を殺して泣いた。これまでの人生で、大事な瞬間を祖父が見守らないことはなかった。二度と祖父のそばにいられないというのはあまりにも痛切で、受け入れることもできなかった。私たちはとても率直な関係だった。両親との関係がもたらす怖さや不安も、友達やボーイフレンドとの関係がもたらす難しさもない。ただ愛と、笑いと、喜びだけがあった。私のＣＩＡでの仕事を祖父ほど誇りに思ってくれた人はいない（ＣＩＡでの最初の海外出張で、祖父の家族が住んでいた場所を訪ねた話をすると興奮していた）。不思議なことに、祖父が唯一、少しも喜ばなかったのはＦＢＩのことだった。私は祖父と膝を交えて、どうしてＣＩＡのときのように喜んでくれないのか訊こうと思っていた。残念ながら、そのチャンスはなかったが。

その夜は眠れなかった。朝になり、朝食が用意されると、私はマージかテッド、またはバートを探しにいった。その日は木曜日だったので、夜にロサンゼルスへ帰る便に乗れば、金曜日の葬儀に参列できる。日曜日に戻れば、訓練を一日休むだけで済む。

バートはオフィスにいた。デスクに足を乗せ、電話に向かって笑っていた。私はたっぷり五分間、ドアのところで待った。バートが電話を切る頃には、マージとテッドが廊下をやってきて、やはりバートのオフィスに入った。彼らは銃殺隊のように見えた。

「何か用かな、シャンドラー?」バートが訊いた。

私は夜通し泣いていた。だがこの三人を前にして、感情は冷え、かちかちになった泥のように乾き、固まっていた。

「祖父がゆうべ亡くなりました。葬儀は明日です。葬儀に出るために、今夜遅くの便で帰りたいのです。土曜日に戻れば、訓練を一日休むだけで済みます」

「無理だな」バートはマージからテッドに視線を移した。

「土曜に帰りなさい」マージが言った。

「葬儀は明日です」私は言った。

「ゆうべ亡くなって、葬儀が明日というのは変だ」テッドがこぶしを鳴らした。それはトークショーの司会者が冗談を言ったあとのドラムの音のように聞こえた。

「私たちはユダヤ教徒なのです」

「私はカトリックだ」テッドが言った。「そして、誰かが亡くなって五日以内に埋葬されたという話は聞いたことがない」

「ユダヤ法では、死者はただちに埋葬しなくてはなりません」

「今はそうなのか？」バートは芝居がかったしぐさで、私に向かってうなずいた。「それで君は、ユダヤ法を知っているのか？」

「いいえ、知りません」私は認めた。「ただ、すぐに埋葬されることは知っています」

「土曜日に帰ればいい」バートは言った。

「ジェイはお祖父さんが亡くなったとき、五日間の休みを取っています」私は指摘するしかなかった。

「あなたはジェイじゃないわ」マージは言った。「そうでしょう？」

「はい、教官」私は一瞬、彼女の目を見た。「でも、なぜジェイは葬儀のために休めて、私は駄目なのか説明できるはずです」

「君は違うんだ」バートが言った。「話は終わりだ」

私は彼らの顔を一人ずつ見た。誰一人、少しも本心を見せず、この場で私を下がらせようとしていた。私はそれ以上何も言わず、きびすを返して出ていった。

私は葬儀には出られなかった。しかし二日間、家族とともに人生で最も大事な人の死を悼むことができた。

さまざまな方法で痛めつけられなければ、誰もクワンティコを出ることはできない。最後に耐えなければならない苦痛は、アカデミーの訓練の最終週に行われる、催涙スプレーを目に直接吹きつけられるという訓練だ。おしゃべりなルームメイトのブランディは、迫りくる催涙スプレー訓練をひどく不安がっていた。彼女の夫の話では、彼が経験した中で一番の苦痛だという。しかも彼は――ブランディによれば――ナイフで目を刺されてもびくともしない男性だそうだ。

「でも、CIAの秘書なら、催涙スプレーを受けたことはないでしょう!」ブランディは笑った。私は黙っていた。二人ともベッドに入り、明かりを消していた。

しばらくしてから、ブランディが言った。「それと、明日はマスカラをつけないことね! たとえウォータープルーフでも、ひっきりなしに流れる涙を持ちこたえられないわ。それに、目をこするでしょう! マスカラの粉が目に入って、角膜を傷つけるわ。それは痛いわよ。でも、催涙スプレーに比べたら大したことないわ。いいこと、あなた泣くわよ。保証する。涙を流すだけじゃなくて、泣きわめくの。ワーワーワーワーって感じで」

「ベッツィーのブルーのアイシャドーは持ちこたえられると思う?」私は冗談のつもりで言った。ベッツィーのアイシャドーが持ちこたえるかどうかなんてどうでもよかった。

ブランディは息をのんだ。「大変! 明日はアイシャドーをつけないほうがいいわ。それに、マスカラも絶対駄目。角膜が傷ついちゃう! ちょっと言ってくるわ!」

ブランディはベッドを出て、小さい足を巨大なふわふわしたスリッパに入れた。歩くとシューシュー音のするスリッパだ。ブランディは滑るようにドアを出て、マスカラとアイシャドーのことを注意するためにベッツィーの部屋へ向かった。ありがたいことに、彼女がいなくなると急に静かになったので、私は安らかな眠りにつくことができた。

翌朝、私たちはアスファルトの上に並んだ。バートがオレンジ色のサンドバッグを持ち、テッドとマージが催涙スプレーの容器を持っていた。訓練は次のようなものだった。テッドとマージがスプレーを直接目に吹きつける。それを受けたら、サンドバッグへ向かい、できるかぎり格闘する。三十秒ほど経ったあと、次に並んでいる人がオレンジ色の模造銃をホルスターから抜き取ろうとするので、それと戦う。もし負けたら、もう一度同じ訓練をやり直す。勝ったらシャワーへ向かい、服を全部脱いで袋に入れる。服はただちに洗濯される。シャワーでは顔を洗い、目を開けて、耐えられる限り長時間冷水で洗う。シャワーはほかのクラスには使わせない。催涙スプレーは非常に強力なので、それを受けた人の服に触るだけで、苦痛が引き起こされる恐れがあるからだ。

ガスという男性が最初だった。ブルーの目の、がっしりした男性で、おむつを穿いているようなガニ股で歩いた。ガスはアカデミーの初日に、セックスフレンドにならないかと私を口説いてきた。私はすぐに断った。ほかの女性の大半も同じだった。しかし、ブランディはガスに好印象を持ったようで、彼のことや彼の力自慢のことをたびたび話した。二人の関係がどこまで深いものなのか、知りたくもなかった。二人が一緒にいる場面など、洗濯物を畳みながらでも観たくないほどひどい映画のようなものだ。それでも、ガスが膝をつき、唾を吐き、苦痛に泣きわめくのを見ると気の毒になった。私たちが励ます中、彼はやみくもにサンドバッグを叩き、元フットボール選手が笑いながら武器を取り上げようとするのに対して手を振り回し、激しく泣き叫んだ。

一人ずつ、同じことが繰り返された。目が見えないほどの苦痛。止まらない鼻水と涙と唾。おそらく催涙スプレーは口の中に入るか副鼻腔を通って、あらゆるところに浸透するのだろう。一人の男性は膝から崩れ落ち、空吐きを始めた。みんなは大きな輪になって下がった。吐くものはなく、彼はサンドバッグに突進し、泣きながら戦った。彼らが私にどんな言動をしたかは関係なかった。誰もが苦しそうだったし、助けてあげたいと思った。

そして、私の番が来た。

私はノズルの前に立ち、目を大きく見開いた。テッドが持ち場からスプレーを噴射した。マージは二歩ほど前に出て、まともに目に噴射できるようにした。私は顔と目に、冷たい液体がかかるのを感じた。

しかし、痛くはなかった。グループが弱々しく拍手した。そう、私を励ましたのだ。

それでも痛みはやってこなかった。私はマージを見てから、サンドバッグに突進した。サンドバッグを持ったバートは、CIAの連中はみな〝意気地なし〟で、これこそが本物のアメリカの英雄を試すテストだといったようなことを叫んだ。私はほとんど聞いていなかった。頭の中ではさかんに、なぜ何も感じないのかを考えていた。何の味もしなかった。鼻水も、唾も出なかった。

トニーという男性が後ろに回り、私の銃を取ろうとした。私は振り返り、彼の目をまともに見て、何度も手を振り払い、さらにキックを放った。終わってからマージとテッドを見ると、互いに首を傾げていた。小さな険しい目で私を見ながら話している。彼らが何も言えないうちに、私は何かに追われるようにロッカールームへ走った。

たどり着くと、アイシャドーをつけていないベッツィーが、膝をついてやみくもに手を伸ばしていた。私は屈んで彼女を立たせた。

「ひどい、ひどいわ」彼女はまさに泣き叫んでいた。「どうしてこんなことができるの？　こんなに痛い目に遭ったのは生まれて初めてだし、何も見えない！　効果が消えなかったらどうなるの？　目が見えなくなったら？」

私の目は問題なく見えた。ベッツィーが服を脱ぎ、シャワーへ向かうのを手伝い、蛇口をひねってやった。

ほかの女性が来るたびに、私は服を脱がせ、シャワーへ行くのを手伝った。あまりの痛みに、私がなにも感じていないことを理解できないようだった。私はほんのわずかな痛みも感じなかった。

それでも、私は服を脱いだ。のんびりシャワーを浴び、訓練前にロッカールームに置いておいた制服に着替えた。

ほかの五人の女性のうち四人は、取り乱すほどの痛みと、涙と、鼻水の量について、絶え間なく話していた。

ジョージーは彼女たちとロッカールームのベンチに座り、うなずき、同意し、何度も鼻をかんでいた。話をしたくても、一言もしゃべれなかったのだ。

ブランディが私を見上げた。「トレイシー、正直、経験したことのない苦痛だったでしょう？つまり、ナイフで目を刺されるよりひどかったってこと。そうじゃない？」

「本当ね」私はそう言って、それ以上何か訊かれる前に立ち去った。

その夜遅く、私はＧｏｏｇｌｅで〝催涙スプレーの免疫〟を検索した。珍しいことだが、そういう体質はあった。それを感じない人がいるのだ。けれども、このささやかな秘密の力をＦＢＩの誰にも明かすつもりはなかった。

訓練期間中、私たちは欠員のある国内のＦＢＩオフィスをリストアップした紙を配られた。そして教室で、自分が希望する部署を一位から十位まで挙げた。ロサンゼルスやサンフランシスコ、ニューヨークと書けば、そこに配属される可能性は非常に高い。これらのオフィスは常に人手不足だったからだ。それに、ほとんどの捜査官は、物価が高いためにこの三つの都市には行きたがらない。私は第一希望にロサンゼルスを挙げた。家族のそばにいたかったからだ。

希望を出してから二カ月後、全員が同じ教室にアルファベット順に集められ、一人ずつ演壇に呼び出されて、配属先のオフィスと班の情報が入った封筒を受け取った。封筒はすぐに壇上で開けられ、みんなに向かって結果が読み上げられる。第一希望に配属された人たちは、叫んだり、歓声をあげたり、こぶしを宙に突き出したりした。熱気にあふれ、感情が爆発する場だった。ほとんどが満足していたからだ。

私は終わりのほうに封筒を受け取った。バートから渡され、封を切る。そこには〝ロサンゼルス支局、サンタアナ駐在局〟と書かれていた。

「ロサンゼルス！」私はそう言って、笑顔で腕を振り回した。

思ったよりも嬉しい配属だった。ロサンゼルスの近くの都市サンタアナは、両親の家からほんの十分のところにある。しかし、駐在局に配属されるのは奇妙なことだった。通常、駐在局には経験豊富な捜査員が送られる。そこは少人数のユニットで、監督されることは少なく、非常に活動的だからだ。

解散すると、私は部屋の正面にいるバートのところへ行った。

「質問をしてもいいですか？」私は訊いた。

バートは首を傾け、苛立ったように天井に目をやった。

「あとでも構いませんが」私は言った。

「シャンドラー、私が今、君に苛立っている理由がわかるか？」バートは首をまっすぐにし、私の目を見た。

「ええと、わかっているとは言えません」誰にもわからないだろう。私の歯が白すぎて、彼はまぶしいのが苦手なのかもしれない。

「ロサンゼルスのことで大はしゃぎしたのは、誰もが第一希望に行けるとは限らないことを考えれば悪趣味だ」バートは自分の言葉を強調するようにうなずいた。

「大変申し訳ありません」私は言った。ほとんどが第一希望に配属され、ほとんどが私よりもずっと大はしゃぎしていたが。

「これからは他人のことをもっと考えるか？」バートは言った。

「はい」私は封筒を見た。「私が駐在局に配属された理由を教えていただけませんか？　私がそこで何をするのかご存じでしょうか？」

バートは演壇の上に置いてあったバインダーを取り、それを閉じると、立ち去り際にぼそりと言った。「君は防諜を担当する」

それで会話は終わった。

部屋には誰もいなくなった。私はもう一度封筒を開き、中身を読んだ。

クワンティコで何があったにせよ、私を故郷の駐在局に配属することで、ＦＢＩは最後に正しいことをしてくれた。私には安心できる拠点が必要だった。ＦＢＩでの女性の地位を変えるという仕事を始めるために。

14 女の子

カリフォルニア州オレンジ郡
二〇〇四年九月～二〇〇五年八月

ヘイトスピーチは合衆国憲法によって守られている。しかし、人を吊るしたり、殺したりするという脅しは違う。私がサイバー犯罪の交代勤務についているとき、何者かが黒人ソロリティのメンバーに、インターネットで殺害の脅しを始めた。私はすぐに、この愚か者を突き止めることに集中した。私に言わせれば、犯人はアルカイダのジハード主義者よりも悪質だった。統計的には、こうした脅しをする人間は、アメリカで生まれ育った白人男性の可能性が最も高い。言葉を変えれば、誰かを憎む人種差別主義者にならずに済む機会はたくさんあったはずだ。

これらのメッセージが発信された住所を突き止めるのに時間はかからなかった。同じ職場のトッドと私は、ＦＢＩが支給する車でその家に向かった。ドラッグの売人が運転しているような車だ。トッドはラジオをいじり、前の晩に恋人と見た映画の話をしていた。その恋人はある日オフィスに来たことがあり、私は彼女とトッドがとてもよく似ていることに驚いた。どちらも蜂蜜色の髪で、顎は四角く、引き締まった小柄な体つきをしていた。今のところ、トッドはいいパートナーだった。必要以上に威張ったり、管理しようとしたりしない。彼のほうが年長なので、私がサイバー犯罪捜査のやり方を学ぶまで、トッドが責任者だった。

容疑者が住む郊外の平屋は荒れ果てていた。ペンキがはがれ、灌木は枯れている。しかし、芝は刈ってあり、コンクリートの小道は掃き清められているようだった。それに、玄関のドアにはプラスチック製の花輪がかけられている。幸せな家庭に見えるよう、誰かが努力しているようだ。

「この件は君に仕切ってもらおう」トッドが話すたび、くわえている木の爪楊枝が揺れた。私はドアをノックし、トッドは爪楊枝を枯れた灌木の中へ放った。私はそれが落ちるのを見た。

「木だ。土に還る」彼は言った。

茶色っぽいグレーの髪をきれいに刈った、ずんぐりした女性がドアを開けた。エプロンとボンネットを着けたら、マザーグースに出てくるハバードおばさんのように見えただろう。彼女は笑みを浮かべ、目をしばたたいた。トッドと私はスーツ姿だったので、それほど恐ろしくは見えなかったはずだ。そして、頬のしわがミニトマトのように重なり、目尻にしわの寄ったこの女性は、私たちが探している白人至上主義者ではないだろう。芝を刈り、プラスチックの花輪を飾っているほうにふさわしい。

「こんにちは」歌うような声すら、ハバードおばさんらしかった。

「奥様」私はほほえんで、ホルスターにクリップで留められているＦＢＩバッジを見せた。「ＦＢＩの者です。少しお話を聞かせてもらってもいいですか？」

「まあ！」彼女は興奮したように、肩をすくめた。「あの人たちのことですか？」顎と目で、通りを挟んだ二階建ての化粧漆喰の家を指す。

「入ってもよろしいですか?」私は相変わらずほほえんでいた。家に入れば、もっと深く探ることができる。門前払いよりも、家の中から追い出すほうがずっと難しい。

「もちろん」彼女は私たちが何人で来ているかを確かめるように少し身を乗り出し、それからドアを大きく開けた。

家の中も外と同じだった。きちんと片づいていたが古びている。美しさよりも秩序といった感じだ。

彼女は花柄のソファに座り、私はその横の椅子に座った。トッドは座らず、居間と廊下を隔てる部分に立った。逃げようとすれば、窓から出るしかない。

「お一人で暮らしているのですか?」私は訊いた。

ハバードおばさんは、十九歳の可愛い息子のことを話した。A.J.と呼んでいた。彼はサンドウィッチチェーンの〈クイズノス〉で働いていて、頼めばいつでも家事を手伝ってくれるという。

私は黒人ソロリティに脅迫メールが送られていることと、サーバーの追跡からこの家のコンピューターに行き着いたことを説明した。

ハバードおばさんは口に手を当てた。心から驚いているようだった。

「まさか!」彼女は叫んだ。「A.J.のはずがないわ。A.J.がそんなことするはずはありません。どんな人も愛しているわ! わかるでしょう、あの子は、通りの向かいの家の芝まで刈ってあげているのよ」

私は彼女が向かいの家にどんな思いを抱いているのか知りたくなかったので、尋ねなかった。

「最近、新しい友達ができたことはありませんか？　彼に影響を与えそうな人とか？」

「聖書に誓って言うわ」ハバードおばさんは言った。「息子は決して、そんな恐ろしいことはしません！」彼女の目は潤み、本気で泣き出しそうだった。

「彼の部屋を見せてもらっても構いませんか？」私は訊いた。

ハバードおばさんはトッドと私を連れて、短い廊下を歩いた。薄い板張りのドアは、真ん中あたりに修繕の跡があった。誰かがこぶしで破ったのを補修したようだ。彼女はドアを開けた。私は中に入った。トッドは戸口に残り、ハバードおばさんの前に立っていた。きちんとメイクされたベッド（ハバードおばさんの日課の一つなのだろう）の上には、大きなナチの旗があった。白い円の真ん中に、定規できっちりと描いたような黒い鉤十字。

トッドと私は視線を交わした。ハバードおばさんを振り返ると、彼女は口を閉じたまま私に笑みを向けた。彼女は私が会った中で一番鈍いか、一番狡猾な人間のどちらかだろう。

「A．J．は今、仕事中ですか？」私は訊いた。

「ええ。三時半まで」彼女は言った。

「シェルのガソリンスタンドの隣の〈クイズノス〉ですか？」トッドが訊いた。

「ええ、そうです」と、ハバードおばさん。

私は急行した。A．J．の母親が、私たちが向かう前にこっそり知らせるのを恐れたからだ。

「息子思いの女性でしたね」私は言った。

トッドは彼女の歌うような口調を真似して言った。「息子じゃないわ！　息子がそんなことをするはずはありません！」

　到着すると、私はできるだけ正面のドアのそばに車を停めた。

「彼を呼び出して、ここで話をしたらどうだ？」テッドは言った。「勤務中に騒ぎを起こす理由はない」

　私は車を降り、トッドを振り返った。勤務中に騒ぎを起こしてはいけない理由がある？　この男はオンラインで、黒人ソロリティの女性を吊るしたいという声明を送っているのだ。勤務中に騒ぎを起こすことなんて、彼がしたことの重大さに比べればささいなものだ。

トッドは私を追い払うように手を振った。彼は車を降り、私は〈クイズノス〉の店内に入った。A．J．を見つけるのはたやすかった。短く刈ったブロンドの髪、首筋のにきび、すぼめた背中。彼は年配の女性と、十六歳以上には見えない少女と働いていた。カウンターには列ができていた。私は列の前に歩いていって、レジを打っている若い女性にバッジを見せ、A．J．と話がしたいので呼んでほしいと言った。

　女性は口をぽかんと開けた。お金のやり取りを終えると、彼女は振り返って、十二インチサイズのパンに肉を重ねているA．J．に向かって言った。「ねえ、今すぐ来て。この人が話があるの」
A．J．は私を見た。私はバッジをちらりと見せた。奇妙なことに、ほかの客は自分たちのサンドウィッチの中身を選ぶのに没頭していて、気づかない様子だった。A．J．の首から上が真っ赤になった。血液のエレベーターのように。彼はサンドウィッチ作りを途中でやめて、カウンターから出てきた。トッドがA．J．に向かって顎をしゃくり、私たち三人は角を曲がって、ひとけのないビルの脇へ行った。A．J．の背中は、今ではいっそうすぼまっていた。彼は私たちより背が高く、リコリス菓子のように細かった。

トッドは親指を立て、人差し指を突き出して、銃の形を作った。彼はそれをA．J．の顔の前で振りながら、怒りをこめた厳しい説教をした。誰が見ても、怒った父親が子供を叱っているように映っただろう。しかし私が見る限り、この状況は年上の男性が若者をこらしめるだけではとうていおさまらなかった。この若者は逮捕されるべきだ。そして、起訴されるべきだった。彼の投稿と、私の調査から、この犯罪は彼一人の仕業だとわかっていた。したがって、彼から白人至上主義者のつながりを引き出すことはできない。それでも、指を振るだけ？　私には納得できなかった。

車に戻った私は無言だった。かんかんに怒っていた。自分が従順な妻になって、夫がこの場にふさわしいと考える罰を与えるのを黙認しているような気持ちだった。

「彼を逮捕すべきだったと思いませんか？」小さなオフィスの屋上にある駐車場に入ってから、私はようやく言った。

「あいつが刑務所に入って、本物の犯罪とは何かを学ぶためにか？」トッドは車を降り、私が降りてくるのを待った。

「あれはすでに本物の犯罪です」私は言った。この時点で、私の怒りは内側に向いていた。もう一度やり直して、自分の手でA．J．を逮捕すればよかった。トッドが逮捕を取り消そうとするなら、そうさせればいい！

「やつから目を離すな」トッドは言った。「二度とやらないと請け合うよ」

トッドにそんなことを請け合えるはずがないと思った。ええ、A．J．から目を離さないわ。それにハバードおばさんからも。息子を愛する、狡猾で丸々とした女性から。そしてたぶん、トッドからも。

ちょうど二週間後に私たちが接触した次の容疑者を、トッドは何の問題もなく逮捕した。朝五時、トッドと私は容疑者の家から数ブロック離れたスターバックスで落ち合った。スターバックスの唯一の従業員である、眠そうな目の青年がドアを開けて私たちを中に入れ、私にミルクと砂糖の入る余地のないベンティサイズのダークローストを注いだ。数分もしないうちに、応援を要請した十二人の捜査官が入ってきた。全員が防弾ベストの上に、FBIのウィンドブレーカーを着ていた。彼らが一杯目のコーヒーを買うために並んでいる間、私は二杯目のコーヒーを飲んだ。カフェインとグロックで武装した私たちは、トッドが報告を受けられるようテーブルに集まった。店内にはほかに誰もいなかった。従業員はナプキンを補充したり、テーブルを拭いたりする仕事をしようとしていたが、私たちのほうを見ずにはいられない様子だった。トッドは従業員がカウンター内の声の届かない場所へ行ったときだけ話した。

私たちが逮捕しようとしているカップルは、劇場公開の映画を違法にダウンロードし、販売していた。彼らは大きな二階建ての、車が三台停められるガレージのある家に住んでいた。火器を所持していたり、私たちに発砲したりするとは思わなかったが、金儲けが危うくなり、刑務所が迫ってくるとなれば、予断は許されない。そこでベストを着け、応援を呼び、入念なガサ入れの計画を立てた。

午前六時きっかりに、私たちは家を囲んで持ち場に着いた。窓とドアはすべて、武装した捜査官の視線または手が届くところにあった。トッドと私は玄関にいた。彼がノックし、私たち二人は両脇にどいた。すりガラスから銃撃されても当たらないように。

発砲はなかった。代わりにシャツを着ていない、頭よりもお腹のほうが毛深い中年男性がドアを開け、顔を覗かせた。

トッドはバッジを見せ、話をし、彼を拘束した。一方、私は妻を探しにいった。

彼女は寝室にいた。ベッドの端に、白いコットンのナイトガウンを着て立っていた。髪は、ロングヘアの女性が一晩ぐっすり寝て起きたときのようにもつれていた。そのお腹はせり出していた。私はインターネットのソーシャルメディアで彼女の写真を見ていたし、家に張り込んで、窓から彼女の様子を見てもいた。彼女が車を乗り降りするところまで見ていた。ふんわりしたファッショナブルなワンピースや、レギンスの上にゆったりしたトップスを合わせることで、妊娠していることを見事に隠していた。

私はバッジを見せ、ここへ来た理由を告げ、ミランダ警告を告げながら手錠をかけた。女性は立ったまま、わずかによろめいた。

「人違いよ」彼女は小さい声で言った。「私たちはやってないわ。私はやってない」

「隠しているものがないか、お腹を触らせてもらいます」私は言った。

彼女は目に涙を浮かべた。「女の子なの」

彼女のお腹は硬く張っていて、手を滑らせると小さく蹴るのがわかった。

「わかる?」彼女は訊いた。

「ええ」私は笑みを浮かべるしかなかった。

すると、彼女は気絶しそうにまぶたを震わせた。私は彼女をベッドに座らせ、寝室の外の廊下にいたホセという男性を呼んだ。彼が顔を出した。

「オレンジジュースか何か持ってくる間、彼女を見ていてもらえる?」

ホセが部屋に入り、私はキッチンへ向かった。広くて、日差しが降り注ぐ白いキッチンは、住宅雑誌の広告から出てきたかのようだった。まな板の上に、封の開いたベーグルの袋があった。私はナイフホルダーから包丁を取り、それを半分に切って、クリームチーズを探しに冷蔵庫へ向かった。私と同じところに置いてあった。バターの棚に置かれた容器には、すぐに塗れるような柔らかいクリームチーズが入っていた。

オレンジジュースはなかったので、グラスに水を汲み、ペーパータオルに包んだベーグルと一緒に寝室へ運んだ。

ホセの横で、私は女性の手錠を前にかけ直し、ベーグルを食べられるようにした。私たちは彼女が食べ、涙を浮かべ、鼻をすすり、また食べるのを見ていた。ときおり、彼女はこうつぶやいた。「私じゃないわ。誓って」

その日、私はトッドのデスクに近づいた。

「あのう」私はそう言って、彼が書類から顔を上げるのを待った。

「やあ」彼はようやく書類の上でペンを止め、目を合わせた。

「逮捕のとき、私に女性ばかり担当させないでほしいのですが――あるいは、あなたが害がないと判断した人間ばかりを。凶悪な男性が相手でも、完璧に対処できます。最悪の犯罪者を相手にしたこともあります」クワンティコでの経験から、私はＣＩＡのことや、世界で最も悪名高いテロリストから情報を聞き出したことを持ち出そうとは思わなかった。

「アルコール依存症の父親か？」トッドが訊いた。

「そんなのじゃありません」

「オーケー、わかったよ」トッドは肩をすくめ、書類に戻った。

次に私たちがこうした家庭的な場面に踏み込んだのは、保険金詐欺を働いた整形外科医を追ったときのことだった。彼は主に女性の豊胸手術を手がけ、保険会社に腫瘍摘出手術その他の美容整形ではない手術を行ったと申告していた。

今度も早朝だった。私たちが家に踏み込んだとき、妻は何度も叫んだ。「警察を呼ぶわよ！警察を呼ぶわよ！」彼女は携帯電話を振り回し、芝居がかった手つきで九一一を押した。

「奥様」私は彼女の隣に立った。

彼女は呼び出し音のする電話に向かってあえいでいた。「警察を呼ぶわ！」彼女は叫んだ。

「奥様、私たちは警察です」トッドを探して部屋を見回したが、彼はいなかった。今回も、男性全員が私を女性担当とみなし、妻のほうには目もくれないところを見せたかったのに。

「警察を呼ぶわ！」彼女はまた叫び、電話を見た。九一一が応答している。「ええ、家に人が踏み込んできたんです！」

「ＦＢＩです」私は言った。「ＦＢＩが家にいると言ってください」彼女と夫を除けば、全員が三千ポイントの文字サイズでＦＢＩと背中に書かれたウィンドブレーカーを着ていた。

「警察に来てもらいたいのよ」彼女は私に言った。それから混乱したように首を振り、電話を切った。

「トレイシー」整形外科医と一緒にいたトッドが私を呼んだ。私たちが到着したとき、医師は半裸だったが、今はシャツにスウェットパンツを着て、靴まで履いていた。

「引き継ぎたいか？」トッドはようやく、私が大役に挑戦したいと思っているのをわかってくれたようだ。

私は医師に手錠をかけ、彼の権利を読み上げた。それから車の後部座席に乗せ、連邦裁判所へ連行した。

車に乗っている間じゅう、整形外科医は自分のしたことをくどくど話していた。それがどんなにうまく行き、どれほどの金になったかを。彼は自分の悪事を、保険会社や現政権、医療過誤保険の高さのせいだと言った。彼は制度を騙してきた歴史を語りながら、自分以外の全員を悪者にした。これほど頭の悪い人が、どうやって医学部を卒業できたのだろうと私は思った。私をただの運転手だとでも思っているのだろうか？　ミランダ警告を読み上げたのは私なのに！　防弾ベストを着て、銃を持っているのに。彼の言ったことは、戻り次第書き記すつもりだった。

私は邪魔をしなかった。ただ、彼の言った事実を頭で繰り返し、記憶にとどめた。

そして、できるだけゆっくりと運転した。

ＦＢＩにいた当時、進行中の仕事は三つあった。一つは、もうすぐ定年のジーニーが担当しているる事件を見直すこと。遅くに出勤し、早く帰宅するジーニーは、自分の仕事を放棄しているように見えた。解決済みの事件は一つもなかった。そして、積極的に捜査しているものもなかった。彼女のファイルを見直す作業というのは、それぞれの事件について読み――その厚さはしばしば五インチにもなった――すべての手がかり、容疑者、目撃者、被害者について追跡調査することだった。これには数時間から数週間かかった。通常は二週間ほどだった。これらの仕事はすべてジーニー自身が継続的にやるべきことだった。彼女のやりかけの仕事を分類しながら、私はときどき自宅にいるジーニーを想像した。私は彼女を、ものが捨てられないためこみ屋だと思っていた。ＡＴＭの明細票、リサイクル可能なペットボトル、新聞、Ａｍａｚｏｎの箱、気泡緩衝材、テイクアウトピザのチラシなど、すべてがいつか価値を持つと考えるような人だ。そして、紙コップと紙皿を買わなくてはならないに違いない。シンクは汚れた皿であふれ返り、水を流す余地もないだろうからだ。

ジーニーが職場で作り上げた――私がたった一人で立ち向かっている――めちゃくちゃな書類は、想像上の彼女の家よりも片づけに時間がかかるに違いない。

ある日、私は開いたドアのところで立ち止まった。駐在局の責任者である特別捜査官のオフィスだ。彼はいい人で、常にフットボールの試合中の監督のように、目を細めてしかめ面をしている。

「失礼します」私は緊張しているときの癖で、ほほえみながら言った。「どうしてジーニーが自分の書類仕事をしないのか、あるいはもっと早くからほかの誰かがやらなかったのか、教えてほしいのですが」小さなオフィスには、こうした緊急性のない仕事にほかに従事している人はいなかった。

「君が一番の新入りだからだ」特別捜査官は肩をすくめた。

けれど、私は一番の新入りではなかった。女性の中で一番の新入りだった。二人の男性は、私と同じ時期に入った。ダレンはすでにサイバー犯罪に深くかかわっていた。もう一人のブルースはめったにオフィスに顔を出さない。彼はロサンゼルスのギャングの抗争に潜入するので忙しかったからだ。

私はたまにブルースとギャングの犯罪捜査をし、ときにはオフィスで盗聴している電話の音声を聞いた。ギャングのメンバーのほとんどは頭がよく、電話ではあまり情報を漏らさない。そのため、聞こえてくる内容の大半は家庭の雑事だった。帰りにクリームを受け取ってきてとか、ルイーズが仕事帰りに〈ターゲット〉で買ってくるから、ジェシーはブリーフとトランクスのどっちが好みか教えてとか。ああ、それと、トイレットペーパーを忘れないで！

ブルースがギャングのタトゥーの表を持っているのを見かけたとき、私はコピーを取って自分のデスクに置き、素早く記憶に焼きつけた。それは魅力的な芸術形式だった。ヒエログリフのように、タトゥーは歴史、所属、目標を表していた。顔のタトゥーには特に興味を引かれた。最もよく見るのは、目から落ちる涙のしずくだ。しずくは刑務所で過ごした時期を示すこともあれば、犯した殺人、または殺人未遂を示すこともある。ギャングのメンバーの多くはまだ若いため、気が変わったときにこれらのタトゥーをどうやって消すのだろうと心配になった。

ギャング捜査の任務として、私はしばしば、ギャングの家が見えるところに待機し、出入りする人間を記録した。子供たちの数を数え、全員のスケジュールをメモした。男たちは銃を持ち、発砲のおそれがあるため、強制捜査には捜査官のチームが当たり、子供たちが傷つかないよう戦略的に家に突入する。こうした強制捜査で最も難しかったのは、小さな二間のバンガローに二十人――そのうち十五人は火器の扱いに慣れていた――が住んでいるところを急襲したときだった。家には子供が三人いて、全員が十歳以下だった。チームを指揮するブルースは、突入後に子供たちを保護する任務を私に割り当てた。野蛮に思われるかもしれないが、私は子供たちに柔らかい手錠をかけなくてはならなかった。勇敢な子供が父親の銃を取り、ＦＢＩを撃とうとする話はよく聞かれた。彼らにとっては、私たちは悪人なのだ。ブルースが突入すると、私は素早く三人の子供を寝室の隅に追い立てた。マットレスと毛布を交差するように床に置き、パジャマパーティー用の隠れ家のようなものを作った。手錠をかけると、子供たちを私の前のマットレスに座らせた。誰も泣いていなかった。叫んでもいない。ただ私を見ていた。この卑劣なブロンド女性が、ほかに何をしようとしているのかを窺うように。

「ねえ」私は言った。「大丈夫よ。心配ないわ。誰もあなたたちを痛い目に遭わせないから」

一番年上の子供が、私に向かってうなずいた。

危険が去り、全員が手錠をかけられ、連行されてから、児童保護サービスが子供たちを保護しに来た。私はカーゴパンツのポケットに飛び出しナイフを入れていた。それを出し、刃を飛び出させたが、誰一人まばたきもしなかった。一番小さい子供が「クチーヨ」と言った。ナイフのことだ。手錠を切断しながら、おとなしくて協力的だったことを褒める間、彼らは黙っていた。心の中で、私は今から彼らの人生が上向きになることを願った。家でFBI捜査官に拘束されたこのときが、人生の一番底であることを。

私が一番長い時間をかけた捜査は、FBIが手がけた最大級の防諜事件だった。容疑者はチー・マック（麦大智）という名で、妻のレベッカと一九七〇年代に香港から移住し、アメリカ海軍の防衛システムを開発するパワー・パラゴン社に勤務していた。FBI捜査官は十分な証拠を集め、法廷に認められた機密情報取扱許可を得て、マックの家に隠しカメラを取りつけ、電話と車に盗聴器を仕掛けた。また、彼らの出すゴミも、収集される前に回収された。毎週、そのゴミは空っぽのガレージで分類され、注意深く調べられる。

私の手で。

マックの単純でささやかな暮らしぶりは興味深かった。レベッカは自ら亡命生活に甘んじているように見えた。彼女はカリフォルニアで数十年暮らしながら英語を覚えなかったし、ほとんどの人が楽しいと思うことに参加しなかった。映画、美術館、ビーチ、テレビ、ショッピングなどだ。確かに今の世界は混乱しているが、家から一歩出るだけで、たくさんの楽しみがあるはずだ。彼女も家から出てはいた。一日に一度、短く、静かに近所を散歩した。それ以外で家を出るときは、必ず夫と一緒で、ほとんどは雑用のためだった——洗車や食料品店への買い出しだ。毎週土曜日には夫婦でテニスをしていたが、私には楽しみというより体育の課題のように見えた。でも、それは間違いかもしれない。彼女にとっては週に一度の楽しみなのかもしれなかった。家では、夫妻はたびたびくつろいだ沈黙の中で過ごした。会話の多くは中国の政治、毛沢東、中国の歴史についてだった。それも私にはとても興味深いことだった。大学の副専攻は中国史だったからだ。しかし残念ながら、彼らの会話の翻訳を読むのは私の担当外だった。

マックの給料は、カリフォルニア州ダウニーの質素な家で二人暮らしをするには十分すぎるほどだった。しかし彼とレベッカは、自動販売機の釣り銭口から集めた小銭で暮らしを立てているように見えた。古びた服を着て、食料雑貨以外の買い物をしている様子はなかった。土曜日のたびに、同じホームセンターへ行ったが、何も買わなかった。ＦＢＩは最初、彼らがそこで情報の受け渡しをしているのではないかと疑った。だが結局、彼らは材木売場の通路で出される無料のコーヒーを飲みに来ているのだとわかった。また、彼らはお皿ではなく新聞紙を食器にしていた。食事が終わると、新聞紙に残飯を包んで捨てた。そのため彼らのゴミはすぐにわかった。この新聞紙の食器は水の節約なのか、食器用洗剤の節約なのか、それとも皿洗いに要する時間の節約なのだろうかと、私はずっと疑問に思っていた。たぶん、その三つ全部なのだろう。

週に一度、私はカーゴパンツにブーツ、長袖Ｔシャツという格好で、ゴミを分類するガレージへ向かった。マスクと破れない手袋を着け、マック夫妻のゴミ袋を開けて、床に広げた防水シートに中身を空ける。『ウォーリーをさがせ！』のようなものだったが、ウォーリーが何なのか、誰なのかはわかっていなかった。ゴミの分類の訓練を受けたときを除けば、私は一人きりでこの仕事をしたため、禅の心で取り組んだ。特定のものを探しているのではなく、ただ注意深く見ているのだと自分に言い聞かせた。特定のものを探そうとすれば、思いがけないものを見つける可能性を失ってしまう。あらゆるもの——トイレットペーパーの芯、観光パンフレット、食事の変化（七月のある週に七面鳥料理を作ることには、何か意味があるのだろうか？）は、注意深く鋭い疑惑を向ける格好の的だった。

ほとんどが中国語で書かれた印刷物や手書きのメモは、特に興味深いものだった。マックは紙を細かく破く癖があり、私はたびたび切手ほどの大きさの四角い紙片を集め、テーブルに並べた。フランという女性が、ゴミから集めた中国語の紙片を調べ、翻訳した。彼女は私たちのオフィスの所属ではなかったが、この事件に関して、すべての翻訳を手がけていた。

分類したゴミから作業リストを特定したのはフランだった。中国語と英語の両方で書かれたリストは、マックが中国政府に渡す国家機密のリストと断定された。つまり、職場の誰からも親しみやすくて役に立つと言われているマックがアメリカに来たのは、ひとえに機密軍事情報を流すためだったのだ。それは職場人生を通じての関与だったが、生涯にわたるものではないようだった。マック夫妻は中国に家を二軒所有していた。スパイとしての生活が終われば、彼とレベッカはそこで引退後の生活を送るつもりだったのだろう。だが、私はこう思わずにはいられなかった。逮捕時に六十五歳だったマックが、もしレベッカと中国で引退生活を送れていたとしたら、やはり新聞紙で食事をするのだろうかと。

マックとレベッカは、最終的にどちらも有罪判決が下された。レベッカは、外国政府の非登録諜報員として行動していた罪で、懲役三年ののち中国へ強制送還された。マックはアメリカの軍事技術を中国に引き渡すことを計画した罪で二十四年間の懲役となり、現在も服役中である。

FBIにいる間、私は建設的な社会の一員であることを実感し、そこでの仕事に誇りを持っていた。しかし、支局に勤務している間を通じて、私は自分の技能と能力がきちんと活かされていないと考えずにはいられなかった。組織から見れば私は〝女の子〟で、指示される内容はすべてそれを反映していた。悪いことをした少年（A．J．）がいれば、私は夫が罰を与えるのをそばで見ている幼な妻だった（その筋書きの間〝お父さんが帰ってきたら叱ってもらいますからね〟という言葉が頭に浮かんでいた）。子供たちがかかわっていれば、私は子守役の女の子だった。妻や娘、母親がかかわっていたら、友達のように接する女の子だった。ジーニーの場合、私は秘書として彼女の尻拭いをし、名誉を回復させる女の子だった。そして中国のスパイの場合、中国の歴史と政治に関してオフィスの誰よりも知識が豊富なのに、ゴミの分類をする女の子だった。私は家事労働者で、掃除婦で、メイドだった。

オフィスの中で新人が私一人だったら、特別捜査官の〝一番の新入り〟という言葉にごまかされていたかもしれない。しかし、同じ頃に入ったダレンとブルースがいた。私は彼らに任された事件に深くかかわりたくてたまらなかった。

高校時代、私は歴史の教師になろうと決めた。若い人たちの考え方を変え、もっと広く、深く、世界的で歴史的な視点で考えるように促したかった。CIAに入ったときも、その考えは捨てなかった。ただ、険しい道を選び、予想もしなかった経験をして、なれるとは思わなかった人物になろうとする間、どこかへしまい込んでいたのだ。CIAでの経験と成果は、私に自分らしさと、幼い頃は持っていたはずなのに、いじめられているうちに失われてしまった自信を与えてくれた。CIAでは自分のことを学んだだけではなかった。それは政治、外交政策、世界史、文化史について、大学院レベルの教育に没頭できる機会だった。テロやテロリストの醜さを相手にしながらも、イスラムの文化や芸術、建築の偉大な美しさにも囲まれていた。最終的に、私はさらなる寛容さと、表面的には自分とまったく似ていない人々への思いやりを身につけていた。

FBI捜査官として、私はできる限り防諜の知識を身につけたかった。この国を守る新たな手段を見つけ、より熟達し、頭の切れる、この分野での専門家になりたかった。しかし、FBIで過ごした日々はその糧にはならなかった。その後、私は支局での経験が自分だけのものではないことを知った。現在、十二人の女性が雇用機会均等委員会にFBIへの不満を訴えている。こうした女性は、全員がクワンティコで差別され、十二人のうち七人は、人種を理由にさらなる差別を受けていた。どれも驚くことではないし、こうした例が公になればなるほど、より多くの女性が声をあげることを期待している。だが、名乗り出る女性はそう多くないだろう。女性は今も現役捜査官の五分の一にも満たないのだから。

私はFBIで成長したが、期待したような形ではなかった。むしろ、本当の自分を深く見つめ、本当にやりたいことは何か、それを実現するにはどうすればいいかを考えるようになった。マック夫妻の汚れた新聞紙から、脂ぎった鶏の骨を引っ張り出しながら、私ははっきりと悟った。本当に物事を変えるためには、力の均衡を変えなくてはならないと。

子供の頃、家の冷蔵庫にこんなステッカーが貼られていた。〝愚痴を言うのはやめて、革命を起こそう〟私は毎日その標語を目にした。一日に十回も、二十回も！　それは母親の声のように、私の頭に染み込んでいた。ＦＢＩは、私の心で燃える小さな火にガソリンを注いだ。火は燃えあがり、私を取り巻いて、無視することはできなくなっていた。私は愚痴を言うのをやめ、革命を起こさなければならなかった。

十五カ月の勤務ののち、私はＦＢＩを辞めた。

エピローグ

革命の時は今

テキサス州ダラス　現在

部屋の正面、私のデスクの隣のスクリーンに映し出されているのは、ヘイト・マップだ。マップの一番上には、太字のサンセリフ体で大きくこう書かれている。〝現在アメリカで九百五十四のヘイトグループが活動中。下のヘイト・マップで追跡できる〟インタラクティブな地図は、これほど恐ろしい内容でなければ楽しいものだったろう。

そこには十七歳から十八歳の女の子の集団がいて、部屋の正面に置かれた枕や毛布の上に寝転び、スクリーンを見上げていた。明かりは消され、室温は完璧に調整されていて、誰もが心地よくくつろいでいた。今日の話題は国内テロについてだった。

メリアが手を挙げた。「ネオナチのグループはどれくらいありますか？」

私はヘイトを種類別に分けるプルダウンメニューをクリックし、さらにネオナチをクリックした。「百二十二件ね。ここ二年で、どのヘイトグループよりも拡大している。二十二パーセント増えているわ」

「ＫＫＫよりもですか？」アミティが訊いた。私はプルダウンメニューに戻ってＫＫＫをクリックした。現在は七十七支部で、十七件減っていた。

いでしょう？」

「ＫＫＫよりも多いわ。でも、たった一つでもグループがあれば、行動を起こさなくてはならないでしょう？」

「ええ」アミティが言った。

「ダラスにいるヘイトグループだけを見られますか？」ハーパーが質問した。

私はアメリカ合衆国の地図をテキサス州までスクロールし、ダラスをクリックした。丸い記号が密集し、重なり合っている。私はそれぞれの記号をクリックし、今、彼女たちの町であり私の町でもあるこの町に、どんなヘイトグループがいるかを見せた。この部屋にいる、チェックのスカートと白いブレザー姿の少女たちが、アメリカのさまざまなヘイトグループの標的を代表していることに気づかずにはいられない。アフリカ系アメリカ人、ユダヤ人、イスラム教徒、移民、女性、ＬＧＢＴ。

「今週読んだことを頭に置いて」私は言った。「この地図の違ったグループをよく見てみましょう。さて、自分に問いかけてみて。これはテロリズムなの？　これらのグループは同じものなの？　私たちは何かに対して、ほかの人たちより強いと感じることはある？　もしあるなら、どうして？」

すぐさまたくさんの声があがった。誰もが意見を持っているようだ。

今は、私がスパイ技術《クラフト》と名づけた授業の七週目だった。生徒たちはオクラホマシティ連邦政府ビル爆破事件のこと、九・一一に至るまでとその後、イスラム国の創設、ビンラディンの追跡、そしてＥＩＴ（拷問）について学んでいた。一カ月ごとに、異なるテロリストグループ（ＩＳＩ

S、ボコ・ハラム、アルカイダなど）について広範囲な調査を行う。残念ながら、クラスに何人生徒がいても、一人に一つ割り当てられるほどのテロリストグループが世界にはあった。それぞれの生徒は、担当したグループについて脅威評価レポートを書き、その組織が生物兵器を使う可能性と能力、また、これらの兵器がいつ、どこで使われるかの統計的可能性を分析する。毎年のように、レポートはきわめて詳細で洞察力に富み、理にかなったものであるため、私はそれをバインダーに綴じ、複数のコピーを取って、国土安全保障省や議員、特に情報特別委員会に関係する議員に郵送している。

今後、生徒たちは暗号解読、〝覆面ライティング〟（意味のないメッセージにまぎれさせて、意図したメッセージを伝えること）、そして口を割るよりは死を選ぶ人たちから情報を引き出す方法を学ぶ。そして、現政権の国内テロに対する方針を分析したレポートを書く。また、九月十一日の出来事を分析し、こうした攻撃が防げるかどうか、どうやったら防げるかを提案するレポートを書く。また、現在の戦争の効果的、あるいは非効果的な遂行についてレポートを書く。

こうした作業や読書、授業の内容はきついものだった。しかし、それらを分析して解決法を見出すという課題を出しても、生徒たちは自分の発見に打ちのめされたり、怖気づいたりはしなかった。むしろ積極的にかかわり、力を得ているようだった。

「ワルダー先生」オースティンが言った。「テキサス州のほかの都市もクリックして、どこにヘイトグループが一番多く存在するかを見せてもらえませんか？」

「ダラスが一番じゃないといいけれど」私はそう言ってクリックし、生徒たちは話しはじめた。この教室の意見は力強かった。この女の子たちは熱心で、遠慮がなかった。期待通りだ。それに、お互いを尊重し、思いやりを持っている。これも私が期待していたことだ。ここではいじめに耐える必要はない。

二〇一〇年秋、この女子校で教えはじめたとき、私はＦＢＩを離れて修士号を取ったあと、自分の道をしっかりと歩いているのを感じていた。私は歴史の教師として、時事問題や政治を学習計画にふんだんに盛り込んだ。それは九・一一から九周年に当たる年で、校長は拡声器から、全員に一分間、テロ攻撃の犠牲者に黙祷を捧げるよう呼びかけた。クラスの女の子たちは新入生だった。ビルが破壊されたときには幼稚園生だったろう。私は彼女たちの顔を見た。数人の生徒は目を閉じていた。私はルビーという生徒が泣いているのに気づいた。私は彼女に、廊下に出るよう促した。そこには誰もいなくて、まったくの静けさの中、一分間が過ぎていった。ルビーの家族は、この夏ニューヨーク市からダラスに引っ越してきたばかりだった。

「私は五歳で、たくさんのお葬式に出ました」ルビーはすすり泣きをしながら言った。私は彼女を抱きしめ、やはり涙を流さずにはいられなかった。

その日の午後、車で帰宅しながら、私は九・一一後のＣＩＡの自分の仕事について考えていた。私は罪悪感というよどんだ海の中を泳ぎ、追い立てられ、犯人を見つけることだけに集中していた。しかし、水泳のゴーグルの代わりに、私が見ていたのは暗視ゴーグルの中の合理的な景色だった。

た。それは限られた視点で、周囲の景色や緑以外の色、陰影、さらには顔の表情さえも見えなかった。九・一一のルビーの経験を考えたとき、私はその暗視ゴーグルを外した。それはただの形に顔を与え、より広い共感の場に私を導いてくれた。私はそこから、テロリストとその犠牲者だけではない、あの攻撃の影響を見ることができた。そのとき私は、自分の教育の主眼は、CIAにいたときの主眼よりも広いところから来ていることを理解した。心を開いて、テロによって人生を変えられた人、今も変えられている人に向き合わなければならない。スパイ活動の限られたトンネルからではなく、外から物事を見なければならなかった。

その週、私は教師としてどんなことを成し遂げたいかをはっきりさせるため、自分の思いを書いてみた。生徒たちには、世界的な視野でアメリカの政治と政策を十分に理解してほしい。世界の相互関係を理解してほしい――夜、自分の町にアメリカ兵がいるのを一度だけ見たイエメンの少年が、破滅をもたらすアメリカ人という考えを持つ理由を。制度や政策がどこで、どのように機能し、どこで、なぜ、どのように機能しないかを理解してほしい。自分たちが〝女性として〟与えることのできる技能、知性、視点は、FBIやCIA、国務省、上院、ホワイトハウスのような場所が何としても必要としているものなのだと教えたい。できるだけ多くの生徒に、世の中に出て、権力のある地位につくよう励ましたい。政策や行動を形作り、影響を与えることができるように。そして彼女たちの仕事の成果、仕事の目的は、一握りの男性の利益になるものではなく、人類全体の利益になるものにしたい。

高校の歴史の教師という立場にしてみれば、欲張りな願いに思える。やがて、私は二つのことに気づいた。

一．私には、授業を始める前に生徒に自分の人生を見せ、語ることができる。そして、

二．生徒たちに、傾いた世界を変え、憎しみを阻止して思いやりを高めるための仕事を追求することを、特に励ます授業ができる。

そう、大きな目標なのはわかっている。でも、私は大きな目標を恐れはしない。

授業のあと、私は明かりをつけ、今週のツイートをするよう念を押した。スパイ技術の授業のもう一つの課題は、毎日主要なアメリカの新聞を読み、一週間のうちで最も興味を持った記事についてツイートするというものだ。授業の初めに、私たちはSpycraftというハッシュタグのついたツイートを抜き出し、ツイートをした人はそのニュースの要旨を説明する。このツイッターのスレッドは、今では重要なニュースフィードとなり、昔の生徒、未来の生徒、そして今の生徒をつなぐ場となっている。それは関連する情報の鎖で、あらゆる年齢の女性によって集められ、整理され、批評されている。

教室を出ながら、あらゆるヘイトクライムはテロの一種と考えるグループと、殺人を犯したヘイトグループだけをテロリストと呼べると考えるグループとの間で、さかんに議論が行われていた。それだけでも、私は誇りとしか呼べない思いに頬が熱くなるのを感じる。話題がすぐにテレ

ビのことや週末の過ごし方に変わらないだけでも。アンナという少女は、次の授業のために教室に残っていた。アンナは自分のデスクに向かい、コンピューターを開き、何か入力しはじめた。私は枕と毛布を教室の片隅に放った。

数分後、私の次の授業、アメリカ史上級クラスの生徒たちが、二人ずつ、または一人ずつ入ってきた。活発に話している子もいれば、考えに没頭している子もいる。二人の生徒がノートを広げ、前のクラスの宿題を始めた。アンナは自分が書いているようなものに没頭していて、親友二人ともう一人の女の子が隣に座って、お互いの髪を編んでいるのにも気づかない様子だった。アンナの後ろに回り、肩越しに覗き込むと、彼女はスパイ技術のレポートを書いていた。今学期の彼女を見ていると、私が彼女の年頃にそうだったように、政治と時事問題に取りつかれているようだった。

数人の生徒が、スナック菓子の置いてある部屋の隅に集まっていた。チーズイット、ヨーク・ペパーミント・パティ、ガム類、プレッツェル、グラノーラバー。ミルクの一ガロン容器よりも大きな容器に入った、金魚型のクラッカーもある。アヴァという生徒が金魚型クラッカーの容器を取り、直接口に持っていった。私が見ると、彼女は手を止めた。私がそういうことを嫌うのを知っているのだ。

私はデスクに戻った。幼い娘と夫の、額に入った写真が置かれている。デスクのそばの棚には、有名政治家と撮った写真と、CIAとFBIで仕事をしている私の写真が飾られている。CIAとFBIから支給されたTシャツと野球帽は、部屋の壁に飾られていた。スパイ技術の授業を始めた学期に飾ったものだ。壁にはほかにも、ストライプの部分が九・一一で命を落とした人の名前でできているアメリカ国旗が掲げられていた。

エリーという生徒が教室に駆け込んできた。

「遅刻じゃないわよ」私は言った。

「本当？」彼女は楽しそうに部屋の隅へ行き、大きなピンクのクッションに飛び込んだ。私にも覚えのある行動だ。私自身、そんなふうにしていた。実を言えば、この部屋のすべてに親しみがあった。どれもいろいろなバージョンの私だった。ピンクのクッションはデルタ・ガンマ・ハウスのピンクのビーズクッションを思い出させた。スナック菓子はラングレーの引き出しに蓄えていたものだ。そしてTシャツと写真は、当時のすべてを象徴するものだった。

「ワルダー先生？」アンナが言った。私は彼女を見て、先を促した。「学校と関係のない質問をしてもいいですか？」

「もちろん」私は言った。生徒たちはたびたび、学校とは関係のない質問をした。スパイ活動のときには変装するのか、人を撃ったことがあるか、命の危険を感じたことがあるか、爆弾が破裂するのを見たことがあるか。

「あのう、私、大学を卒業したらＣＩＡに入ろうと思っているんです。それで、ＣＩＡって楽しいですか？　みんな四六時中、真剣そのものなんでしょうか？」

「確かに真剣だし、厳しい仕事よ。でも、頭脳明晰な人がいて、面白い人も多いわ。つまり、面白い人でなくても、サーカスのピエロにはなれるでしょう？」

「ええ、そうですね」アンナは言った。

　アンナの親友のベラが遠慮なく言った。「彼女は先生みたいになりたいんです」

「言わないでよ！」アンナは気まずそうだった。

「でも、本当のことでしょう」ベラが言った。

「外に出て、ありのままの自分でいるだけで素晴らしいのよ」私は言った。それから思った。私みたいになるというのは、どういうことだろう？　アンナのような女の子が、私のようになりたいと言うとき、どんなことを考えているのだろう？

　その日の午後遅く、娘を保育園に迎えにいった私は、娘のことだけに目を向けた。この子は小さな奇跡だった。私と夫が作った十三の胚から、たった一人生き残ったのが彼女だった。子宮摘出術を受けたあと、代理母に移植できる胚は一つしかないと医師に告げられたストレスから、私はずっと逃げ回っていた。最初に思ったのは、この子が女の子だったらいいということだった。なぜなら、彼女はすでに、どれほどたくましく、強く、固い意志を持っているかを見せていたからだ。

　車に乗って数分もすると、娘はもう私の質問に答えないと決めたように、私を無視して歌を歌いはじめた。鳥のさえずりのようで、砂糖のように甘い声だ。私は小さなティーポット、小さいけれど頑丈よ……。

　彼女が何度も繰り返し歌うので、私は今日の学校での出来事を思い出していた。何があったか。明日の持ち物は。それからアンナのことを思い出した。課題を出された瞬間から、スパイ技術のレポートに励んでいた。私のようになりたいというアンナ。ゆうべ、娘のかんしゃくを相手にしていた私を見たら、彼女はどう思うだろう？　あるいは今朝、カウンターのシシカバブを食べて具合が悪くなった犬を抱き上げているところを。あるいは授業の合間の五分休憩にクレジットカード会社に電話しようとして、自動音声に番号を押せと言われる地獄にはまったところを。あるいは教員食堂でぬるいパスタを口に押し込みながら、今日のレポートを採点しているところを。それでも、私みたいになりたいと思うだろうか？

娘がまた歌いはじめた。私は小さなティーポット……。私はこれまでの自分を思い返した。私の中には常に私がいたけれど、表に出てくる方法はさまざまだった。私はぐにゃぐにゃの赤ん坊だった。いじめられっ子だった。気の進まないホームカミング・プリンセスだった。どの自分も本当だったが、私はそれを自分の本質にするのを拒否してきた。

娘がさらに大きな声で歌った。お湯が沸いたら叫ぶから！　傾けて注いでね！　私はバックミラーに映る娘を見て、こう決めた。最も強力なレンズを通して、自分を見て、自分がしてきたこと、今していることを見つめようと。そのレンズとは、私のあとに続いてくれるかもしれない、若い女の子たちだ。

私はデルタ・ガンマ会の女の子で、ＣＩＡに入ってテロリストを追い、大量破壊兵器で人が殺されるのを未然に防いだ。カリフォルニアの女の子で、ＦＢＩに入ってアメリカにいる国外のスパイを捕まえる手助けをした。私は女子校の教師で、世界を変えようとしている一人の女性だった。

私には生徒という武器がある。

娘という武器がある。
これが私の革命だ。

謝辞

こうした本を書くには、単に自分の記憶、日誌、予定帳を掘り下げるだけでは足りません。多くの人たちの優しさや理解、寛大さ、そしてサポートが必要です。

両親のスティーブとジュディ・シャンドラーは、私が初めて歩いたときから娘が初めて歩いたときまで、あらゆることに拍手を送ってくれました。このことと、ただ私の強さを信じてくれたことに感謝します。バニーとハワード・ワルダー、デイヴィッドとレベッカ・ワルダー、マットとカット・シャンドラーの、限りない愛と支援に感謝します。いとこのカレン・グラスマンとディナ・リットは、執筆の過程を通じて私のチアリーダーでした。私たちは一生、お互いに励まし合うことでしょう。

アレクシスとカジーは素晴らしい女性で、この二人がいなければ、非常に困難な時期を乗り越えることができなかったでしょう。誰にでも、一緒にいて安心できる友達が必要ですが、リサ・モロショク、ローラ・ホッジ、アレクシス・ウィリスは、長年にわたってそんな友達でいてくれます。

オサマ・ビンラディンに会いにいくという勇気に対して、ピーター・バーゲンにお礼を言いたいと思います。彼に触発されて、私はテロとの戦いに挑み、おそらくほかの多くの人も彼の影響を受けたことでしょう。サラ・カールソンには、出版までの道筋をつけ、的確なアドバイスをしてくれたことに感謝します。

ＣＩＡには、私がまだ自分の力を使うことを学びはじめた頃から、その力を信じてくれる人が大勢いました。明白な理由から、その人たちの名前は挙げられませんが、私の心からの感謝が伝わることを願っています。

マクミラン社とセント・マーチンズ・プレス社の方々は、限りない寛大さと、想像もできないほどの細やかさで、この本のために尽力してくれました。アラン・ブラッドショー、リマ・ワインバーグ、メリル・レバビ、カレン・ラムリー、ケビン・ギリガン、マーク・ラーナー、サラ・ベス・ハリング、ローラ・クラーク、レベッカ・ラング、キャサリン・ハフ、オルガ・グリックに出会うまで、本を作るのにどれほどの努力が必要なのか知りませんでした。

そして特に、まだ企画案でしかなかったこの本を信じてくれたエリザベス・ディセゴールに、大きな感謝を捧げたいと思います。

ローラ・ホルシュタイン、エレン・ポンペオをはじめとする、カラミティ・ジェーン・プロダクションのエネルギッシュなクリエイティブチームと、ティンバーマン・ベヴァリー・プロダクションのケイティ・ディメントとサラ・ティンバーマン、ＣＡＡのエリザベス・ニューマンには、この本ができるのを待つ間の根気と信頼、忍耐に感謝します。

素晴らしい文芸エージェントのゲイル・ホックマンがいなければ、この本を出版することができなかったでしょう。

シェリル・ホーグ・スミス、ロン・タナー、ジェフ・ベッカー、マイケル・ダウンズには、洞察力に富んだ賢明なフィードバックをくれたことに大いに感謝します。

ホッカデイ・スクールの生徒たちからは、希望、立ち直る力、勤勉さ、男性社会において女性であることの力を、想像以上に教えてもらいました。この本を誇りに思ってくれることを願っています。あなたたちは毎日、私に刺激を与えてくれます。

また、執筆の過程を通して、私に寄り添ってくれたホッカデイ・スクールの歴史学科にも感謝します。

デルタ・ガンマ会は、私が自分の力を発見し、この世界で自分が何者なのかを見出すことのできた場所です。ソロリティにいた日々が私に教えてくれたことに、いつまでも感謝を忘れないでしょう。

また、南カリフォルニア大学とチャップマン大学には、教育と、その教育を生かす資源を与えてくれたことに感謝します。

ジェシカ・アニャ・ブラウの創造力、サポート、愛、そして聡明さがなければ、何もできなかったでしょう。私たちは一生の友達だと信じています。

祖父母はこの本を読むことはできませんが、それでも、私がどんなに愛されているかを教えてくれた彼らに感謝します。特に、私が世界一の〝スパイ〟であることに一度も疑いを持たなかった、ジャックとゲリー・デイヴィスに感謝を捧げたいと思います。

最後になりましたが、ほかの人たちと同じように、夫のベン・ワルダーに感謝します。彼が最初にこの本を書くことを提案してくれました。彼は私の力に恐れをなすことなく、感心してくれました。萎縮することなく、誇りに思ってくれました。彼は私のそばにいて、執筆中は心も体も精神もお留守になってしまう私を補ってくれました。この厳しくてやりがいのある仕事をするための心の余裕をくれたことに、いつも感謝しています。

【著者】

トレイシー・ワルダー（Tracy Walder）

アメリカ屈指の名門校、南カリフォルニア大学在学中にCIAにスカウトされる。CIAテロ対策センターの元スタッフ・オペレーション・オフィサー（SOO）。FBIロサンゼルス・フィールド・オフィスの元特別捜査官。FBI退職後、テキサス州ダラスのホッカデイ・スクールで高校生に歴史と政治を教える。現在、全米の女子高生に国会安全保障カリキュラムを提供する非営利、非党派グループ「ガール・セキュリティ」の理事会に所属。

ジェシカ・アニャ・ブラウ（Jessica Anya Blau）

作家。ジョンズ・ホプキンス大学、ガウチャー大学、ファッション工科大学でライティングを教えている。著書に『メリー・ジェーン［Mary Jane］』、『レクシーの問題［The Trouble with Lexie］』など。

【翻訳】

白須清美（しらす・きよみ）

英米翻訳家。主な訳書にヒル『ミセス・ケネディ』、アステル『絵で見る天使百科』、グィリー『悪魔と悪魔学の事典』（共訳）、スコット『天国と地獄の事典』（共訳）、アレクサンダー『妖精の教科書』、スタンフォード『天使と人の文化史』、グルーバー『おしゃべり時計の秘密』、ロースン『首のない女』など多数。

対《たい》テロ工作員《こうさくいん》になった私《わたし》
「ごく普通《ふつう》の女子学生《じょしがくせい》」がCIAにスカウトされて

2022年2月23日　第1刷

著者…………トレイシー・ワルダー
　　　　　　ジェシカ・アニャ・ブラウ

訳者…………白須清美《しらすきよみ》

装幀…………一瀬錠二（Art of NOISE）

発行者…………成瀬雅人
発行所…………株式会社原書房

〒160-0022 東京都新宿区新宿1-25-13
電話・代表03（3354）0685
http://www.harashobo.co.jp
振替・00150-6-151594

印刷…………新灯印刷株式会社
製本…………東京美術紙工協業組合

ISBN978-4-562-07153-1, Printed in Japan